# as Herdeiras

Quebram as regras

# Joanna Philbin

# As Herdeiras

Quebram as regras

*Tradução*
Sabrina Garcia

1ª edição

**GALERA**
— **junior** —
RIO DE JANEIRO

2015

CIP-BRASIL. CATALOGAÇÃO NA FONTE
SINDICATO NACIONAL DOS EDITORES DE LIVROS, RJ

P633q
Philbin, Joanna
   As herdeiras quebram as regras: volume 2 / Joanna Philbin; tradução Sabrina Garcia. – 1ª ed.
   – Rio de Janeiro: Galera Record, 2015.

   Tradução de: The Daughters Break the Rules
   Sequência de: As herdeiras
   ISBN 978-85-01-10271-3

   1. Ficção juvenil americana. I. Garcia, Sabrina. II. Título.

14-16924
CDD: 028.5
CDU: 087.5

Título original em inglês:
*The Daughters Break the Rules*

Copyright © 2010 by Joanna Philbin

Publicado mediante acordo com Little, Brown and Company, New York, New York, USA.

Texto revisado segundo o novo Acordo Ortográfico da Língua Portuguesa.

Todos os direitos reservados.
Proibida a reprodução, no todo ou
em parte, através de quaisquer meios.

Design de capa: Marília Bruno

Direitos exclusivos de publicação em língua portuguesa somente para o Brasil adquiridos pela
EDITORA RECORD LTDA.
Rua Argentina, 171 – Rio de Janeiro, RJ – 20921-380 – Tel.: 2585-2000,
que se reserva a propriedade literária desta tradução.

---

Impresso no Brasil

ISBN 978-85-01-10271-3

Seja um leitor preferencial Record.
Cadastre-se e receba informações sobre nossos
lançamentos e nossas promoções.

Atendimento e venda direta ao leitor
mdireto@record.com.br ou (21) 2585-2002.

EDITORA AFILIADA

Para JJ

# capítulo 1

Carina Jurgensen apertou a bola de borracha antiestresse repetidas vezes, olhando através da janela de vidro fumê enquanto o carro deles acelerava pela cidade. O Mercedes preto de seu pai seguia em alta velocidade pela rua 42, deslizando sobre os buracos e desviando dos táxis, tão elegante e rápido quanto o Batmóvel. Eles pareciam estar indo em direção ao Lincoln Tunnel, o que só podia significar uma coisa: estavam deixando Manhattan. Quando passaram em frente aos letreiros luminosos da Times Square, Carina sentiu que estava indo embora para sempre.

Ao seu lado, no banco de trás, o pai, Karl Jurgensen, digitava em seu BlackBerry com os polegares, e suas sobrancelhas uniam-se numa concentração feroz. Desde o momento em que entraram juntos no carro, ele não tinha dito uma palavra, nem mesmo para o seu motorista, Max. Isso, ela sabia, era um péssimo sinal. Para onde quer que estivessem indo, estava claro que seu pai já tinha feito os arranjos. E ele podia fazer qualquer coisa. Essa era a vantagem de ter bilhões de dólares:

nada era impossível. Se você quisesse tirar sua única filha de Nova York numa noite de novembro comum e assegurar-se de que nunca mais ouviriam falar dela ou a veriam, você podia. Ninguém o impediria.

Suas melhores amigas, Lizzie e Hudson, provavelmente estariam chegando ao seu prédio naquele exato momento. Ela havia mandado uma mensagem de texto para elas minutos antes de partir e, agora, o porteiro iria dizer-lhes que Carina acabara de sair de mochila com o pai em um carro que os aguardava, e as meninas entrariam em pânico. Elas a vinham alertando de que algo assim aconteceria havia semanas. Carina as visualizou em sua portaria. Hudson ficaria frenética e Lizzie ficaria com o olhar perdido e puxaria seus cachos vermelhos, tentando imaginar se aquilo era muito sério. Claro que iriam começar a ligar e mandar mensagens obsessivamente, mas Carina não receberia nenhuma. Seu iPhone estava na mochila trancada no porta-malas e totalmente fora de alcance. Mas ela não conseguiria falar com as amigas de qualquer maneira, não com o pai sentado tão perto, emanando uma espécie de raiva fria que ela nunca tinha percebido nele antes.

— Para onde nós vamos? — perguntou, por fim, atrevendo-se a olhar para ele.

Karl manteve seus olhos no BlackBerry. Naquele ângulo, na luz fraca do banco de trás, Carina achou que seu pai de 42 anos quase poderia se passar por um garoto de faculdade. Ajudava muito o fato de sua cabeça ainda ser coberta por um cabelo castanho espesso, embora polvilhado com fios grisalhos, e ele ter uma mandíbula forte de estrela de cinema. Seus dias na equipe de remo em Harvard o tinham deixado com um físico esguio de ombros largos, que ele mantinha com a ajuda de um personal trainer e as instruções rigorosas de seu *chef*.

— Pai? — perguntou ela outra vez. — Você pode me dizer?

Sem se dar o trabalho de olhar para ela, Karl balançou a cabeça.

— Você perdeu o privilégio de ter maiores informações — disse com frieza, sem deixar de digitar.

Carina sentiu sua garganta apertar de medo. Tiveram várias brigas ao longo dos anos, mas isso era diferente. Ela estava seriamente encrencada — aquele tipo de encrenca que poderia, possivelmente, mudar sua vida para sempre, e não de uma forma positiva.

Tudo tinha começado em setembro, dois meses atrás. Eles estavam no meio de outro jantar silencioso na mesa de vinte lugares da sala de jantar — ele em uma ponta, lendo uma pilha de relatórios diários sobre a situação de sua empresa e enviando e-mails para seus escravos através do inseparável BlackBerry; ela na outra, fazendo o dever de casa de geometria e enviando mensagens para Lizzie e Hudson — quando, de repente, ele falou:

— Deixe isso de lado por um segundo, eu gostaria de falar com você.

Ela olhou para seu rosto sério e um mau pressentimento percorreu sua pele. O Jurg (como ela e seus amigos o chamavam) não tinha tempo para conversa fiada. Suas conversas normalmente encaixavam-se em duas categorias: comunicados e ordens. O que estava prestes a dizer parecia um pouco dos dois.

— Gostaria que você começasse a ir ao escritório — disse ele com seus olhos castanhos a perfurando como lasers do outro lado da mesa. — Três dias por semana. Quartas e sextas-feiras depois da escola e sábado o dia todo. — Começaremos a partir daí.

— Ir para o *escritório*? — Sua voz reverberou nas paredes revestidas de madeira e flutuou até o lustre de cristal do tamanho de um carro. — Para quê?

O Jurg juntou as mãos.

— Você é a minha única herdeira, Carina. É hora de aprender sobre o mundo que vai herdar.

Esse mundo era a Metronome Mídia, seu império de jornais, revistas, estações de televisões a cabo e redes sociais. Ele tinha começado a empresa com um jornal semanal quando ainda estava em Harvard e, vinte anos depois, ela havia se tornado o maior conglomerado de mídia do hemisfério ocidental. Uma em cada três pessoas lia uma publicação da Metronome ou visitava um site da empresa todos os dias. E todo esse sucesso tinha feito do Jurg um dos homens mais ricos do mundo. Ele era dono de cinco casas, uma coleção de Jaguars vintages, um iate de 15 metros, um helicóptero, um jato Gulfstream e uma coleção de arte do final do século XX que rivalizava com a do museu Guggenheim. Celebridades, socialites, reis de países pequenos e até o presidente ligavam para ele por sua linha particular. O Jurg até considerara a ideia de concorrer a prefeito uma ou duas vezes, mas desistiu no último minuto, para alívio de Carina.

— Pai, eu sei tudo sobre o seu mundo — disse ela, olhando-o diretamente nos olhos. — E não quero herdá-lo.

O Jurg encarou-a com seriedade.

— Não é cedo demais para saber disso? Você tem 14 anos. Não sabe o que quer. E, honestamente, isso é melhor do que entrar nos negócios aos 22. Quando sair de Wharton estará completamente preparada.

— Eu vou para *Wharton*? — perguntou.

— Você adorava ir para o meu escritório quando era uma garotinha — continuou ele, cortando seu bife. — Não se lembra? Você se sentava em minha cadeira e fingia estar em reunião na sala de conferência?

— Eu tinha 8 anos. Eu também gostava de brincar com bonecas American Girl.

— Carina, eu tinha a sua idade quando tive meu primeiro emprego — disse ele, ainda mais sério. — Entregando jornais. Agora, não estou pedindo que entregue jornais. Só estou pedindo algumas horas por semana.

— Mas eu tenho outras coisas para fazer — disse ela, sentando-se mais reta em sua cadeira. — Sou a capitã do time de futebol da liga júnior este ano. Você sabia disso? E já me inscrevi na Simulação das Nações Unidas. E as idas a Montauk nos finais de semana? E o surfe? E sair com os meus amigos?

Seu pai largou o garfo e um suspiro fraco e irritado escapou de seus lábios.

— Carina, o futebol e a Simulação das Nações Unidas são atividades extracurriculares — disse ele. — Não são o seu futuro.

Antes que ela tivesse chance de responder, a porta da cozinha abriu-se e Marco entrou. Ele estava de calça cáqui de brim e camisa polo, a roupa que o Jurg fazia todos os seus empregados usarem, e seus tênis mal faziam barulho no chão de madeira.

— Uma ligação, senhor — disse em sua voz educada e calma. — De Tóquio.

O Jurg tomou um último gole de chá gelado — ele nunca bebia álcool — e levantou-se, largando seu guardanapo de seda na mesa.

— Você vai começar semana que vem — disse, encerrando a discussão, e saiu.

Carina ficou sentada por um tempo na sala de jantar vazia e, então, empurrou sua cadeira de madeira pesada para longe da mesa. Era finalmente oficial, percebeu. Seu pai não tinha a menor ideia de quem ela era.

Nos últimos quatro anos, desde o divórcio de seus pais, ela e o Jurg viviam juntos como colegas de quarto que estavam determinados a não serem amigos. Evitavam-se nos corredores, tinham conversas educadas quando necessário e fingiam que o outro não morava lá. Mesmo quando jantavam juntos pelo menos duas vezes por semana, costumavam comer em silêncio, com ambos mandando mensagens de texto ou e-mails entre cada garfada. Carina aprendeu a ficar em "suas" partes da cobertura de três andares: a pequena sala de TV, a cozinha e o seu quarto. Havia um benefício nisso tudo: na maior parte do tempo, ela podia ir e vir quando quisesse, apenas com Otto, o segurança da porta da frente, de olho nela. Ao contrário de suas amigas, Lizzie e Hudson, cujos pais às vezes envolviam-se um pouco *demais* na vida delas.

Mas, às vezes, a distância entre ela e o Jurg era deprimente. Ele não sabia nada sobre ela e não perguntava. Os pais não deveriam saber certas coisas sobre seus filhos ou, pelo menos, *querer* saber? Por exemplo, ele não tinha a menor ideia de como ela amava surfar as ondas da Baía de Honolua, que ela mal podia esperar para completar 18 anos e poder fazer uma expedição para a Patagônia, ou como tinha sonhos recorrentes de finalmente derrotar o Sacred Heart nos campeonatos de futebol, como naqueles filmes de esporte sentimentais.

No entanto, o Jurg não tinha tempo para detalhes como esses. Ele marchava pelo apartamento sempre a caminho de alguma atividade: ir para o escritório, uma reunião, um treino. A vida dele seguia uma programação. E não havia espaço para a filha.

E agora o fato de ele querer que ela "aprendesse o negócio" só provava como sabia pouco sobre ela. Verdade, Carina não tinha exatamente um plano de vida específico ainda, além de tirar um ano antes de ir para a faculdade para surfar em Fiji e depois virar uma instrutora certificada de Aprendizagem Expedicionária. Mas sabia de uma coisa: ela nunca seria uma pessoa de negócios. Não podia ligar menos para fazer dinheiro. Ou para dinheiro, em geral. E a ideia de estar perto de seu pai frio, preocupado e obcecado por dinheiro todos os dias pelo resto de sua vida não era uma opção.

Nos dias que se seguiram, fingiu esquecer a conversa do jantar. Não era como se o pai fosse *obrigá-la* a trabalhar para ele. Mas ela sabia, por experiência própria, que quando o Jurg dizia que queria que alguma coisa acontecesse, provavelmente só uma bomba ou um milagre divino poderiam detê-lo. Depois de mais uns poucos olhares inflexíveis que atravessaram a mesa da sala de jantar e insinuações nada sutis — como fazer com que o seu assistente ligasse para ela para providenciar um cartão de identificação —, Carina desistiu do seu lugar no time de futebol, retirou-se da Simulação das Nações Unidas e foi para o escritório dele.

Como esperava, o trabalho era um tédio. Tudo o que fazia era tirar cópia de relatórios, memorandos e gráficos de números de vendas, e nada disso fazia sentido. Como em casa, seu pai não estava em nenhum lugar à vista. Em vez de ficar por perto, ele a tinha colocado com seu diretor de operações, Ed Bracken, que ela havia apelidado de Servo Medonho. Ele tinha uns 50 anos e cabelos ralos e oleosos, um aperto de mão pegajoso e um andar arrastado. Puxava tanto o saco do Jurg que Carina não conseguia acreditar no que estava vendo na metade do tempo. Pensou que seu pai estaria melhor com um recém-formado em MBA de 25 anos bem sexy ou, pelo menos, um cara que não morava mais com a mãe. Mas o Servo Medonho estava ao lado do Jurg 24 horas por dia e sete dias por semana, e agora ela estava subordinada a ele. Era terrível.

Porém, ainda pior que o tédio e Ed Bracken era o sentimento de que seu futuro estava lentamente fechando-se em torno dela. Quando se sentou em uma sala pequena no arranha-céu de paredes de vidro estéril quarenta andares acima da Times Square, ela se sentiu como se estivesse presa em um elevador parado. Nada do que queria fazer, aprender ou experimentar teria a menor importância. Sua vida inteira já estava planejada e ela estava marchando em linha reta em direção a um, e somente um, ponto final: ser a versão mirim do pai.

E, então, num silencioso sábado de manhã no fim de setembro, ela esbarrou em um memorando que mudou tudo.

Era sobre Jurgensenland, o evento de caridade anual de seu pai. Todo final de semana do Dia do Trabalho, ele transformava o terreno da sua propriedade de Montauk num parque de diversões completo, com xícaras giratórias, roda-gigante, um passeio de submarino sob as águas de um de seus lagos e oferecia um grande baile à noite cujo ingresso custava dez mil dólares. Todo o dinheiro arrecadado ia para Oxfam, a instituição de caridade dedicada a combater a pobreza e a fome. O Jurg tivera uma infância pobre na área rural da Pensilvânia e conhecia a fome. Sempre que Carina ficava preocupada que seu pai tivesse se tornado uma máquina descarada de fazer dinheiro, o trabalho de caridade dele era um conforto. Achar uma solução tinha se tornado uma das causas dele. Quando ela viu *Re: Jurgensenland* na linha de assunto pegou o memorando da bandeja na mesa de Ed Bracken. Era do contador de seu pai. O documento dizia que o mais recente evento tinha arrecadado três milhões de dólares, mas então ela leu:

> *Dois milhões vão direto para a instituição de caridade supracitada. O milhão restante será desviado, conforme discutido, para outro uso de Karl Jurgensen.*

*Outro uso.* Ela leu as palavras várias vezes. A princípio, não tinha entendido o que significavam. Mas depois começou a entendê-las.

*Ele está ficando com o dinheiro*, percebeu com um arrepio. *Ele está traindo a instituição de caridade.*

Quanto mais pensava nisso, mais sentido fazia. Não seria a primeira vez que o pai teria traído. Embora sua mãe nunca tivesse contado a ela que ele tinha outra mulher, Carina tinha juntado as peças para explicar o divórcio. Parada no escritório de Ed com o memorando na mão, seus pensamentos voltavam-se para uma noite quando tinha 10 anos, ouvindo seus pais atrás da porta fechada do quarto, sua mãe soluçando, seu pai gritando com toda a sua força: *Eu posso fazer o que bem entender; você merece isso se vai ser tão egoísta.*

Ela olhou para trás, para fora do escritório de Ed. A assistente tinha se afastado de sua mesa. Carina sabia que não tinha muito tempo.

Rapidamente levou o memorando para a sala de cópias. Sem refletir muito, colocou-o sobre o vidro, fechou a tampa e pressionou *Start*. A cópia foi cuspida para fora da máquina.

Poucos segundos depois, colocou sorrateiramente o original de volta dentro da pasta de arquivo e a deixou na bandeja da mesa de Ed. Depois dobrou a cópia e a enfiou na sua bolsa carteira.

Nas seis semanas seguintes, ela guardou o memorando na mesa do seu quarto, escondido embaixo de seu passaporte e do certificado da escola de mergulho. Mas pensava sobre ele o tempo inteiro. Conversara sobre o memorando com Lizzie e Hudson. E toda noite deitava na cama imaginando o que aconteceria se ela o deixasse escapar para o mundo — por exemplo, na internet. Era sempre uma opção, se as coisas ficassem muito ruins.

E, então, no começo de novembro, as coisas ficaram realmente ruins.

— Ed disse que você não está se dedicando — disse seu pai uma noite após chamá-la em seu escritório. Ele se balançava para a frente e para trás em sua cadeira giratória, impassível, e batia o dedo indicador sobre os lábios, que era o código para quando sua paciência acabava. — Ele disse que na maioria do tempo que está lá, fica comprando na internet. Ou que fica fugindo de suas obrigações por aí, parecendo entediada. E uma vez ele encontrou você dormindo no sofá de sua sala.

Ela apanhou uma bola antiestresse de borracha na mesa dele e começou a apertá-la.

— Não é minha culpa se não tem quase nada para fazer — defendeu-se.

— Então encontre alguma coisa para fazer — respondeu o Jurg. — Ande por aí. Sente-se nas reuniões. Caramba, Carina, você tem que se *dedicar*. Não posso fazer tudo por você. Deveria estar aprendendo alguma coisa aqui.

— Bem, se você está tão preocupado com que eu aprenda alguma coisa, então por que o seu Servo Medonho está cuidando de mim? — retrucou, sentindo os olhos arderem com as lágrimas.

— Porque eu tenho uma empresa para administrar. — Ele olhou para a pilha de papéis na frente dele e balançou a cabeça. — Isto não é brincadeira. Achei que fosse madura o suficiente para saber como se comportar. Esta é a minha *empresa*. Acho que superestimei você.

Algo que machucava alojou-se em sua garganta. Ela só estava tentando agradá-lo com esse estágio idiota, pensou. E agora estava sendo criticada? Não era justo.

— Só não me envergonhe — acrescentou ele, olhando-a com severidade. — Você é minha filha. Lembre-se disso.

— Ele destampou sua caneta e voltou ao trabalho. — Pode ir agora.

Ela virou-se e saiu da sala, furiosa demais para chorar. Então não era suficiente ter desistido de tudo que amava fazer. Não era suficiente ter sacrificado seus sábados — e sua vida social. Agora ele ia gritar com ela também?

Quando chegou ao seu quarto, correu para a mesa e abriu a gaveta. Suas poucas dúvidas sobre divulgar o memorando da Jurgensenland no espaço cibernético haviam desaparecido. Seu pai era qualquer coisa menos um benfeitor. Ele era um babaca e um traidor e ela não ligava se o mundo inteiro ficasse sabendo disso.

No dia seguinte, escaneou o memorando em um dos Macs do laboratório de informática do Chadwick e depois escreveu um e-mail misterioso:

A Quem Interessar Possa:
Tenho razões para acreditar que Karl Jurgensen, dono do patrimônio de 225 bilhões de dólares, pode não estar

entregando todo o dinheiro que arrecadou de seu último evento de caridade Jurgensenland. Por favor, veja o documento anexado como prova. Agradeço a atenção.

Ela criou um e-mail falso, usando apenas a sua primeira inicial e seu nome do meio como identificação. E então, com um clique, o enviou direto para o Arma Fumegante, um website conhecido por revelar notícias e expor os segredos dos ricos e famosos. Ela saiu do laboratório e foi para a aula de espanhol, sentindo-se muito calma e satisfeita, como se tivesse sido bem-sucedida. Finalmente, havia se vingado dele.

Quando chegou em casa da escola, algumas horas depois, checou o site em seu MacBook Air. A história já estava no ar. Uma manchete em letras grandes em vermelho brilhante a fez engolir em seco: SERIA O BILIONÁRIO BENFEITOR UM LADRÃO? VEJA O DOCUMENTO QUE PODE PROVAR ISSO. Abaixo estava o documento. Ao lado, uma legenda chamava isso de uma "acusação mordaz" vinda de uma "fonte desconhecida" do "círculo íntimo" de Karl Jurgensen. As palavras *"para outro uso de Karl Jurgensen"* estavam destacadas e ampliadas, só para o caso de as pessoas não terem visto.

Carina sentou-se em sua cama, olhando para a tela do laptop com a boca aberta. Sentiu uma necessidade urgente de voltar atrás. Mas não podia. Tinha feito isso. Não havia volta. Agora estava lá, para o mundo inteiro ver...

Ela pulou quando a porta do seu quarto se abriu. Lá, na entrada, sem ar e com o rosto vermelho, estava seu pai. O paletó estava no ombro, o nó da gravata listrada azul-marinho e branco estava quase desfeito, e seu cabelo, normalmente penteado para trás, caía na testa. Parecia que havia acabado de correr quarenta quarteirões. Ela nunca o tinha visto tão chateado assim antes. Ele sabia.

— Pegue suas coisas — disse, ainda sem fôlego. — Estamos indo embora. Você tem dez minutos.

— Para onde... para onde estamos indo? — conseguiu perguntar. Ela estava quase aturdida demais para falar.

— Dez minutos — repetiu ele, e então saiu, deixando a porta dela aberta enquanto desaparecia pelo corredor.

Ela agarrou o iPhone. Tinha que mandar mensagem para Lizzie e Hudson. Com seus dedos tremendo, digitou:

*OMG! Venham para a minha casa o mais rápido possível!!!!*

Mas quando apertou enviar, sabia que era inútil. Elas nunca chegariam a tempo. Quando o Jurg dizia dez minutos, sempre queria dizer oito.

Ela arrancou uma mochila de debaixo da cama enquanto sua mente dava voltas. Como ele sabia que ela fizera aquilo? E para onde estavam indo? Para o apartamento deles em Paris? Ele estava tão mortificado que tinha que deixar o país? Ele iria colocá-la num navio para o Havaí para viver com a mãe dela? Por um tempo, Carina quis ir morar com a mãe, mas tinha superado isso agora. Maui ficava a 12 horas de avião e a quatro fuso-horários de distância. Ela não veria suas amigas novamente.

— Carina? — gritou seu pai do andar de baixo. — Vamos!

Ela jogou tudo o que conseguia alcançar na mochila — algumas de suas calcinhas Stella McCartney, seu Puma roxo de camurça, sua calça jeans skinny Cheap Monday desgastada e o MacBook. No último minuto, pegou a bola antiestresse roxa da escrivaninha. Sentia que iria precisar dela.

Desceu correndo os três lances de escada e, então, caminhou rápido pelo corredor com carpete bege em direção à porta da frente. As paredes eram decoradas com parte da coleção de arte de seu pai e Carina disse um adeus silencioso a todas as pinturas enquanto passava: *Adeus, Jasper Johns. Adeus, Jackson Pollock.* Logo depois da lata de sopa de Andy Warhol, estavam os funcionários. Reunidos para desejar boa viagem, prontos para vê-los saírem, só que dessa vez a olhavam como se ela não fosse voltar. Maia, a governanta pequena com olhos tristes deu a ela um sorriso cheio de lágrimas. Nikita, ainda em seu uniforme de cozinheira, entregou uma sacola com biscoitos de chocolate recém-assados. Marco acenou formalmente com a cabeça. Até Otto, o segurança sério, deu a ela um sorriso encorajador.

— Boa sorte, garota — sussurrou ele enquanto ela passava como se estivesse indo para um combate mortal.

Logo antes de chegar à porta da frente, esticou a cabeça para olhar o Basquiat de seu pai pela última vez. Era simplesmente uma coroa preta contra um mar de tinta branca, mas sempre mexeu com ela, mesmo que não soubesse bem o que significava. Até onde sabia, seria a última vez que o veria. Uma lágrima embaçou sua visão e ela piscou para afastá-la.

— Carina, venha! — gritou seu pai.

Ela atravessou a porta da frente e os viu esperando no elevador: seu pai em seu casaco de lã Burberry, olhando friamente para ela e, ao lado, segurando a mala de roupas dele e uma pequena maleta como se fosse seu único propósito de vida, o próprio Servo Medonho, Ed Bracken. Era difícil de acreditar, mas o cabelo que atravessava sua careca estava ainda mais fino e oleoso que o normal.

— Oi, Carina — cumprimentou Ed, dando um de seus típicos sorrisos enquanto ela entrava no elevador.

E foi quando entendeu. Ed a tinha dedurado para o pai. De alguma forma, descobriu que ela havia copiado o memorando e o vazado para a internet. Tudo o que ele tinha dito era "oi", mas ela sabia disso com certeza absoluta. Quando o elevador chegou à portaria, prometeu a si mesma que, não importasse o que acontecesse, iria fazer Ed Bracken pagar por isso.

Do lado de fora, Max e o Mercedes preto já estavam esperando por eles. Ed entregou para Max as coisas do pai dela e, então, tirou a bolsa de viagem do ombro de Carina.

— Terá mais espaço para isto aqui — disse ele de modo falso, jogando a bolsa no porta-malas.

Carina entrou no carro pelo lado oposto de seu pai e assistiu a Ed praticamente bater continência para ele enquanto partiam. *Eca*, pensou. Claro que foi ele.

Agora Carina observava o Mercedes virar à direita na Nona Avenida e ir direto para a boca do Lincoln Tunnel. Seu coração passou a bater duas vezes mais rápido. Estava definitivamente deixando Nova York.

— Para sua informação, eu não roubei aquele dinheiro — disse seu pai de repente, fazendo-a pular no banco de trás. — Eu doei para uma fundação. Você sabe o que é uma fundação?

Ela o encarou. O pai tinha colocado seu BlackBerry de lado e observava pela janela o borrão de azulejo branco dentro do Lincoln Tunnel.

— Mais ou menos — murmurou ela.

— É por causa dos impostos — disse ele, devagar. — Aquele milhão extra *ainda* vai para a caridade, mas através da fundação em vez de por mim. Se tivesse simplesmente me perguntado, saberia. Em vez disso, você se adiantou e tirou suas próprias conclusões. — Ele se virou em direção a ela e seus olhos a fitaram na luz fraca. — Como pôde pensar que eu realmente faria algo assim?

*Foi fácil*, queria dizer. Mas ela simplesmente engoliu e desviou o olhar.

— Bem, toda essa história vai desaparecer bem rápido — disse o Jurg, enérgico, virando-se de volta para a janela. — Amanhã de manhã vou liberar uma pronunciação dizendo que cada centavo está indo para a caridade e vai sair em meus jornais e em todos os outros. Depois de amanhã, ninguém vai sequer se lembrar disso. Será engolido por dez notícias mais importantes. Mas ainda fica o problema do que fazer com você.

Carina sentiu a bola de golfe em sua garganta voltar. Subia em direção aos olhos, dilatando-os perigosamente, deixando-a à beira de lágrimas. Ela apertou a bola antiestresse.

— Você tinha uma veia imprudente desde que era uma garotinha — continuou ele, batendo os dedos na porta do carro. — Herdou de sua mãe. E eu pensei, estupidamente, que você havia superado isso. — Balançou a cabeça e deu uma risada triste. — Só ficou pior.

Saíram do túnel e emergiram na escuridão aberta de Nova Jersey. Enquanto pegavam a curva da New Jersey Expressway, Carina podia ver a linha do horizonte da cidade a oeste do Hudson, tão distante que parecia uma pintura.

— Então, para onde você está me mandando? — perguntou.

— Califórnia — respondeu, de modo decidido. — Há uma escola a algumas horas do norte de LA, perto de Big Sur.

Carina ficou em silêncio. Califórnia: quase tão longe quanto o Havaí.

— É uma escola militar ou algo assim?

— Não exatamente — respondeu o pai. — Mas parecido.

— E por que você está indo?

— Para ter certeza que você realmente vai se matricular. Não posso confiar que fará isso sozinha. Queria poder, mas não posso.

O carro saiu da via expressa e pegou uma estrada deserta de duas pistas e, depois, finalmente, viraram em uma rua de cascalho, passando por uma placa que dizia Aeroporto Teterboro. Uma cerca de arame abriu-se como mágica e eles entraram. Lá, no macadame, debaixo de luzes brancas fantasmagóricas, estava o jato Gulfstream de seu pai com sua porta minúscula aberta esperando para fazê-la atravessar o país.

— Mas quando vou voltar? — perguntou, tentando manter sua voz firme. — Quando voltarei para Nova York?

— Junho — disse ele.

— E no Natal? — perguntou mais desesperadamente. — Irei para casa?

— Vai passar com a sua mãe — disse ele. — No Havaí.

O carro finalmente parou a alguns metros do avião. Carina ouviu o porta-malas abrir. Seu coração estava acelerado. Ela precisava chegar ao seu telefone. Precisava contar a Lizzie e Hudson o que estava acontecendo antes de ir para o avião.

Alguém abriu a porta à sua direita, deixando entrar o ar quase congelado. O rugido do motor do avião era ensurdecedor.

— Olá, Srta. Jurgensen — gritou o gerente do aeroporto. — Seja bem-vinda à Teterboro.

Ela passou por ele num salto e correu para a parte de trás do carro. Um técnico do aeroporto com fones de ouvido laranja brilhante estava tirando a sua bolsa do porta-malas.

— Eu levo esta! — gritou e a tirou da mão dele. *Criança mimada*, podia praticamente ouvi-lo pensar, mas não ligava no momento.

Seu pai já estava caminhando em direção ao avião com o gerente do aeroporto seguindo atrás dele, carregando suas coisas. Ela não tinha muito tempo. Agachou no chão, abriu o zíper da sua bolsa e apalpou freneticamente procurando por seu iPhone. Finalmente sentiu sua superfície de vidro fria debaixo de suas roupas. Bateu na tela com os dedos e foi para o seu e-mail.

*SOCORRO! O Jurg está me mandando para CALI!*

Digitou o mais rápido que conseguia.
— Carina! —gritou seu pai do último degrau. — Vamos!
Ela jogou o iPhone na bolsa e fechou o zíper. Jogando-a no ombro, correu em direção ao avião, com o suor pontilhando na linha do cabelo e seu coração batendo tão rápido que pensou que fosse explodir. A partir desse momento, tudo o que tinha era a si mesma. Suas amigas não podiam salvá-la. Sua vida antiga tinha ido embora. Mas não importava o que acontecesse, ela se recusava a chorar. Ela nunca iria chorar na frente do pai. Nunca.

# capítulo 2

— Seja bem-vindo de volta ao Four Seasons Hotel Los Angeles, senhor — disse o gerente loiro e bronzeado do hotel, limpando a garganta enquanto deslizava o cartão-chave pelo sensor e apertava o botão do elevador para o último andar. — Espero que tenham feito boa viagem.

— Foi ótima, obrigado — respondeu o Jurg para os seus sapatos.

— Fico feliz em saber, senhor — disse o gerente, empertigado, com as mãos atrás das costas. — E sei que já ficou conosco antes, mas devo lembrá-lo do nosso serviço de mordomia 24 horas? Quero dizer, serviço de mordomo — corrigiu-se rapidamente.

*Fica frio*, Carina queria dizer do canto onde estava encostada com sua bolsa de viagem sobre o ombro. Ela havia visto esse tipo de coisa tantas vezes antes. Os sorrisos nervosos, a formalidade tensa, as informações desnecessárias. As pessoas sempre ficavam tão estranhas perto de seu pai. Garçonetes esqueciam os pratos especiais, garçons derrubavam garfos e as mulheres inclinavam-se automaticamente para a frente para mostrar seus decotes. Ela chamava isso de o efeito Caixa Registradora. Nada tinha um efeito mais poderoso — e embaraçoso — nas pessoas que um bilionário.

— Aqui estamos — disse o gerente em voz alta demais quando o elevador parou.

Eles pisaram no chão de carpete e andaram por um longo corredor. Finalmente, chegaram às portas bem no final. Um letreiro dourado na parede dizia: suíte presidencial.

— O senhor verá que atendemos sua sugestão em relação à tela plana, Sr. Jurgensen — disse o gerente em tom formal enquanto destrancava as portas com outro golpe do cartão. — Nós a penduramos na parede sem a claridade vinda da janela desta vez.

O gerente segurou a porta enquanto eles entravam num saguão de mármore preto. A sua frente, Carina podia ver uma sala de estar palaciana com o pé-direito alto. Um pequeno piano de cauda ficava perto de portas duplas francesas. Na lustrosa mesa de centro de vidro estava o arranjo esplêndido de sempre, feito com rosas brancas e, perto dele, uma cesta de presente que ela sabia que estava cheia de barras de chocolate Vosges e queijos franceses raros.

— O senhor está familiarizado com nossa coleção de uísques? — perguntou o gerente. — Temos uma variedade de malte de dez anos...

Carina dobrou à esquerda e saiu imediatamente da sala, ansiosa para pular a lengalenga. Precisava ficar sozinha.

Passou pela sala de jantar, pela cozinha e virou a esquina em um quarto bege-claro e espaçoso com uma cama de quatro colunas *king size*. Jogou sua bolsa no chão, caiu na cama e bocejou na colcha de seda. Estava completamente exausta.

Durante todo o voo de seis horas, ficaram em pontas opostas do avião e não trocaram uma palavra. Ignorar alguém num Gulfstream não era fácil, afinal de contas. O Jurg sentou-se perto da parte da frente lendo o *Economist* enquanto ela deitou num sofá nos fundos, de olho na tela que monitorava a viagem. A cada estado que cruzavam, sentia sua garganta se apertar um pouco mais. Até Marsha, a aeromoça tagarela deles, sentiu sua ansiedade.

— Está tudo bem? — perguntou a Carina, alegremente, enquanto servia sua Coca-Cola Diet e sua alcachofra grelhada favorita.

— Tudo bem! — tinha dito Carina, arrancando uma folha de alcachofra com um sorriso falso.

Era bom ficar sozinha agora. Pulou para fora da cama e andou silenciosamente em direção ao banheiro de mármore. Mas, quando acendeu a luz, quase não se reconheceu no espelho. Tinha feito e desfeito seu rabo de cavalo tantas vezes que seu cabelo loiro na altura do queixo estava escuro e oleoso, e havia mechas dele em seu rosto. Os olhos castanhos estavam vermelhos e, abaixo deles, havia olheiras arroxeadas. Sua pele bronzeada, geralmente sardenta, estava pálida. Parecia uma prisioneira de guerra, e isso era só o começo. Pelos próximos oito meses seria mantida em cativeiro em algo como uma escola militar na costa. Claro que suas amigas estavam certas. Vazar aquele memorando tinha sido um erro enorme.

Mas talvez fosse uma benção estranha disfarçada, pensou, enquanto jogava um pouco de água no rosto. Ela estava triste morando com o pai. Não de um jeito consciente, mas em um nível mais profundo, sob a superfície. Ele não ligava para ela — ele nem a *conhecia*. E tinha percebido havia um bom tempo que a única razão para que a quisesse morando com ele era apenas para que sua mãe não pudesse tê-la. Então, talvez ser mandada embora fosse uma coisa boa. Se pelo menos, conseguisse se acostumar com a ideia de nunca mais ver Lizzie e Hudson de novo.

Saiu do banheiro e voltou para a sua bolsa. Era hora de ouvir as mensagens das suas amigas. Ajoelhou-se no chão e pegou o iPhone. Havia dez mensagens de voz.

— C? Estamos na sua portaria. O porteiro disse que você saiu. Não sabemos o que está acontecendo. Ligue para nós! — Apesar de Lizzie soar quase como louca, Carina sentiu uma pontada de tristeza ao ouvir a voz dela.

— Carina? Ai meu Deus... Carina? Onde você está? Sabemos o que aconteceu. Sabemos que enviou aquela coisa para a Arma Fumegante. Ai, C, por que fez isso? Realmente teve que fazer? Ai, C, onde você está? — Hudson sempre soava como uma mãe exasperada e assustada, mas Carina sentia tanta falta dela que quase queria chorar.

Então, olhou as mensagens de texto.

*KD VC?!!*

*a gente <3 vc, C!*

*vc ta bem?*

A última mensagem de texto era de Lizzie, enviada às 22 horas. Horário de Nova York.

*Aguenta firme. Acho que vc vai ficar bem. Fique ligada...*

Carina olhou para essa sem acreditar. Lizzie não costumava ser assim otimista. E como, exatamente, ela iria ficar bem?

Agora era meio da madrugada em Nova York, então não podia retornar as ligações. Pensou em sua mãe no Havaí. Eram apenas 22 horas lá.

Discou o número de sua mãe e ouviu o telefone tocar uma, duas, três vezes. Finalmente a ligação caiu na caixa postal.

— Oi, você ligou para Mimi... Deixe algum amor para mim. — BIP.

Carina deslizou o dedo pela tela e desligou. Ela poderia deixar uma mensagem, mas não tinha ideia de quando e se sua mãe iria retornar a ligação. Mimi era um pouco estranha quando se tratava de mensagens. Logo após o divórcio, ela e a mãe ficavam em contato constante, marcando telefonemas e falando pelo *Messenger* à noite. Mas, nos últimos dois anos, o contato delas diminuíra para um telefonema por semana e uma mensagem de texto ocasional. Carina suspeitava que seu pai tivesse algo a ver com isso. Ele nem mesmo queria que Carina mantivesse contato com a mãe quando se separaram.

Carina bocejou de novo, sentindo as pálpebras começarem a se fechar. Iria escrever para as amigas de manhã e tentaria falar com a mãe novamente mais tarde. Agora, só precisava dormir.

Sem nem se incomodar em despir-se, afastou as cobertas e subiu na cama. Puxou os lençóis macios e espessos para cima dela, respirando seu cheiro poeirento de hotel, e sentiu um pouco de conforto. Ela fizera algo terrível, mas havia uma coisa da qual se orgulhava.

*Pelo menos, ele não me viu chorar*, pensou, logo antes de adormecer.

\*

— Carina?

Ela entreabriu os olhos. Apesar de ter se esquecido de fechar as cortinas antes de adormecer, o quarto ainda estava escuro.

— O carro estará aqui em 15 minutos. Hora de levantar.

A princípio, ela mal podia discernir a figura alta e magra de seu pai parada na porta. Mas quando seus olhos ajustaram-se à escuridão, viu que ele já estava vestindo um terno e segurava o jornal.

— Quinze minutos — repetiu. — Vamos.

Depois que ele foi embora, Carina apoiou-se nos cotovelos. Sentia a cabeça enorme e pesada, como uma bola de boliche cheia de concreto. O relógio na mesa de cabeceira marcava 6 horas da manhã. Sempre podia contar com o pai para que ele continuasse a torturá-la.

Arrastou-se para o banheiro, onde tomou um banho e escovou os dentes com o kit de escova e pasta de dente. Pegou uma camiseta Splendid e uma calça jeans *skinny*. Finalmente vestida, foi até sua bolsa e pegou o iPhone. Já havia mais duas mensagens de texto de suas amigas, enviadas antes de ela ter acordado.

*KD VC?*

*VC TA VIVA?*

Carina olhou para o relógio. Eram quase 9h30 em Nova York. Lizzie estaria na aula de inglês e Hudson, na de espanhol. Era hora de elas saberem o que estava acontecendo.

Mas como poderia começar a contar o que precisava numa mensagem de texto? Tinha que ligar para elas. Mas para quem ligaria primeiro? Lizzie ou Hudson?

— Carina? — chamou seu pai da sala de jantar. — Café da manhã!

Ela jogou seu iPhone de volta na bolsa e foi em direção à sala de jantar. Quanto mais tempo adiasse contar às amigas sobre isso, mais tempo poderia fingir que não estava acontecendo.

O Jurg sentou-se na cabeceira da longa mesa de mogno, lendo o *Wall Street Journal.*

— Coma — disse, apontando com a cabeça para a quantidade generosa de ovos, bacon, frutas, croissants e suco de laranja que ele tinha pedido. Claramente, ele não sabia que ela só comia mingau de aveia no café da manhã. — Só temos alguns minutos até o carro chegar. E é uma longa viagem. — Ajeitou seu jornal e voltou-se para ele, como se ela nem estivesse lá.

Carina olhou para a varanda além das portas francesas. O céu estava começando a ficar azul-escuro e, lá embaixo, as ruas de Beverly Hills arborizadas com palmeiras pareciam desertas. Havia um longo dia pela frente, e ele nem tinha começado. De repente, a ideia de ficar presa por horas num carro com seu pai enquanto dirigiam pela costa pareceu insuportável.

— Você não tem que ir comigo — disse ela, falando com ele pela primeira vez. — Posso ir sozinha, não tem nada de mais.

— O avião vai me pegar em Monterey — informou ele, virando a página.

— Pai. — Carina caminhou até uma das cadeiras de encosto duro e segurou-se a ela para manter o equilíbrio. Ela estava tentando pensar na melhor maneira de dizer isso desde a noite passada. Tinha que ser cuidadosa. Estava tão cansada que qualquer coisa poderia sair de sua boca. — Eu sinto muito. Muito mesmo. Só queria que soubesse disso.

Ele manteve seus olhos no jornal.

— É um pouco tarde para isso — disse ele.

— Mas eu estou me *desculpando* — insistiu ela.

Ele dobrou o jornal ruidosamente e virou com toda a força do seu olhar reprovador para ela.

— Eu não entendo, Carina. Acho que tenho sido um pai decente para você. Até mesmo um bom pai. Não lhe nego nada, para começar. Dou-lhe tudo o que quer. E é assim que você age?

— Pai...

Ele jogou o jornal no prato vazio.

— Não a mandei para a melhor escola da cidade? Não pago as contas do seu cartão de crédito? Não mando você em todas as viagens de montanhismo do mundo?

— Sim, mas... — Sua mente girou, lutando para chegar a um argumento. — Isso é tudo o que ser pai significa para você? *Pagar* coisas?

Ela sabia, assim que disse isso, que tinha sido um erro. O Jurg não piscou, mas contraiu a sobrancelha direita, do jeito que fazia sempre que estava prestes a ficar realmente furioso.

*Ding-dong*

Os dois viraram as cabeças em direção à porta da frente. A campainha tocou novamente.

— Eu atendo — disse ela, feliz em ter a chance de sair da sala. Provavelmente era outro garçom ansioso do serviço de quarto, verificando se tinham terminado o café da manhã.

Ela correu para o saguão e abriu a pesada porta da frente. Em vez de serviço de quarto, encontrou uma mulher baixa e magra que usava um terno preto, batom fúcsia e tinha cabelo preto crespo. Em sua mão direita, segurava uma pasta de documentos com uma capa de couro caramelo brilhante com fechos velhos, o tipo que levava bombas-relógio e segredos de espionagem nos filmes.

— Sou Erica Straker — disse de repente a mulher, estendendo a mão. — Carina, certo?

Carina apertou sua mão fracamente. Ela não estava acostumada com adultos a chamando pelo nome.

— Hã, sim — disse ela.

— Sou do escritório de advocacia de Cantwell e Schrum aqui em Century City — explicou rapidamente. — Seu pai está aqui?

— Posso ajudar? — perguntou o Jurg. Ele tinha vindo e parado atrás de Carina.

— Erica Straker. Nós já nos encontramos antes — disse ela bruscamente. Dessa vez não estendeu a mão. — Represento sua ex-esposa.

O Jurg não se mexeu, e, sem esperar por um convite, Erica Straker entrou direto na suíte.

— Qual o assunto, Sra. Straker? — perguntou o Jurg esforçando-se para soar educado.

— Minha cliente foi informada sobre o seu plano de enviar Carina para um colégio interno — disse ela com naturalidade enquanto levantava sua mala de documentos e a colocava sobre um aparador de vidro ao lado da porta. — E o acordo de custódia que você e minha cliente assinaram diz que você não pode mudar as condições de moradia de sua filha sem a permissão da minha cliente. — Ela abriu a mala e tirou um documento grosso grampeado que parecia ter centenas de páginas. Ela o tirou da mala e o entregou ao Jurg. — Será que você se esqueceu dessa cláusula? — perguntou, inclinando a cabeça como se ainda não soubesse a resposta.

O Jurg tirou o documento das mãos dela.

— Esses planos foram feitos muito rapidamente — murmurou. — E, como você provavelmente sabe, ela não é a pessoa mais fácil de se contatar.

A Srta. Straker sorriu, mostrando os dentes manchados de café.

— Bem, minha cliente entende que você pode ter se esquecido do acordo, então quis que eu passasse por aqui para lembrá-lo. É claro que ela gostaria que Carina ficasse em Nova York. E se você decidir ignorar seus desejos, ela terá motivos de sobra para processá-lo e pedir a custódia. E ela sabe o quanto você odiaria isso.

Carina olhou para baixo para o tapete persa dourado e vermelho, ciente de que seus olhos estavam saindo de sua cabeça. *Lizzie*, pensou. Foi por isso que ela mandou aquela mensagem de texto dizendo que tudo ia ficar bem. Lizzie e Hudson haviam contado para sua mãe. Elas a tinham salvado.

O Jurg limpou a garganta.

— Tudo bem então. Diga a sua cliente que estou impressionado com sua resposta rápida. Não achei que teria tempo, com todos os seus compromissos de yoga, meditação e tudo o mais.

Com a presunção de alguém que sabe que acabou de derrotar seu adversário — feio —, Erica fechou a mala e puxou-a da mesa.

— Tenha uma boa viagem para o leste, Sr. Jurgensen. E você, cuide-se, Carina — disse ela, piscando. Então, saiu pela porta.

Assim que a porta se fechou, o Jurg jogou o contrato no lixo.

— Suponho que você não teve nada a ver com isso — disse ele. Suas bochechas tinham ficado num tom escuro de rosa. Karl Jurgensen não estava acostumado a ter seus planos frustrados, muito menos na frente da filha.

— Eu não — disse ela. — Nem sequer liguei para ela...

— Não pense por um minuto que vou me esquecer disso — interrompeu ele. — Agora pegue suas coisas. Estamos partindo.

— Dez minutos? — perguntou com sarcasmo. Não conseguiu evitar.

O Jurg virou-se e olhou feio para ela.

— Agora — respondeu ele.

Carina correu de volta para seu quarto e pegou o iPhone. Agora sabia exatamente o que dizer para as amigas.

ESTOU VOLTANDO PARA CASA!, digitou, enquanto o sol da Califórnia iluminava o céu lentamente.

# capítulo 3

— Você pode encostar aqui! — gritou Carina do banco de trás. — Obrigada, Max!

Max encostou obedientemente o Range Rover preto no meio-fio enquanto Carina soltava o cinto de segurança. Mais adiante, ela podia ver Lizzie e Hudson virando-se para as portas de Chadwick School. Tinha chegado da Califórnia tarde demais para ligar para elas noite passada e agora mal podia esperar para vê-las.

— Ai meu Deus, *pare* — disse enquanto Max abria a porta do motorista. — Meu pai pode obrigá-lo a me levar para a escola, mas não pode obrigá-lo a abrir a porta para mim.

— Tenha um bom dia, C — falou Max, sorrindo para ela no espelho retrovisor. — Estou feliz que esteja de volta.

— Eu também — respondeu antes de bater a porta. Ela partiu em uma corrida desabalada pelo quarteirão em direção às portas e atacou suas melhores amigas na entrada com um abraço de urso que praticamente as derrubou. — Oi gente! — gritou.

— Ai meu Deus, *oi*!!! — gritou Lizzie de volta, abraçando Carina com tanta força que ela mal conseguia respirar.

Com cerca de 1,80 metro de altura, enormes olhos castanhos, lábios carnudos e cachos vermelhos, Lizzie era a garota com a aparência mais única que Carina já tinha visto. Mas Lizzie sempre estava desconfortável com sua aparência incomum e indomável, principalmente porque sua mãe era Kátia Summers, a supermodelo. Nos últimos dois meses, Lizzie tinha sido "descoberta" — primeiro por um fotógrafo e depois por um mundo da moda inteiro — e sido apelidada de "a nova face da beleza". Carina não tinha ficado nem um pouco surpresa. Sempre que Lizzie entrava em um lugar, as pessoas a notavam — e Carina sempre desejou provocar o mesmo efeito nas pessoas.

— Ei! Você conseguiu! — gritou Hudson, e seus olhos verdes como o mar se acenderam quando abraçou Carina. Hudson era só um pouco mais alta que Carina, porém mais magra e mais delicada, com cabelos pretos ondulados na altura do ombro e uma pele perfeita cor de torrada. Na maioria das vezes, Carina sentia-se um lixo só de estar perto de Hudson, que estava sempre usando alguma coisa das lojas mais *avant-garde* de TriBeCa ou das lojas *vintages mais legais* do East Village. Seu estilo era boêmio, o que significa muitas túnicas leves em tecidos metálicos, colares futurísticos, brincos de argola enormes e chapéus com grandes abas. Carina também amava acessórios, mas, geralmente, brincos e pulseiras de ouro ou prata. A habilidade de Hudson de combinar contas, ouro e bronze estava muito além de sua capacidade.

— Ai meu Deus, vocês *salvaram a minha vida* — irrompeu Carina. — Vocês deviam ter visto a cara do meu pai quando aquela advogada apareceu. Foi a primeira vez na vida dele que ouviu a palavra *não*. Quase quis filmar no meu iPhone.

— Foi ideia de Hudson — contou Lizzie com orgulho, subindo com suas longas pernas os degraus em direção ao ensino médio, dois de cada vez. — Ela se lembrou daquela vez quando estávamos falando sobre internato e você disse que sua mãe precisaria concordar.

— Mas foi Lizzie que realmente *ligou* para a sua mãe — disse Hudson, tirando as luvas. — Ela falou com ela por, tipo, uma hora.

— Sério? — perguntou Carina. — Como conseguiu pegá-la no telefone?

— Não sei, ela simplesmente atendeu — disse Lizzie, dando de ombros. — E olha isso: sua mãe tinha visto a minha foto na Rayon. Ela sabia sobre toda a história de modelo. Eu não consegui acreditar. Tinha esquecido como ela era legal.

— Sim — concordou Carina melancolicamente. Mimi Jurgensen era realmente legal. Muito mais legal do que o homem com quem tinha se casado. Nunca havia ficado muito claro para Carina o que reunira seus pais. O Jurg era um workaholic tenso que só se importava em ganhar dinheiro, e sua mãe era um espírito livre, graduado na Sarah Lawrence, que não podia se importar menos em pertencer ao Clube das Donzelas ou dirigir um Jaguar vintage. — Então... ela realmente ficou chateada quando o que estava acontecendo? — perguntou Carina.

— Ah, sim — disse Lizzie. — Muito. Como ela estava quando *você* falou com ela?

— Eu não falei, quer dizer, ainda não falei — respondeu Carina, sentindo-se um pouco desconfortável. Quando tinha descido do avião em Nova York, pensou que haveria uma mensagem de voz de sua mãe no telefone, mas havia somente uma mensagem de texto.

*Feliz em saber que as coisas deram certo. Saudades! Com amor, mamãe.*

Sua mãe agora gerenciava um estúdio de yoga em Maui. Pelo o que podia notar, era tudo o que as pessoas realmente faziam lá, além de surfar.

— Como estão as coisas com o seu pai agora? — perguntou Hudson, desatando sua echarpe de casimira. — Ele ainda está muito irritado?

— Não tenho ideia. Não falamos um com o outro desde todo o impasse da advogada. E por mim tudo bem, aliás.

Lizzie abriu a porta vaivém que levava ao ensino médio e juntaram-se às pessoas circulando pelos corredores.

— Ele tirou a história do site e publicou um comunicado de imprensa dizendo que era mentira e tudo o mais — acrescentou Carina, abrindo um sorriso enquanto acenava para as pessoas. — Então acho que está totalmente acabado. Graças a Deus.

— Tem certeza disso? — perguntou Lizzie ceticamente.

— Bem, ele disse também que não ia se esquecer disso ou algo desse tipo, mas eu me desculpei — disse Carina. — E não foi como se eu tivesse dito que ele com certeza estava roubando.

Lizzie e Hudson olharam para Carina.

— O quê? — perguntou a elas.

— Você basicamente disse que seu pai era um *ladrão* — apontou Lizzie. — Isso é difamação. As pessoas vão presas por isso.

— Mas ele não fez isso. E vocês esqueceram do que ele fez *comigo*? — perguntou Carina, acaloradamente. — Se eu não tivesse feito nada, em dois anos estaria trabalhando para ele em horário integral. Provavelmente nem me formaria! — Carina puxou o cabelo loiro para trás em um rabo de cavalo, o que sempre a acalmava. — Olha, se ele está preparando alguma punição enorme e horrível para mim, tudo bem. Sei que pisei na bola. Mas eu tinha que fazer alguma coisa. E realmente *pensei* que ele estava fazendo algo errado.

— Quero saber como ele descobriu que foi você — interveio Hudson. — Você já descobriu?

— Ah, essa é a melhor parte: Servo Medonho.

— Não é possível! — gritou Hudson.

— Tem certeza que foi ele? — perguntou Lizzie.

— Tenho. Ele estava no apartamento quando tudo aconteceu. E me deu um sorriso presunçoso quando meu pai estava gritando comigo. Mas não se preocupem. Ele vai me pagar. Tenho um plano de vingança.

— Ah não, mais vingança não — gemeu Lizzie.

— Não, essa é incrível. — Carina tirou uma folha de sua mochila. — Olhem isto — disse, entregando-a para Lizzie e Hudson.

— Se eu nunca mais sentir você em meus braços — leu Lizzie em voz alta —, se eu nunca mais sentir seu beijo delicado, se eu nunca mais ouvir "eu te amo" de vez em quando... — Lizzie parou, confusa. — Isto não é uma música? — perguntou.

— Sim — disse Carina. — Olhem no final.

Lizzie e Hudson olharam para baixo para as palavras rabiscadas em letras enormes no final da folha.

*EU QUERO VOCÊ.*

— Não entendi — disse Hudson.

— Vou fazê-lo pensar que tem uma admiradora secreta! — gritou Carina.

— *Isso* é vingança? — perguntou Lizzie.

— Vamos lá, ele é o cara mais triste, grosso e menos atraente da face da Terra e provavelmente nunca teve nenhuma garota a fim dele, *nunca* — disse Carina, ela jogou a carta de volta na mochila. — Quando ele perceber que é uma brincadeira, ficará totalmente humilhado. É o mínimo que posso fazer.

— Bem, boa sorte com isso — disse Lizzie, batendo de leve algumas vezes no ombro de Carina.

Elas estavam prestes a entrar na sala de aula quando Carina ouviu o inconfundível *clip-clop* de saltos vindo do corredor atrás dela. Soube imediatamente quem era.

— Ah não — sussurrou Lizzie. — Aproximando-se.

— Ah, por favor, Deus, não — sussurrou Hudson. — Não.

— Oi gente! — chamou uma voz familiar.

As três viraram-se.

Ava Elting estava andando na direção delas em passos curtos e determinados, usando um sorriso recém-clareado e a maior bolsa Kooba de couro envelhecido que Carina já tinha visto.

— Esperem! — gritou, acenando com uma das mãos, com as unhas perfeitamente feitas. — Preciso de vocês!

— Ela *precisa* de nós? — repetiu Carina pelo canto da boca.

— *Claro* — resmungou Hudson.

Cinco dias depois de seu notório término com Todd Piedmont, a rainha da elite social de Chadwick parecia mais perfeitamente arrumada que nunca. Seus cachos ruivos foram puxados para trás do rosto com a fivela usual ornamentada com joias e o A de diamante no seu colar brilhava na cavidade da clavícula. Sua blusa oxford — Ava nunca usava gola rulê, nem mesmo em novembro — estava desabotoada o suficiente para insinuar um corpete com renda sobre a pele bronzeada artificialmente. Não havia indício de que, há apenas alguns dias, estivera um caco, abandonada e chorando, quando Todd Piedmont finalmente criara juízo e terminara com ela. Depois, para manter a reputação, Ava espalhou uma história ridícula sobre ele tê-la traído. *Apenas Ava Elting pode fazer isso*, Carina pensou, *e chegar desfilando na escola alguns dias depois como se nunca tivesse acontecido.*

— Oi, meninas — disse Ava em um tom excessivamente amigável. — Só queria fazer a vocês uma pergunta bem rápida.

— Vá em frente — murmurou Carina, falando pelo grupo. Lizzie, a nova namorada de Todd, ficou respeitosamente quieta, e Hudson estava apenas sendo tímida, como de costume.

— Acho que contei a vocês que sou a presidente do baile Silver Snowflake este ano? — disse Ava com entusiasmo, deixando sua voz transformar-se numa pergunta. — Estou tãããão animada. A instituição de caridade para a qual estamos arrecadando fundos é incrível. É a Fundação Deixe Nova York Linda.

— Fundação o quê? — perguntou Carina.

— Ela oferece cirurgia plástica de graça para as pessoas carentes. E a festa está ficando *incríííível*. Tão incrível que tenho certeza que vai sair no *New York Times*.

— Sério? — perguntou Lizzie, tentando não rir.

— Bem, na seção de moda — esclareceu Ava, enrugando seu nariz. — Vocês sabem como eles mencionam todas as festas boas da semana no domingo? Esse é meio que o meu objetivo.

— Ah — disse Carina. *Sonhe alto*, pensou.

— O que *me lembra* — continuou Ava, com outro sorriso branco ofuscante para Lizzie e Hudson — que acho que perguntei a vocês algumas semanas atrás se suas mães tinham alguma coisa que pudessem doar? Para o sorteio? Lembram?

Lizzie e Hudson estudaram o chão de madeira brilhante.

— Estava pensando em ingressos para o show da sua mãe? — disse Ava para Hudson. — Ou um jantar com ela, depois?

Carina quase gargalhou. Holla Jones, a mãe pop star de Hudson, preferiria morrer a comer com dois estranhos.

— E talvez sua mãe tenha algum vestido vintage Alaïa maravilhoso — disse Ava para Lizzie. — Ou ela poderia doar algumas lingeries da sua linha.

Lizzie ficou até mais pálida do que de costume enquanto escondia-se atrás de seus pesados cachos vermelhos. Kátia tinha acabado de lançar sua própria linha de lingerie, e Lizzie ainda estava mortificada com isso.

— Posso tentar — esquivou-se Lizzie, olhando o chão de madeira.

— E você — disse Ava para Carina, estreitando os olhos enquanto brincava com seu colar com um A de diamante. — Eu ia perguntar se *você* queria ser do Comitê de Planejamento Executivo.

— Ia? — perguntou Carina, surpresa demais para rir. — O que é isso?

— É um bando de pessoas que se encontram algumas vezes e conversam sobre o evento — disse Ava. — Mas é basicamente ter o seu nome no convite. De qualquer forma, é uma honra. Apenas convidamos as pessoas mais socialmente viáveis para fazer parte.

*Argh*, pensou Carina. Ava achou que ela era socialmente viável porque tinha dinheiro. Não importava se Carina não tinha ido uma única vez às partidas de polo em Bridgehampton, às aulas de etiqueta na quinta série, estado em qualquer outro baile brega cujo ingresso custasse duzentos dólares ou qualquer outra coisa que Ava considerasse "social". Era apenas o efeito "Caixa Registradora", puro e simples. Ela era legal na opinião de Ava simplesmente porque seu pai era rico.

— Não, obrigada — disse Carina. — Não é muito a minha cara.

Ava levantou uma de suas sobrancelhas habilmente arqueadas.

— Tudo bem — respondeu, parecendo um pouco ofendida. — E vocês me avisem sobre aquelas outras coisas — falou para Lizzie e Hudson, aumentando um pouco a voz como se elas não pudessem ouvi-la. — Até mais.

Assim que Ava saiu desfilando pelo corredor, Lizzie colocou a mão no nariz.

— Ai meu Deus. Sou eu ou ela tomou um banho de Marc Jacobs Daisy?

— Comitê Executivo?! — exclamou Carina. — Está mais para o Comitê Louco. Até mesmo o primário sabe como ela mentiu sobre Todd.

— E socialmente *viável*? — perguntou Hudson com seus olhos verdes arregalados de nojo. — O que isso significa?

— Acho que significa ter seu nome num convite — disse Lizzie, revirando os olhos.

— Pelo menos está sendo honesta sobre como é chato — apontou Hudson. — Achei legal da parte dela te convidar.

— Sim, bem, prefiro ter meus olhos arrancados a me envolver com o baile idiota dela — disse Carina enquanto entravam na sala de aula.

Carina percebeu que Lizzie estava indo direto para os fundos e, então, viu por quê: Todd sentou-se na última fileira, perto de três carteiras vazias que tinha guardado para elas. Estava adorável como sempre, com seu cabelo castanho caído e olhos azuis de filhote de cervo.

— Então vocês estão oficialmente juntos agora? — cochichou Carina para Lizzie enquanto se aproximavam de Todd. Ela tinha ouvido sobre a sessão de amassos deles no Washington Square Park.

— Acho que sim — cochichou Lizzie dentre seus cachos. — Mas não diga nada.

— Sem problema. — Por dentro, Carina sentiu uma pequena pontada de alguma coisa. Não inveja. Ninguém merecia um bom namorado mais que Lizzie. Mas desde que as três eram amigas (ou seja, desde que tomavam sucos de caixinha e tiravam sonecas), nenhuma delas tivera um namorado sério. Agora, ao que tudo indicava, Todd iria juntar-se ao trio. E por mais que gostasse dele, Carina não tinha certeza se gostava da ideia.

Ela afastou o pensamento de sua mente enquanto sentava-se perto de Lizzie e acenava para Todd. Afinal de contas, o pai de Todd seria acusado de alguma coisa bem pesada depois de ter sido pego roubando sua própria empresa. O mínimo que podia fazer era deixar que ele sentasse perto delas na sala de aula.

— Oi, Todd — disse ela enquanto sentava numa carteira.
— Alguma novidade?

Todd respondeu o aceno de Carina.

— Na verdade não. É bom tê-la de volta.

— Obrigada — respondeu ela.

— Como você está? — perguntou ele a Lizzie, virando-se para ela.

Ele segurou a mão dela por debaixo das mesas. Carina virou-se. Claro que estava feliz por sua amiga, mas demonstração de afeto em público a esta hora da manhã era demais para ela.

# capítulo 4

— Tenho que dizer, nunca apreciei tanto Nova York quanto hoje — anunciou Carina, logo antes de dar uma mordida em seu jantar favorito: hambúrguer de peru com queijo suíço e molho de oxicoco. — Aposto que eles não têm hambúrgueres assim na Califórnia.

— Se tiverem, não permitiriam que comesse as batatas fritas — disse Lizzie, roubando algumas batatas de Carina do outro lado da mesa.

Ao lado dela, Hudson largou seu garfo e deu um bocejo longo e barulhento.

— Desculpa, meninas. Esse disco está acabando comigo.

— Você ainda não terminou de gravar? — perguntou Carina.

— Tivemos que começar tudo de novo, lembra? — disse Hudson, tentando garfar um tomate cereja em sua salada. — Tivemos que nos mudar para outro estúdio, refazer todas as músicas, mudar músicos. Tudo porque minha mãe acha que tenho que ser menos lounge da Starbucks e mais Christina Aguilera — contou, com ironia.

— Mas a música que a vimos fazendo naquele dia no estúdio era tão linda — comentou Lizzie. — O que aconteceu?

— Minha mãe achou chata — respondeu Hudson. — Bem-vindas ao meu mundo.

O ícone pop Holla Jones tinha opiniões muito definitivas sobre transformar sua única filha numa estrela. Com sua voz profunda, habilidade incrível para escrever músicas e a presença intensa, Hudson tinha tudo que precisava para ser uma mistura de Fiona Apple e Nina Simone. Mas Holla queria que Hudson fosse uma pop star superficial com quarenta hits no topo das paradas, assim como ela. Lizzie e Carina estavam começando a se perguntar se era isso que Hudson realmente queria.

— Seu produtor, pelo menos, está do seu lado? — perguntou Lizzie.

— Não mais — disse ela, dando um gole no chá gelado. — Começamos com as mesmas ideias. Você sabe, sem samples, batidas artificiais, sintetizadores. Apenas uma coisa simples, natural. Agora é como se essa conversa nunca tivesse acontecido. Ele faz tudo o que minha mãe diz. É realmente irritante.

— Ele e o Servo Medonho deveriam sair juntos — falou Carina, dando outra mordida no hambúrguer. — O jeito como ele puxa o saco do meu pai é chocante.

— Talvez seu produtor esteja apenas com medo da sua mãe — disse Lizzie.

— Falando em ter medo de pessoas, o que foi a última do Martin Meloy? — perguntou Carina para Lizzie.

Lizzie fez uma careta enquanto tomava um pouco de sua sopa de macarrão com galinha.

— Depois que saí da sessão de fotos, ele disse ao *Women's Wear Daily* que teve outra "visão" para sua nova linha — contou ela, fazendo o gesto de "aspas" com os dedos. — Mas pelo menos consegui ficar com sua bolsa nova. — Ela pegou a bolsa que ele tinha apelidado de "Lizzie", feita de couro branco com fivelas de prata. — Estou pensando quanto será que consigo por ela no eBay.

— Ah, não venda, guarde como lembrança — disse Hudson. — E você sempre será modelo. Quem liga para Martin Meloy?

— Andrea é tão mais legal, de qualquer forma, e estou fazendo esses retratos para ela expor no Gagosian — comentou Lizzie. — Mas agora estou tentando focar na escrita. E no meu relacionamento.

— Não acredito que acabou de dizer "relacionamento" — brincou Carina.

Lizzie corou.

— Acho bonitinho — disse Hudson. — Juro por Deus, Todd fica mais sexy a cada dia. Estou realmente feliz por você, Lizbutt.

— É, eu também — acrescentou Carina, com um pouco menos de entusiasmo.

— Obrigada, meninas — disse Lizzie, deixando escapar uma risadinha nervosa. — E Hudson, não olhe agora, mas acho que sua admiradora está vindo.

Carina olhou por cima de seu hambúrguer de peru para ver Hillary Crumple, a maior fã de Hudson do nono ano, vindo pelo salão. A maior parte de seu cabelo castanho fino tinha escapado do rabo de cavalo, mas sua mochila rosa e azul retangular estava firmemente presa nos dois ombros. Hoje, ela usava um suéter magenta bordado com um coração de lantejoulas gigante e uma kilt enorme que ia até a metade de suas canelas.

Carina quase respeitava Hillary por ser uma idiota sem culpa, mas não gostava do jeito como ela seguia Hudson pela escola tentando desesperadamente ser sua amiga. Semana passada, a amiga recebera uma ligação em seu celular de um tabloide de celebridades, dias depois de Hillary ter praticamente forçado Hudson a dar seu número no baile do Chadwick. Enquanto assistia a Hillary arrastar-se em direção à mesa delas, Carina teve outro pressentimento que lhe deu arrepios. Hillary Crumple não era boa coisa.

— Você ainda está recebendo aquelas ligações dos tabloides? — perguntou Carina a Hudson.

Hudson assentiu, mas tocou o braço de Carina.

— Não diga nada, tudo bem? Eu realmente não acho que Hillary Crumple esteja vendendo meu número.

— Não, ela só tem um santuário seu no quarto dela — brincou Carina.

Hudson olhou para a amiga.

— Estou falando sério, C. *Não* diga nada. Eu consigo lidar com ela.

Carina assentiu, mas lançou um olhar desconfiado para Hillary enquanto ela alcançava a mesa delas, só para garantir.

— Oi, Hudson — disse Hillary alegremente, com seus olhos amarelo-esverdeados fixos em seu ídolo. — Que brincos legais.

— Obrigada — disse Hudson, tocando seus brincos em forma de gota folheados a ouro.

— Preciso encontrar brincos assim — acrescentou Hillary bem rápido, como costumava fazer. — Talvez em prata.

Minha mãe diz que prata fica melhor em mim do que ouro. Que tal comprarmos brincos esse final de semana? Estará por aqui? Que tal no SoHo? Ou em NoLIta?

Lizzie e Carina chutaram a canela de Hudson por debaixo da mesa.

— Adoraria, Hillary, mas estarei no estúdio esse final de semana — respondeu Hudson docemente.

— Tudo bem — disse Hillary, ainda no modo rápido. — Posso ir lá e ficar com você, se precisar de companhia. Ou apenas alguém com quem jogar Xbox. Ouvi dizer que esses estúdios de gravação têm Xbox. O seu tem Xbox?

Hudson parecia pesarosa. Carina e Lizzie a chutaram por debaixo da mesa outra vez.

— Você não deu o número da Hudson para ninguém, deu? — perguntou Carina, incapaz de segurar-se. Por debaixo da mesa, sentiu um chute de Hudson.

— *Eu?* — Hillary virou-se para olhar Carina pela primeira vez. — De jeito nenhum. Para quem eu o daria?

As três amigas trocaram um olhar.

— Ninguém, esqueça — disse Hudson rapidamente.

— Então vou te ligar esse final de semana — falou Hillary vividamente, afastando-se da mesa. — Que tal?

— Ótimo — disse Hudson, forçando um sorriso. — Vejo você esse final de semana.

— Ah, eu sou ótima em *Rock Band* — acrescentou Hillary assim que se virou, quase derrubando um garçom com sua mochila quadrada.

— Você está *maluca?* — gritou Carina assim que Hillary foi embora. — Agora ela nunca mais deixará você em paz.

— O que eu deveria fazer? Dizer a ela que não pode me ligar?

— *Sim!* — responderam Lizzie e Carina. — Ou, pelo menos, trocar o seu número — acrescentou Carina.

— Eu não vou trocar o meu número só por causa de duas ligações estranhas — disse Hudson.

— Lembre-se disso quando terminar no *National Enquirer* — disse Carina, dando outra mordida no hambúrguer. — Você é muito, muito boa. Se não começar logo a canalizar sua maldade interior, vai se arrepender.

Hudson deu de ombros e voltou-se para sua salada. Carina bebeu sua Coca-Cola Diet. Ela sabia que era mandona às vezes, mas alguém tinha que endurecer Hudson. Mesmo que fosse só para ajudá-la a lidar com Holla.

Bem quando estava prestes a dar outra mordida deliciosa, Carina olhou para a rua pela janela e congelou. Lá, havia apenas alguns metros de distância, estava Carter McLean. Parado na calçada, conversando com os amigos enquanto comia uma fatia de pizza para viagem de um lugar na rua 91. As pontas de seu cabelo castanho encaracolado levantavam com o vento. Enquanto ria por causa de alguma coisa que alguém dissera, seus olhos verdes brilhavam ao sol. Carina sentiu seu coração dar um salto no estômago. Graças a Deus não tinha sido enviada para o internato. *Graças a Deus.*

Carter era do segundo ano, uma estrela da corrida e um dos garotos mais sexies na cidade. Ela o admirava de longe desde que ele sorrira para ela na fila da pipoca no cinema do *East Hampton*. Ela percebeu que fora puro acidente, mas então, na festa de Ilona na semana passada, Carina o surpreendeu olhando para ela. Agora não conseguia tirá-lo da cabeça. Ele saía com a galera mais legal do Chadwick — um grupo de garotos muito ricos e muito independentes que viajavam em grupo para as casas que possuíam pelo mundo todo. Nenhum deles parecia ter pai ou mãe ou, se tinham, não pareciam se incomodar em pedir a opinião deles. Rumores loucos voavam sobre suas aventuras indo nas boates de South Beach e relaxando em festas de celebridades em Malibu. Carter era o líder inquestionável do grupo e famoso por ser um fanfarrão e partir o coração das garotas. Ela sabia que, dentre todos os caras da Chadwick, ele era o seu namorado, apenas esperando para conhecê-la.

Agora, quase como se pudesse ler a mente de Carina, Carter virou-se e olhou pela janela, diretamente para ela, que sentiu o coração parar. Os olhos verdes dele travaram-se nos dela, um sorriso brincalhão ondulou ao redor das bordas da sua boca e Carina engoliu em seco. Teve que desviar o olhar antes de vomitar o hambúrguer.

— C, o que há de errado com você? — perguntou Lizzie, olhando furtivamente para ela. — Está enjoada?

— Carter McLean acabou de olhar para mim novamente — sussurrou ela, balançando a cabeça em direção à janela. — Não olhem.

Lizzie e Hudson esticaram os pescoços para dar uma olhada rápida, mas Carter voltara a falar com os amigos muito legais, Laetitia e Anton. Laetitia Dunn era uma garota do segundo ano loira, alta e esguia cujo olhar frio e entediado dizia que já havia feito de tudo, visto de tudo e que não tinha nada a dizer sobre aquilo. Estava supostamente namorando um modelo de 25 anos que morava em Paris. Anton West tinha cabelo escuro, olhos escuros penetrantes e nunca sorria. Carina achava os dois bem intimidantes.

— É a segunda vez na semana — disse Hudson, impressionada. — Ele realmente está te secando, C.

— Tudo bem — disse Carina, enxugando as mãos num guardanapo. — Vou falar com ele. — Levantou-se.
— *Agora?* — perguntou Hudson.
— Sim, por que não? Quero dizer, obviamente ele quer que eu fale.
— Eu não sei — disse Lizzie. — Sinto uma vibração estranha nele. E nos amigos.
— Não vou falar com os amigos dele — argumentou Carina.
— Ele parece meio cheio de si — acrescentou Lizzie.
— Ele é *confiante* — corrigiu Carina.
— Ele tem que ser — acrescentou Hudson. — Não acabou de escalar o Denali ou algo parecido?
— Ouvi dizer que estava voando de asa-delta sobre o Saara — contou Carina, enrolando sua echarpe ao redor do pescoço.
— Bom, vá mostrar o feitiço da Carina — disse Lizzie, com um sorriso resignado. — Ficaremos aqui assistindo.
Enquanto zarpava pelas mesas em direção à porta, Carina sentiu a adrenalina começar a percorrer seu corpo. Ela amava dar o primeiro passo com os garotos, apesar de suas amigas não aprovarem. Sabia que os garotos geralmente tinham muito medo de falar com ela primeiro e nove a cada dez vezes, se ela puxasse a conversa, acabavam pedindo seu telefone.
Mas era aí que parava de gostar deles. Não sabia exatamente o motivo. Suas amigas diziam que era porque ela só queria um desafio.
— É como se você quisesse *escalar* um garoto em vez de sair com ele — gostava de dizer Lizzie.
Mas Carter McLean, ela sabia, era diferente. Carina nunca se cansaria de olhar para a dobrinha no queixo dele ou imergir no seu ar descontraído e legal, que tinha sem fazer

esforço. Além disso, Carter não era o tipo de garoto que ia ficar em cima dela. Ele sempre estaria um pouco fora de alcance. Era exatamente disso que Carina gostava nele.

Caminhou até a porta e pisou na avenida Madison. Carter tinha terminado sua pizza, mas ainda estava conversando com Laetitia e Anton. Assim que Carina saiu, ele virou-se para olhar para ela.

— Ei — disse ela, acenando levemente enquanto descia a rua. — Precisa de alguma coisa da loja de doces? — Estava tão nervosa que sua voz quase falhou. Ela podia sentir Laetitia e Anton olhando para ela.

— Hã?

— Vou comprar doces — disse ela, balançando a cabeça na direção da Sweet Nothings descendo a rua. — Quer também?

Ele enfiou as mãos nos bolsos do casaco e deu um passo em direção a ela. Felizmente, Laetitia e Anton começaram a conversar um com o outro.

— Não, mas vou com você, se precisar de ajuda — disse, sorrindo para ela de um jeito que parecia dizer que sabia exatamente o que ela estava armando.

— Ótimo. — Carina flertou de volta e começaram a andar em direção à loja.

Eles entraram na loja da Sweet Nothings na Madison. Carina quase sempre parava ali depois da escola porque tinham todas as gostosuras europeias difíceis de encontrar. Ela pegou uma sacola de plástico e foi em direção aos tonéis de balas por quilo. Carter a seguiu. De repente, ela percebeu que isso era um pouco esquisito. Ela o tinha feito ir até lá com ela e agora precisava dizer alguma coisa.

— Tem cheiro de neve — disse enquanto abria o tonel de trufas bávaras de chocolate amargo e colocava uma concha em sua sacola. — Mal posso esperar para fazer snowboard. Você pratica snowboard, certo?

— Definitivamente, mas não por aqui — disse ele com sua voz "menos é mais". — O East Coast é um saco.

— Bem, sim — disse Carina. — Aspen é muito melhor.

— Não, lá também é um saco — falou ele. — Já esteve nos Alpes?

— Não — respondeu Carina, fazendo um nó na sacola de trufas. — Mas já ouvi dizer que é incrível. — Estar tão perto de Carter estava deixando-a com a mão suada.

— A neve fresca de lá faz com que Vail pareça com as montanhas Catskills — comentou Carter, brincando com uma pá de plástico numa corrente. — Meu tio tem uma casa em Chamonix. Um grupo nosso está indo no feriado do Natal.

— Sério? — disse ela, quase incapaz de olhar para os seus olhos verdes atraentes.

— A casa dele fica bem na montanha, com vistas incríveis de todo o vale — contou ele, sacudindo a cabeça para tirar os cachos dos olhos. — Tem um ofurô e uma cozinha enooorme. E as boates de lá são fora de série. — Um sorriso passou pelo rosto dele. — Você quer ir?

Ela quase derrubou sua sacola de plástico.

— Hã... o quê?

— Um grupo inteiro nosso vai passar dez dias lá, durante o Ano-Novo — disse ele, abrindo um tonel de bolinhas de malte de chocolate e colocando um punhado delas na boca. — Laetitia, Anton, toda essa galera. Já que gosta de praticar snowboard... — Ele engoliu e sorriu, mostrando a ela seus dentes brancos perfeitos. — Acho que você devia ir.

Uma visão passou por sua cabeça: ela e Carter em suas pranchas, esculpindo o caminho ao descerem uma montanha juntos e beijando-se ao alcançarem o final enquanto um pôr do sol rosa e dourado iluminava um vale suíço digno de fotografia...

— Claro! — respondeu ela, um pouco alto demais. — Conte comigo.

— Legal — disse ele, afastando-se dela. — Depois te digo o preço dos bilhetes. E um grupo nosso já reservou voo pela Swissair. Laetitia sabe todos os detalhes. Ela está enviando as informações para um grupo de e-mail.

Claro que ela sabia que outras pessoas estariam lá, mas a possibilidade de estar com Carter por dez dias — dez dias seguidos — era quase demais para absorver.

— Parece legal — comentou ela, lutando para soar casual enquanto entregava uma nota de vinte dólares para a mulher atrás da caixa registradora. — Ah, espero que não esteja se gabando, porque vou acabar com você naquela montanha.

— É o que você pensa — falou Carter, abrindo um sorriso. — Estou ansioso para isso. — Eles deixaram a loja e Carina o assistiu andar de volta em direção a Laetitia e Anton.

Quando deslizou de novo para dentro do restaurante, estava com um sorriso tão largo que Lizzie quase engasgou com o chocolate quente.

— Ai meu Deus, *o que* aconteceu?

— Vocês nunca vão acreditar — disse Carina, deslizando de volta para a mesa. — Vou com ele para os Alpes no feriado do Natal. Praticar snowboard. — Ela despejou sua sacola de balas na mesa com um baque dramático. — Não é legal?

— Você vai *sozinha* com ele? — perguntou Hudson com seus olhos verdes cor do mar ficando tão grandes como moedas de dólar.

— Não, os amigos dele também vão — respondeu casualmente.

— Espera... você vai viajar com *essa* galera? — perguntou Lizzie, olhando para trás para Laetitia e Anton. — Tem certeza de que quer fazer isso?

— Eles não são assassinos ou algo do tipo — disse Carina defensivamente. — E ele me perguntou se eu queria ir.

— Como *amiga* — esclareceu Lizzie.

— Sim, mas, definitivamente, é o começo de alguma coisa — argumentou ela. — O que tem de errado com isso?

— Nada — disse Lizzie. — É que não é bem a nossa cara, só isso.

— Bem, vai ser incrível — falou Hudson. — Qual é mesmo o signo dele?

— Vou descobrir — disse Carina, rasgando a sacola de plástico. — Eu contei a vocês que o tio dele tem um *ofurô*?

— Caramba, C — continuou Hudson, olhando para o seu prato e balançando a cabeça. — Você devia dar palestras sobre isso ou algo assim.

— Não é nada de mais — disse Carina, sorrindo enquanto colocava um chocolate na boca.

# capítulo 5

Carina girou de um lado para o outro, cantando junto com a música pulsante enquanto se olhava no espelho. A blusa Catherine Malandrino estava perfeita. O amarelo reluzente realçava suas mechas douradas, as tiras mostravam seus ombros tonificados e levemente sardentos e a seda esvoaçante com o caimento certo, bem acima dos quadris. *Pronto*, pensou. Provavelmente, Carter iria convidá-la para sair antes de irem para Chamonix, e era exatamente isso o que queria vestir no primeiro encontro. E ainda custava 280 dólares, o que era superbarato.

— Como está indo aí? — perguntou a vendedora, animada, através da cortina do provador.

— Ótimo — gritou Carina, abrindo o zíper da blusa e tirando-a pela cabeça. Entregou a ela o cartão de crédito Amex Platinum pelo lado da cortina. — Vou levá-la.

— Legal! — falou a vendedora enquanto pegava as roupas. — Vou registrar a compra para você!

Carina passou sua gola rulê pela cabeça e fez uma careta. Diana, sua personal trainer, passara séries mortais de flexões e abdominais mais cedo, para compensar os dois dias que passou sentada no avião do pai, e agora ela mal conseguia levantar os braços. Não podia esperar para chegar em casa e tomar um banho quente, embora houvesse uma grande chance de esbarrar com o pai. Ela o estava evitando desde que voltaram da Califórnia e não tinha pressa de pôr fim às suas vitórias consecutivas. Ela conferiu seu relógio. Seis e meia. Com sorte, ele estaria fora em algum cocktail ou em outra futilidade altamente divulgada e infestada de paparazzi.

Carina puxou a cortina para o lado e andou em direção ao caixa, onde a vendedora dobrava a blusa em um papel de seda rosa delicado. Ela era como todas as outras vendedoras da Intermix: alta, tão magra que seu peito era praticamente côncavo e com o cabelo cor de cobre preso num coque bagunçado que dizia "nem preciso tentar ficar bonita".

— Essa blusa é tãããão fofa — murmurou, colocando carinhosamente um adesivo no papel para segurá-lo. — Vai usar onde?

— Em um encontro — disse Carina sem rodeios enquanto examinava um par de brincos dourados.

— Aaah, ele vai *amar* — assegurou-lhe a vendedora, com um daqueles sorrisos conspiratórios que sempre a irritavam. Ela olhou para o cartão Amex de Carina. — Você é parente de *Karl* Jurgensen?

— Sim. Ele é meu pai.

A vendedora piscou, surpresa.

— Então você deveria nos dar seu e-mail — disse ela. — Para que saiba quando recebermos coisa nova, estivermos em liquidação, esse tipo de coisa. Fazemos isso com todos os nossos clientes preferenciais.

*Efeito Caixa Registradora*, pensou Carina.

— Hum, tudo bem — disse.

A vendedora passou o cartão de crédito. A máquina fez um barulho irritante.

— Hum — disse ela, franzindo a testa para a máquina. — Está dizendo que este cartão foi cancelado.

— O quê? — Carina olhou para o cartão prateado na mão da garota. — Você tem certeza? A data de validade expirou?

A vendedora olhou para o cartão.

— Não. Expira no ano que vem. — Ela passou novamente. A caixa registradora fez o mesmo barulho rápido, mas decisivo. — Hum. Não passou de novo.

— Isso é estranho — disse Carina, abrindo a carteira. — Este deve funcionar, tente — falou ela, entregando o cartão de débito Visa para a vendedora.

A vendedora tentou outra vez. Desta vez, o barulho soou mais como um guincho irritado.

— Este está dizendo que você não tem fundo suficiente — informou a vendedora. Ela fez uma careta para Carina, como se dissesse "estamos nessa juntas" de um jeito amigável. — Quer tentar outro?

— Hum, claro. — Carina sentiu as bochechas começarem a esquentar. Tirou seu MasterCard "apenas para emergências", que tinha o limite de crédito de cinquenta mil dólares. — Tente este.

A vendedora o pegou sem sorrir e tentou passar. A máquina fez o mesmo barulho.

— Hummm — disse a mulher, fingindo estar completamente perplexa. — Este também não está funcionando. Se quiser, posso reservar a blusa para você até descobrir o que está acontecendo.

— Não, tudo bem — disse Carina.

A vendedora devolveu o MasterCard.

— Tem certeza? — perguntou gentilmente.

— Sim, está tranquilo — disse Carina, colocando o cartão no bolso da mochila. — Alguma coisa estranha está acontecendo com a minha conta.

— Tenho certeza — falou a vendedora, esperançosamente. Ela retirou o adesivo do papel de seda e tirou a blusa do embrulho. Carina a olhou com desejo.

— Tem certeza de que não quer que reserve para você? — perguntou a garota.

— Sim — repetiu Carina, consciente de que suas bochechas estavam totalmente vermelhas. Ela precisava sair de lá.

— Obrigada por tudo. — Pendurou a bolsa de ginástica nos ombros, virou e dirigiu-se para a saída.

Do lado de fora, na avenida Madison, Carina ainda podia sentir a vendedora olhando para ela enquanto fazia sinal para um táxi. Felizmente, um parou logo.

— Cinquenta e sete com a Lex — disse ao motorista e bateu a porta do carro.

Quando o táxi virou na Park Avenue, Carina abriu o zíper do bolso da frente da mochila, tirou a carteira e despejou todos os cartões no colo. Eles ficaram lá, inúteis e insignificantes. Alguma coisa estava terrivelmente errada. Desde que seu pai tinha lhe dado um MasterCard, pelo seu aniversário de 12 anos, ele nunca tinha sido recusado, nem mesmo quando se registrara no suntuoso hotel St. Julien, em Boulder, depois da Aprendizagem Expedicionária, ou quando comprara o macacão Helmut Lang que estava um roubo. Mais inquietante ainda era o seu cartão de débito também não ter funcionado. Ela não tinha muita certeza de quem cuidava da sua conta corrente, mas parecia que precisaria ter uma conversa com seu pai, querendo ou não.

Na esquina da 57 com a Lex, entregou uma nota de dez dólares na mão do motorista sem pedir troco e saiu do táxi. Acenou rapidamente para os três porteiros atrás do balcão da portaria, passou de lado pela idosa que levava três pugs para passear e atravessou o corredor em direção ao elevador. Os Jurgensen tinham seu próprio elevador, que levava diretamente à cobertura no sexagésimo segundo andar.

Dentro do elevador, inclinou-se contra a parede e deixou sua mochila e a bolsa de ginástica caírem a seus pés. Seu estômago queixava-se enquanto imaginava o que Nikita fizera para o jantar. E ainda precisava daquele banho, pensou, enquanto as portas começavam a fechar...

BANG!

Alguém apareceu entre as portas, empurrando-as para o lado, e repentinamente seu pai, elegante e levemente ameaçador em seu terno não trespassado e gravata azul-escuros, entrou no espaço minúsculo. As portas fecharam-se com um estrondo. Ela estava presa. Pelos próximos 62 andares.

— Oi, Carina — disse ele suavemente, apertando o botão da cobertura, apesar de ela já ter apertado. — Bom ver você.

— Oi — respondeu ela, com frieza.

O elevador tremia levemente enquanto subiam e subiam. Carina olhou para o carpete com estampa de losango, querendo encolher-se. O constrangimento era tão denso que ela podia tocá-lo.

— Ando pensando bastante sobre o que me disse ontem de manhã — disse o Jurg, com uma assustadora voz calma.

— O que eu disse? — perguntou ela. Estava louca para perguntar a ele sobre sua conta e seus cartões de crédito, mas sentiu que talvez não fosse um bom momento.

— Como você disse que te dar coisas era a minha ideia de ser pai... — disse ele. Carina olhou para cima e se deparou com ele encarando-a diretamente nos olhos e achou que podia ver o começo leve de um sorriso em seu rosto bonito e sério. — Decidi que estava certa. Então vou parar.

— Parar com o quê? — O estômago dela roncou mais alto. Ela torceu para que Nikita tivesse feito nhoque ao molho rosé.

A porta do elevador abriu-se e eles saíram para um saguão pequeno.

Karl parou na porta da frente reforçada com titânio, apertou o código de segurança de 11 dígitos — *reviravolta* — e ela abriu-se. Entraram no hall suavemente iluminado e revestido por pinturas. Em seu banco de câmeras de segurança, Otto acenou brevemente a cabeça para o seu pai.

Ele ainda não respondera, o que ela encarou como uma deixa para segui-lo pelo corredor. Passaram pelo Basquiat, pela lata de sopa de Campbell, pelo quadro de pratos quebrados e viraram para o escritório. Pela janela que ficava atrás da escrivaninha, a metade norte de Manhattan brilhava como uma coleção de diamantes.

— Então, parar com o quê? — perguntou novamente.

O Jurg acendeu a lâmpada da escrivaninha, jogando sombras em seu rosto esculpido.

— De te dar dinheiro — disse ele, simplesmente. — Nada de cartões de créditos ou conta bancária. Sem fundos ilimitados. Porque você está certa, eu tenho sido generoso demais com você.

— Espere... você está me deserdando? — perguntou ela, apertando sua bolsa de ginástica.

— Nada mais de compras, cabeleireiro, personal trainer — continuou ele, sentando-se e tocando delicadamente seu laptop para acordá-lo. — Sem academia. Sem viagens extravagantes. Sem iPhone.

— Você vai tirar meu *telefone*? — gritou ela.

— Não exatamente. Consegui algo um pouco mais acessível para você. Ele abriu sua escrivaninha e tirou algo tão antigo que devia ter sido feito antes da virada do século — Isto deve ser mais que adequado — disse friamente enquanto o entregava para ela.

Ela olhou para o dispositivo prateado, grosso e atarracado em sua mão.

— Você está *brincando* comigo? — perguntou ela.

— E Max não vai mais levá-la para a escola. Você pode usar isto. — Ele pegou um cartão fino e amarelo na mesa, com a logo da Autoridade do Trânsito Metropolitana estampada na frente. — Isto a levará para todo lugar que precisar ir. Se estiver tarde, posso pedir um carro para você.

Ele colocou o cartão do metrô em cima do telefone que estava na mão dela.

— Isto é uma piada?

— Ah, e eu quase esqueci — disse ele, franzindo a testa enquanto tirava a carteira do bolso do seu terno. — Sua mesada.

Carina respirou enquanto ele enfiava a mão na carteira. Seu pai não tinha perdido completamente a cabeça. Obrigada, Deus.

Ele tirou uma nota nova e a colocou em cima dos outros dois itens.

— Você receberá isto toda semana.

Ela olhou para baixo e conteve a respiração. Era uma nota de vinte dólares.

Ela ficou lá, piscando, incapaz de mover-se. Vinte dólares por semana em Nova York? Ele estava louco? Era quase como não dar nada a ela.

— *Vinte* dólares? — explodiu. — Como vou viver com isto?
Ele deu de ombros de um jeito exagerado.

— Você não está vivendo com isto, é a sua mesada, é para gastar com coisas que você *quer*... não que precisa — disse ele, calmo. — Você tem roupas para vestir, comida para comer e sua escola está paga. — Do que mais precisa, Carina?

Sua boca moveu-se, mas nenhum som saiu.

— O... o quê? — gaguejou. — Por que está fazendo isso? Você acha que sou apenas uma filhinha de papai que quer fazer compras o tempo todo?

— Eu pago as suas contas, Carina — disse o Jurg friamente, encostando-se em sua cadeira giratória e juntando as pontas dos dedos das duas mãos. — Acho que sei quem você é melhor que você mesma.

A raiva subiu para a garganta, implacável e quente.

— Claro que é isso o que você faz para me punir — disse, de forma desarticulada. — Só porque é obcecado por dinheiro, acha que todo mundo também é.

— Isso foi ideia *sua*, Carina — lembrou ele. — Foi você que disse que te dou coisas demais. Lembra?

Ela queria continuar gritando, mas sabia que não ia adiantar. A única coisa que poderia fazer, a única coisa que poderia, talvez, salvar sua dignidade agora, era sair.

— Tanto faz — cuspiu. E então se virou e saiu correndo do escritório. Subiu dois degraus de cada vez, apesar de suas pernas já estarem doloridas, e bateu a porta do quarto tão forte que torceu para que uma das preciosas pinturas dele caísse no chão.

— Aaaah! — gritou, socando a porta com o punho. A nota de vinte dólares, o cartão do metrô e o telefone caíram de sua mão no carpete com um baque suave.

Ela precisava falar com a sua mãe. Era apenas 12h30. Sua mãe ficaria furiosa com ele. Com sorte, estaria disponível. Pegou o celular antigo, abriu-o e apertou o botão vermelho para ligá-lo. Ele fez um barulho ensurdecedor e depois um panda digital começou a engatinhar pela tela preta e branca. Um panda? Ninguém — *ninguém* — poderia vê-la com isso.

Carina discou o número da mãe e ouviu chamar. Finalmente, o correio de voz atendeu.

— *Oi, você ligou para a Mimi...*

Ela fechou o telefone e o jogou para o outro lado do quarto. O que sua mãe poderia dizer ou fazer, de qualquer forma? Como poderia ajudá-la dessa vez? Privar sua filha de cartões de crédito não violava o acordo de custódia.

Ela odiava o seu pai, *odiava*, pensou, jogando-se em sua cama. Tudo isso era tão injusto... ela nem *ligava* para roupas, cabelo e maquiagem. Claro que gostava de comprar coisas boas de vez em quando, quem não gosta? Mas ela não era assim de verdade. A verdadeira Carina poderia passar seis semanas em uma montanha, com apenas uma pá e um rolo de papel higiênico. Mas claro que ele não sabia disso. Como poderia? E *ele*? Conseguiria sobreviver no topo de uma montanha? Se tivesse que ficar um dia sem usar seu condicionador Kiehl seria uma emergência nacional.

Carina pegou a bola antiestresse roxa da mesinha de cabeceira e a amassou nas mãos, até um pensamento repentino fazê-la sentar-se. Ele achava que ela era uma criança mimada? Então ela iria lhe provar que ele estava errado, começando agora. Se ele queria que ela vivesse com vinte dólares por semana, o que era basicamente impossível em Nova York, então era *exatamente* isso que faria. E, com sorte, depois de umas duas semanas, ele veria que ela aprendera seja lá que lição quisesse que ela aprendesse e deixaria de lado esse exercício ridículo.

*Talvez não seja tão difícil*, pensou, olhando para a nota amassada no chão. Era apenas dinheiro. E não era como se ela fosse Ava Elting, que provavelmente surtaria se não pudesse comprar uma bolsa de oito mil dólares.

Ele veria que ela continuaria bem, que não fizera nada que mudasse a sua vida. Que ele *nunca* conseguiria mudar a sua vida. Que não tinha controle sobre ela, não importa o quanto julgasse ter. Ela ainda era Carina, afinal de contas. E não importava quanto dinheiro tivesse, *isso* nunca mudaria.

## capítulo 6

— Então seu pai fez isso, simplesmente *assim*? — perguntou Hudson, estalando os dedos com um tinido das pulseiras esmaltadas vintages Fiorucci, da mãe. — Simplesmente cancelou tudo sem nem te avisar?

— Não é como se ele fosse pedir permissão a ela — disse Lizzie, esticando as pernas pálidas e longas debaixo da minúscula mesa da sala de aula. — Tudo gira em torno do elemento surpresa. Eles falam sobre isso em "A Arte da Guerra" — explicou ela, jogando a mochila na carteira vazia ao lado. — Você sabe, aquele livro que todo homem de negócios precisa ler.

— Ele não estava assumindo o controle de uma TV a cabo rival, deveria apenas me dar um castigo — queixou-se Carina. — E, aliás, ele já *ouviu falar* em educação? — Ela desenrolou seu cachecol e limpou a testa com as costas da mão. A princípio, pegar o metrô fora divertido, mas depois, ficou parada sobre os trilhos pelo que pareceram horas e ela teve que correr da estação para a escola.

— Bem, você o humilhou publicamente na frente de milhares, se não milhões, de pessoas — apontou Lizzie. — Só estou dizendo.

— Deixe-me comprar para você a blusa Catherine Malandrino — disse Hudson, colocando a mão no pulso de Carina. — Você me paga depois.

— É muito gentil, mas não, obrigada — recusou Carina, tirando um pedaço de papel da mochila. — Isso realmente não é o fim do mundo, meninas. Não é como se eu fosse uma compradora compulsiva ou algo assim.

Ela olhou para cima para ver Hudson e Lizzie olhando-a ceticamente.

— *Meninas*. Eu não sou.

— Sério, C? — Hudson olhou para Carina de alto a baixo. — Você *já viveu* com apenas vinte dólares por semana?

— Não, mas você não está entendendo — disse Carina. — Não sou obcecada por dinheiro. E o fato de meu pai achar que sou é meio ofensivo.

— Você pode não ser obcecada por ele, mas gosta de *gastá-lo* — esclareceu Lizzie, puxando um cacho ruivo por entre seus dedos.

— E daí? Todo mundo gosta. E eu posso parar — disse Carina. — Não é nada de mais.

— Mas e a viagem com Carter? — perguntou Hudson, mordendo seu grosso lábio inferior.

— Tenho certeza que meu pai terá parado com essa loucura até lá — murmurou. *Mas talvez não*, disse uma pequena voz dentro dela. Como algo saído de um filme de ficção científica, aquelas visões dela e Carter esculpindo seu caminho ao descer uma montanha dos Alpes estava começando a ficar cada vez mais fraca. — E mesmo que não pare, tenho certeza de que posso achar um voo barato para a Suíça.

— Por vinte dólares? — perguntou Lizzie.

— Vou pensar em alguma coisa — disse Carina, chutando sua mochila no chão. — Isso não é um grande problema. Tudo bem?

Olhou para baixo para a página que tinha tirado da bolsa. Era outra música que imprimira assim que chegou à escola.

*Meu primeiro amor, você é cada fôlego que tomo*
*Cada passo que dou*

Embaixo, rabiscou com caneta vermelha:

*ED, VOCÊ É MEU ETERNO AMOR*

Ela o dobrou de novo e o guardou em seu caderno de geografia. Pelo menos essas cartas de amor ainda a faziam rir.

— Todd acabou de mandar uma mensagem dizendo que está atrasado — disse Lizzie, checando seu telefone. — Quer que a gente guarde um lugar para ele.

— Ele vai sentar com a gente todas as manhãs? — perguntou Carina, percebendo tarde demais que falara em voz alta.

— Sim — disse Lizzie, parecendo magoada. — Tudo bem?

— Sim, tudo bem, tudo bem — respondeu Carina, fingindo rabiscar.

Quando Todd chegou, alguns minutos depois, e foi direto para o lugar que Lizzie reservara, Carina fez questão de dar um sorriso largo e acenar com vigor, apesar de sua pergunta parecer ter ficado suspensa entre ela e Lizzie como uma nuvem de tempestade.

Durante o restante da manhã, Carina assistiu à aula pensando em seus vinte dólares. Ela sempre foi boa em se autodisciplinar para atingir um objetivo, fosse ele correr 1,5 quilômetro em seis minutos ou fazer cinquenta flexões seguidas. Dessa vez, o objetivo era manter aquela nota em sua carteira o maior tempo possível. Começando por agora, só iria gastar o dinheiro quando e se realmente precisasse. O Jurg estava certo, por mais que odiasse admitir. Carina tinha roupas. Tinha transporte. Tinha comida. Do que mais poderia precisar?

— Quem quer ir à lanchonete? — perguntou a Lizzie e a Hudson, em frente aos armários, no início do horário do almoço, quando outra onda de fome apertou seu estômago.

— Hum... Você tem dinheiro? — perguntou Hudson cautelosamente.

Carina revirou os olhos.

— Não estou sem dinheiro *nenhum*. E meio que me esqueci de trazer alguma coisa.

— Talvez devesse pegar uma torrada de bagel da delicatessen — sugeriu Lizzie. — A lanchonete pode ficar cara.

— Um pequeno hambúrguer não vai me falir — assegurou a elas. — Vamos.

Na lanchonete, Carina devorou seu hambúrguer de peru, pegando com as batatas fritas todo o molho de oxicoco que escorria. Tudo estava tão bom. *Talvez estar falida te faça apreciar mais as comidas gostosas*, pensou.

— Querem? — perguntou às amigas.

Hudson balançou a cabeça, mastigando seu queijo grelhado simples.

— Não, obrigada — disse Lizzie, dando uma mordida em sua torrada de bagel.

Quando o garçom deixou a conta na mesa delas, Carina a pegou.

— Tenho certeza de que vou pagar mais — disse alegremente, examinando os números.

Seu olhar parou no número ao lado de seu hambúrguer com fritas. Ele custava dez dólares. Dez dólares. *Metade* da sua mesada. O que significava que só tinha mais dez dólares para os próximos seis dias.

— C? Você está bem? — perguntou Hudson.

— Sim, sim, sem problemas — disse ela, pegando a carteira. — Preciso trocar esta doçura de qualquer forma.

Ela deitou a nota solitária no topo da pilha de dinheiro com muito cuidado, como se fosse algo a ser sacrificado.

— Carina? — perguntou Lizzie gentilmente, lançando seus enormes olhos castanhos para Hudson. — Deixa que eu pago.

— Não, não, eu pago — protestou ela, tentando sorrir. — Ei, valeu a pena.

Mas quando o garçom sisudo veio e recolheu o dinheiro, ela precisou de toda a sua força de vontade para não gritar para que ele voltasse.

Mais tarde, na aula de geografia, Carina tentou manter-se acordada. O hambúrguer com fritas podia ter sido maravilhoso, mas não fizera nada para mantê-la alerta e acordada. Na frente da sala, Sophie Duncan e Jill Rau estavam fazendo uma apresentação sobre os gases do efeito estufa muito entediante e perfeita para tirar uma soneca. Carina sentiu suas pestanas começarem a se fechar. Isso era algo que, sem dúvidas, podia ignorar.

Finalmente, ouviu Sophie dizer:

— O que nos traz à nossa conclusão...

Carina agitou e abriu os olhos.

— Gostaríamos de recolher doações para o Fundo de Emissões de Carbono — anunciou Sophie, empurrando seus óculos mais para cima do nariz. — Tudo o que for arrecadado será usado para comprar compensadores de carbono e manter nosso ar mais limpo. Então, qualquer coisa que qualquer um possa doar será bem-vindo.

Carina congelou. Doações significavam dinheiro. Ela observou enquanto Sophie e Jill jogavam cada um uma nota dentro da cesta. E então as pessoas começaram a abrir o zíper de suas mochilas. O som das carteiras sendo abertas e do dinheiro dobrado sendo tirado, de repente, ficou ensurdecedor. Carina começou a entrar em pânico. Ela teria que colocar *alguma coisa* na cesta — ela não podia *não* doar dinheiro, especialmente para um ar mais limpo. Mas tudo o que tinha era sua última nota de dez dólares.

Jill já estava andando com a cesta em direção à mesa de Carina. Ela não tinha muito tempo.

— Ei, Will — sussurrou para o garoto sentado ao lado dela.

Will McArdle olhou para ela desconfiado. Eles não se falavam a algumas semanas, desde que ela o acusara de colar da tabela periódica durante um teste.

— Você tem trocado? — perguntou de forma alegre, segurando sua nota de dez.

Olhando para ela, Will pegou a nota e, da impressionante pilha em sua carteira, tirou duas notas de cinco.

— Aqui — bufou, entregando o dinheiro.

O que ela queria era uma nota de cinco e cinco de um, mas estava muito envergonhada para discutir por isso.

— Obrigada! — balbuciou.

Quando a cesta passou, ela jogou cinco dólares dentro. Então olhou para a outra nota em sua mão. Era tudo o que lhe restava para os próximos seis dias.

O que acontecera? Em três horas, tinha gastado dois terços da sua mesada em um hambúrguer de peru e em um ar mais limpo. Mas não tivera escolha. Precisava almoçar e não podia ser tão mesquinha e não doar dinheiro para uma causa digna.

Certo?

Agora não tinha certeza. Tentar economizar dinheiro mostrou-se exaustivo, como tentar resolver uma equação de álgebra impossível. Ela pôs a nota restante em sua carteira: não pensaria mais sobre isso. Pelo menos, não até ser absolutamente necessário.

No final do dia, ela, Lizzie e Hudson saíram da escola e esbarraram em Carter, Laetitia e Anton, que conversavam em frente a uma sorveteria na esquina.

— Ei, Jurgensen — gritou Carter. — Quer tomar um sorvete?

Depois do dia tenso, pensando em dinheiro, voltar ao modo "flerte" parecia um alívio.

— Claro — disse, andando em direção a ele enquanto seu coração começava a bater três vezes mais rápido. Carina olhou para as amigas, incitando-as, silenciosamente, a entrarem com ela. Lizzie e Hudson a acompanharam.

Lá dentro, Carina colocou-se perto de Carter no balcão, observando os sabores.

— Então, você gosta de ficar frio? — perguntou a ele, brincando.

— Só quando você está por perto para me aquecer — disse ele sorrindo.

Carina sentiu um arrepio descer por suas costas. De repente, não conseguia mais pensar direito.

— Tudo bem, o que vocês vão querer? — perguntou a mulher mal-humorada atrás do balcão, brandindo a colher de metal como uma espada.

Carina de repente lembrou-se que precisava pedir alguma coisa. Olhou para a lista de preços sobre o balcão. Um sorvete pequeno custava três e cinquenta. Só lhe restavam cinco. O pânico que sentira na aula de geografia voltou a percorrer seu corpo. Entrar lá foi errado, mas agora tinha que pedir alguma coisa. Senão, Carter pensaria que ela só fora para flertar com ele. O que era, basicamente, a verdade.

— Um de cereja — disse Carter. — Grande.

— Um pequeno de menta com chocolate — pediu Hudson.

— Um pequeno de abóbora — disse Lizzie.

Carina continuou olhando os sabores, paralisada.

— E você? — A mulher bateu os dedos no vidro.

— Hum, um pequeno de abóbora também — disse finalmente.

Era isso. Só lhe restava um dólar e cinquenta agora. Carina mordeu o lábio enquanto assistia à mulher pegar um punhado de sorvete de abóbora que ela não queria e esmagá-lo em um copo de papelão. A mulher entregou o copo de sorvete à Carina, que lhe deu a nota de cinco dólares com os dentes cerrados.

Depois de a mulher ter atendido a todos, Carter inclinou-se perto dela, o suficiente para que seus braços encostassem.

— Ei, vamos ao Serafina comer pizza, hoje à noite. Aquele na 79 com a Madison. Quer ir?

Carina queria dizer um sonoro *Sim!*, mas mentiu, com o coração afundando.

— Ah, eu não posso. Vou para Montauk hoje à noite. Talvez outro dia?

— Claro — disse Carter friamente.

— E ainda estou ansiosa para ir aos Alpes — acrescentou ela, sorrindo.

— As pessoas estão começando a comprar as passagens — disse Carter, colocando a colher de sorvete na boca. — Acho que custa, tipo, duzentos dólares. Não foi isso o que eu disse? — perguntou a Laetitia, que assentiu de um jeito entediado.

— Dê a mim ou a Carter um cheque assim que puder — disse em seu tom blasé usual. — E estamos todos pegando esse voo do Kennedy para Zurique na noite do dia 26. Da Swissair. Posso te passar o resto das informações mais tarde.

— Ótimo! — balbuciou Carina. Ela precisava sair de lá. — Bom final de semana! — Levantando-se de forma rápida, puxou Lizzie com ela em direção à porta e Hudson as acompanhou.

— Está tudo bem? — perguntou Hudson ao entrarem no vento gelado.

— Para a minha casa, *agora* — disse Carina, direcionando as duas para a esquina.

— Bem, pode ser na minha? — perguntou Lizzie. — Estou de castigo, lembram?

— Tudo bem — disse Carina enquanto Lizzie chamava um táxi.

Cinco minutos depois, Carina estava andando de um lado para o outro no carpete de Lizzie, enquanto uma montanha de chiclete fazia sua mandíbula trabalhar mais do que o normal. A cada poucos segundos, virava-se e começava a andar na direção oposta.

— Acalme-se, C — disse Lizzie de detrás de seu computador. — Estou ficando estressada só de olhar para você.

— Eu me recuso, *me recuso*, a deixar isso acontecer — disse Carina, virando mais uma vez. — Ele pode me deserdar, pode me dar um telefone de vinte anos de idade, mas não pode, *não pode*, arruinar a minha vida amorosa! — Ela parou e soprou uma bola de chiclete até que estourasse com um sonoro *pop*! — Eu não acredito. Carter McLean finalmente me chama para sair e eu não posso ir.

— C, vamos avaliar a situação — disse Hudson, acariciando a cabeça branca e peluda de Sid Vicious. — Ele te convidou para ir ao Serafina com um bando de gente. Não era um encontro.

— Mas *podia* ter sido — falou Carina, apontando para Hudson. — Quero dizer, podíamos ir parar na casa dele ou na minha, e as pessoas poderiam ir para casa e nós ficaríamos sozinhos, assistindo à TV, e ele iria me beijar e, então, teria *definitivamente* sido um encontro. E agora *nada* disso vai acontecer.

Suas amigas estavam olhando para ela como se tivesse duas cabeças.

— E ninguém nunca mais vai te amar — acrescentou Lizzie.

Carina lançou um olhar hostil para Lizzie.

— Tudo bem então, aqui — disse Hudson, levantando-se da cama para pegar a bolsa. — Saia hoje. Divirta-se. Pague-me de volta na segunda-feira.

Carina olhou para a nota de vinte na mão de Hudson e balançou a cabeça.

— Isto é muito gentil da sua parte, H, mas não vou pegar o seu dinheiro. Vou resolver isso sozinha. Eu preciso resolver. Apesar de ter exatamente um dólar e cinquenta centavos.

— Mas você só almoçou e tomou um sorvete — apontou Lizzie, torcendo o cabelo em um nó e o prendendo com um lápis.

— Sophie e Jill pediram a todos para doarem na aula de geografia — disse Carina.

— Você deu dinheiro para Sophie e Jill? — perguntou Lizzie.

— Era para um ar mais limpo! — gritou Carina. — Eu tinha que dar alguma coisa!

— Bem, vamos olhar esses voos — disse Lizzie, cansada, voltando-se para a tela do computador. — Jesus. Aquele que estão todos falando, que sai do Kennedy para Zurique, aparentemente custa 1.100 dólares.

— Ah, ótimo — sussurrou Carina.

— Mas tem algo aqui — acrescentou Lizzie rapidamente, espreitando a tela. — Tem um voo pelo BudgetAir. Para em Londres. E em Frankfurt. E em Zurique, onde você pega um avião pequeno...

— Quanto é? — perguntou Carina.

— Setecentos dólares — disse Lizzie. — Classe econômica. E não podem reservar o assento.

— Setecentos dólares, mais duzentos por um bilhete para ir para as montanhas, são novecentos — enumerou Carina. — Depois, precisarei de dinheiro para o táxi do aeroporto, para sair à noite e para comer durante o dia... — Ela sentou-se na ponta da cama de Lizzie, perdida em pensamentos. — São, pelo menos, mil dólares. — Sua mente estava girando e ela estava ficando com dor de cabeça.

— Talvez você devesse simplesmente dizer a Carter que não pode ir — sugeriu Hudson, tocando no pulso de Carina.

— Sim, C — disse Lizzie, sentando-se na cama. — Não é como se fosse sua única chance de sair com Carter McLean na vida. E você perguntou ao seu pai se pode ir?

Carina bufou.

— Não preciso da permissão do meu pai. E ele provavelmente ficaria feliz por livrar-se de mim por algumas semanas.

— Pessoalmente, acho que você devia poupar-se do estresse — disse Lizzie. — Essa viagem não é tão importante assim.

— Não, é importante *sim* — respondeu lentamente, tentando manter a voz equilibrada. — Se eu não for, é como provar que o Jurg está certo. Que ele tem controle total sobre a minha vida.

— Bem, ele meio que tem — disse Lizzie, de forma gentil, brincando com uma capa amassada de *O grande Gatsby*. — Meus pais me controlam com dinheiro. É o que os pais fazem.

— Sim, os meus também — murmurou Hudson.

Carina e Lizzie olharam para a amiga.

— O quê? — perguntou Hudson inocentemente.

— Quando seu disco sair, você nunca mais terá que se preocupar com mesada novamente — disse Carina, um pouco ácida. Ela suspirou e olhou para a parede azul celeste. — Vamos encarar, pessoal. Estou ferrada.

— E se você conseguir um trabalho? — perguntou Lizze, apoiando-se nos antebraços. — Não é a saída óbvia para isso?

— Sim, um trabalho! — concordou Hudson, tão excitada que Sid Vicious pulou de seu colo. — Você já tem experiência!

— Na empresa do meu pai? — perguntou Carina, observando Sid acomodar-se ao pé da cama como uma bolinha branca. — Por favor, ele não vai me contratar outra vez. Muito menos me pagar.

— Estava pensando mais na Gap — disse Hudson.

— Ou na Old Navy — sugeriu Lizzie.

— Eles não contratam pessoas com menos de 16 anos — retrucou Carina. Ela já tinha pensado nisso.

— Bem, deve haver alguém por aí que precisa de ajuda para o Natal e contrataria alguém um pouquinho mais novo — disse Hudson, animada, enrolando um fio de cabelo preto ao redor do dedão. — E essas lojinhas minúsculas no Upper East Side, perto da escola? E a loja de doces?

— Talvez — concordou Carina. Não era uma má ideia. Ela levantou-se e pegou sua mochila. — Vou investigar. Quem quer me encontrar amanhã e pegar o metrô?

— Aguente firme, C — disse Lizzie, levantando-se e abraçando-a. — Estamos sempre aqui.

— E Carter não vai a lugar nenhum — acrescentou Hudson, balançando a cabeça de forma confiante. — Além do mais, ficar em casa esta noite a deixa mais misteriosa.

Enquanto Carina abraçava as amigas se despedindo, perguntou-se se não estavam certas. Talvez devesse desistir de Carter McLean e de seus sonhos de um incrível romance nos Alpes. Mas, agora, sentia como se desistir disso fosse o mesmo que desistir de si mesma.

## capítulo 7

Naquela noite, Carina deitou no sofá de couro na sala de TV no andar de baixo, longe do escritório do Jurg, e assistiu à maratona de Mulheres Ricas de Nova Jersey. A cada minuto, dizia a si mesma que estava sendo misteriosa. Não estava funcionando. Cada célula de seu corpo queria estar no Serafina neste momento, sentada perto de Carter, rindo e brincando com ele enquanto dividiam uma pizza margherita e tiramisu. Ela podia visualizar todo mundo se divertindo, falando da viagem para esquiar, o quão bonito Carter provavelmente estava com um pouco de gel no cabelo e uma blusa quadriculada azul amarrotada...

Alcançou seu MacBook Air e tocou no teclado. A página do Facebook de Carter apareceu na tela. Sem nem respirar, moveu o cursor sobre o botão "Adicionar Carter como amigo", mas parou antes de clicar. Afinal, não estava desesperada, pensou, colocando o laptop de volta no chão. Lizzie estava certa. Ela teria *muitas* outras chances de sair com ele. Assim esperava.

— Carina? Nikita serviu seu jantar?

O Jurg estava na porta com uma camisa com mangas curtas e gravata, seu cabelo ainda molhado da chuveirada pós-jogo. Nas noites de sexta-feira que não iam para Montauk, porque ele tinha reunião tarde, o pai gostava de jogar squash no Union Club com outros Mestres do Universo. Como se não conseguisse prazer suficiente sendo um macho alfa durante o dia de trabalho.

— Sim, comi macarrão — disse ela apaticamente. Era a primeira vez que o via desde sua saída dramática na noite passada e não queria ser muito amigável.

— Como foi o seu dia? — perguntou. Realmente parecia interessado.

— Bem — respondeu ela com o olhar fixo na tela plana. *Vá embora*, pensou. *Apenas vá embora.*

— Bom — disse desajeitadamente, encostando-se à porta. — Marco te contou que vou para Londres mais tarde?

— Aham — falou ela, mantendo os olhos na TV.

— Estarei de volta na segunda-feira.

— Incrível — murmurou.

— E sobre o que falamos ontem à noite — disse, entrando na sala. — Carina? Você se importa de olhar para mim, por favor?

Ela tirou os olhos da TV. *Talvez ele esteja prestes a se desculpar*, pensou. Talvez quisesse dizer que seria apenas por alguns dias, até ela aprender a lição.

— Aquele cartão do metrô que eu te dei era apenas para uma semana — disse ele, alcançando seu bolso de trás. — Este é para o mês inteiro. — Ele tirou outro cartão amarelo e o colocou em cima do aparador de madeira dentro da sala.

— No final do mês, venha falar comigo e te darei um novo.

Ela ficou sentada perfeitamente imóvel no sofá, muito aturdida para dizer alguma coisa. Outro? Para o próximo *mês*?

— Ah, tudo bem — disse, voltando-se para a TV. Estava com tanta raiva que sentiu como se seu sangue pudesse ferver de verdade.

— Carina — continuou com maior urgência, indo para a frente do sofá. — Só quero que saiba que é para o seu próprio...

— Entendi — disse, cortando-o. — Faça uma boa...

Ela foi interrompida pelo som de um telefone. Era o BlackBerry do Jurg. Ele o tirou do bolso do terno e atendeu.

— Sim? — falou secamente, virando em direção à porta. — Não. Diga a ele para esperar. Estarei lá de manhã.

Saiu da sala de TV e, um tempo depois, ela pôde ouvi-lo subindo as escadas. Ela pegou uma das almofadas de camurça cor de ágata de debaixo da cabeça e a jogou na porta. Em vez disso, acertou um porta-retratos com uma foto do Jurg e Richard Branson. Com um tinido, a fotografia caiu no chão.

Então isso não seria um experimento de uma semana. Seria um experimento *até-o-final-do-ano*. O que significava que, se ela quisesse ter alguma chance de um romance feliz com Carter McLean, precisaria arrumar um trabalho, o mais rápido possível.

Foi quando um som ensurdecedor de sino soou pela sala. Era o telefone de panda, que estava no chão perto do computador. O número na tela tinha um código de área 808. Havaí. Sua mãe. Ela o pegou.

— Alô — respondeu.

— Oi, querida, sou eu — veio a voz de sua mãe, suave e doce, sobre o crepitar de estática. — Vi que me ligou há alguns dias e eu pretendia te ligar de volta... Como você está, querida?

*Por onde eu começo?*, pensou.

— Estou bem. As coisas têm sido bem loucas esta semana. Papai e eu tivemos uma briga...

— Ouvi falar, mas pensei que tivesse sido resolvida — disse a mãe. — Aquela advogada não encontrou com vocês?

— Sim, encontrou, foi ótimo, é que depois aconteceu uma coisa...

Fez um som de clique fraco na linha.

— Ah, querida, desculpe, mas tenho que atender, é o repórter do *Condé Nast Traveler* e eles estão fazendo uma reportagem sobre o estúdio de yoga. Posso te ligar de volta mais tarde?

— Claro — disse Carina, torcendo um pedaço de cabelo ao redor dos dedos. — Sem problema.

— Na verdade, está tarde aí. Tentarei amanhã. Durma um pouco esta noite, querida. Queria estar aí para te colocar na cama.

— Eu também — respondeu Carina, suprimindo um nó que se formava rapidamente na garganta.

— Tchau, querida.

— Tchau.

Ela arremessou o telefone para longe. Lágrimas quentes brotaram em seus olhos, mas ela as engoliu. Então sua mãe não tinha todo o tempo do mundo para falar com ela. E daí? Não era culpa dela que alguma revista queria entrevistá-la.

Mas aquele sentimento antigo a varreu novamente. Aquele sentimento que tinha de vez em quando, desde os 10 anos, quando o peito ficava apertado, a boca ficava seca e havia uma sensação horrível de nostalgia, como se estivesse atravessando uma cidade fantasma de um lugar que conhecia.

Falar com a mãe fazia isso com ela, às vezes. Sempre que esse sentimento a atingia, precisava se distrair o mais rápido possível, então pegou a bola antiestresse na mesa de centro e a apertou nas mãos enquanto pensava.

Ela precisava de um trabalho. Era tudo o que importava agora. E, amanhã, ela conseguiria um.

# capítulo 8

— Mas você já trabalhou como barista *antes*?

A garota com idade de quem cursava faculdade e cabelo rosa olhou desconfiada para Carina por detrás do balcão, com a sobrancelha furada com piercing já levantada em sérias dúvidas. Atrás dela, Carina podia sentir a fila de clientes ficando inquieta.

— Bem, não exatamente — disse Carina, por fim. — Mas acho que observar vocês conta e sou muito experiente nisso. E tenho certeza de que uma vez atrás do balcão, vou aprender rápido.

A garota com cabelo rosa olhou para o cara tatuado perto do vaporizador de leite e suspirou.

— Espere — disse, totalmente derrotada. — Vou chamar o gerente. — Em seguida, inclinou-se sobre Carina para falar com a próxima pessoa da fila. — Gostaria de beber alguma coisa?

Carina saiu do caminho e ficou parada perto de uma vitrine de grãos de café cobertos com chocolate. Seus pés doíam horrores, a ponta do nariz ainda estava anestesiada por causa do frio e seu estômago roncava. Até agora, sua busca por trabalho tinha sido um completo fracasso. Primeiro, tentou uma livraria minúscula na esquina da 75 com a Lexington, onde o gerente tinha rido na cara dela quando perguntou se ele estava contratando. Depois, foi a uma loja de roupas do outro lado da rua, onde a mulher no caixa apenas balançou a cabeça e voltou a falar ao celular. Por fim, foi até uma loja de brinquedos, onde as hordas de crianças gritando e seus pais com aparência triste a fizeram correr de volta para a rua.

Java Mama não aparentava ser promissora também. A garota de cabelo rosa parecia exausta e atormentada e o garoto tatuado, com as sobrancelhas constantemente franzidas, parecia levar o leite vaporizado muito, muito a sério. E só de olhar para a fila de mães com roupas de ginástica empurrando carrinhos de bebê gigantes e pedindo cafés com leite desnatado semicafeinados, ficou cansada. Quase todas as mulheres tinham pendurada no ombro uma bolsa de couro para bebê feitas por um designer. Como todo mundo tinha dinheiro para comprar essas coisas? E por que ela nunca notara como as pessoas eram ricas nessa vizinhança?

Depois de mais alguns minutos assistindo à garota de cabelo rosa continuar atendendo as pessoas, decidiu que já tinha procurado bastante emprego por um dia. O sofá de seu pai a chamava, assim como a geladeira.

Mal alcançara a porta quando uma garota da sua idade adentrou e quase a derrubou no chão com a ajuda de três enormes sacolas de compras da Scoop. Assim que Carina viu os cachos ruivos, o casaco prateado Searle Postcard e gorro com chifrinhos de diabo, seu humor piorou ainda mais. Era Ava.

— Ah, desculpa! — disse Ava, reunindo suas sacolas. Quando viu em quem tinha esbarrado, seu sorriso desvaneceu. — Ah, oi — falou friamente, endireitando seu chapéu. — Desculpe. E aí?

— Nenhuma novidade. Como anda o evento? — Carina aproximou-se de Ava para dar espaço para uma mãe com um carrinho e quase sufocou com o perfume Daisy.

— Ótimo — respondeu Ava. — Acabamos de ter uma de nossas reuniões do comitê. Foi tããão divertido — disse, de forma enfática. — Uma pena que não queira se juntar a nós. — Ela tirou o gorro de diabo e sacudiu os cachos exuberantes com um balançar de cabeça dramático, de comercial de xampu. — Então, não vai pegar nada?

— O quê? — perguntou Carina.

— Para beber — disse Ava.

— Ei!

Carina girou, para ver a garota de cabelo rosa no balcão ao lado de um homem atarracado e careca que usava um avental.

— Você ainda quer falar com o gerente? — perguntou, sacudindo um polegar na direção dele.

— Não, tudo bem! — gritou Carina de volta.

— Sobre o que precisava falar com o gerente? — cutucou Ava. — Erraram o seu pedido? — Levantou a mão para brincar com seu colar com um A de diamante, mostrando suas unhas perfeitamente pintadas com listras de zebra pretas e brancas.

— Na verdade, estava aqui a pedido de meu pai — disse Carina. — Ele está oferecendo um chá para algumas pessoas da mídia na nossa casa e eu vim ver se eles serviriam para nós. — Ela não conseguia acreditar que tinha tirado isso da cabeça.

Ava estreitou os olhos.

— Sério?

— Aham, mas agora estou vendo que aqui não tem muito a ver conosco — disse Carina, metida olhando ao redor. — Acho que vou ao Serendipity. Ou em Sant Ambroeus. Algum lugar um pouco mais sofisticado.

— Você ajuda o seu pai a planejar festas? — perguntou Ava, soando genuinamente interessada.

— Ah sim, o tempo todo — disse ela. — Quero dizer, eu assisto ao pessoal dele fazendo isso há anos, então agora realmente já entendo do assunto. — Ela deu, sorrateiramente, uma espiada por cima do ombro. O gerente ainda estava no balcão. Virou-se.

— Você deve ter um monte de contatos, então — disse Ava, virando o A de seu colar para a frente e para trás. — Tipo, dos melhores chefs, melhores floristas, melhores DJs, certo?

— Basicamente isso. Meu pai e eu só gostamos de trabalhar com os melhores. Você sabe como é.

Ava cruzou os braços e se inclinou para trás em seus saltos. Carina meio que esperava que ela fosse explodir em gargalhadas, mas sua expressão estava bem séria.

— Você não gostaria de planejar o meu evento? — perguntou.

— O quê? — Carina não tinha certeza se tinha ouvido certo, com todo o barulho dos bebês chorando. — Você está se referindo ao baile da *Silver Snowflake*? Você não está fazendo isso?

— Ah Deus, não, só estou cuidando da lista de convidados. — Ela suspirou, tirando um caderno com capa de couro da bolsa preta Hervé Chapelier. — Isto é uma lista de todo mundo que frequenta a escola na cidade *e* em internatos, e claro que tenho que descobrir quem é realmente legal para convidar, entende o que quero dizer? — Ela o abriu, revelando uma lista de nomes, com espaçamento simples, na primeira página e depois o fechou. — Então estou muito ocupada fazendo isso. Alguém precisa cuidar do restante, como o DJ, a comida, a decoração... E talvez pudesse ser você.

Carina refletiu rapidamente sobre isso. Poderia ser um trabalho, se conseguisse fazer com que Ava a pagasse.

— Bem, estou meio que ocupada com as coisas que faço para o meu pai agora — disse Carina. — Mas se eu for *paga* para isso, seria uma história diferente. — Ela prendeu a respiração e esperou.

Ava não piscou.

— Quanto?

— Comida, DJ, decoração, basicamente supervisionar tudo... — Carina olhou para o espaço, fingindo pensar. — Mil dólares.

A sobrancelha esquerda de Ava levantou-se.

— *Mil* dólares? — perguntou.

Carina engoliu.

— Aham.

Os dentes da frente brancos perolados de Ava morderam o lábio inferior.

— Bem, o pessoal da caridade disse que tinha algum dinheiro no orçamento. E se contratássemos você como coordenadora da festa, valeria totalmente a pena. Com seus contatos e tudo. — Ela hesitou. — Tudo bem. Acho que podemos fazer isso.

— E a taxa de retenção? — perguntou Carina antes que perdesse a coragem.

— O que é isso? — perguntou Ava, desconfiada agora.

— É como funciona. Você dá à coordenadora do evento um sinal, para garantir seus serviços. Acho que a taxa atual é vinte por cento do total. Nesse caso, duzentos dólares. — Ela não tinha certeza se alguma coisa era verdade, mas valia a pena tentar. Ela precisava de dinheiro rápido para aquela passagem.

Ava deu de ombros.

— Tudo bem, te darei na segunda-feira.

— Ótimo — disse Carina, tentando não parecer chocada.

— Legal — falou Ava, de forma despreocupada, indo em direção ao balcão. — Acho que juntas, você e eu podemos fazer essa festa totalmente digna da *Times*. Vejo você segunda-feira.

Ava entrou na fila do café e Carina fez uma dança da vitória discreta e saiu pela porta. Ela havia conseguido! Conseguira um trabalho! E, além de ser o dinheiro mais fácil que tinha ganhado na vida — bem, o *primeiro* dinheiro que já ganhara na vida —, conseguiria ir à viagem de Carter, afinal! Claro, ela não tinha experiência nenhuma, mas aprenderia. Tudo o que precisava fazer era sentar com um profissional e conseguir algumas indicações. E já sabia qual era a pessoa perfeita para ligar: Roberta Baron era a mulher de confiança do seu pai para todos os seus eventos e a coordenadora de festas mais requisitada de Nova York. Roberta tinha planejado tantas festas do Jurg que era praticamente da família. Ela ficaria muito feliz em responder suas perguntas. E, pelo o que já tinha visto da Roberta em ação, coordenação de festas parecia bastante simples: falar para o pessoal das flores onde colocar os arranjos, gritar com as pessoas do bufê e garantir que a banda não tocaria Earth, Wind & Fire. Como poderia ser difícil?

Pegou seu celular e tentou ignorar o panda engatinhando enquanto ligava para a informação. Ela teria apenas a procurado no Google, mas o Jurg queria que ela vivesse na Idade da Pedra.

— Roberta Baron, por favor — disse. — De "Eventos Raros de Roberta".

Enquanto andava de volta pela rua, nem notou o vento frio que soprava pelos seus cabelos e queimavam suas bochechas.

*Estou de volta*, pensou, enquanto ia em direção ao metrô. *Estou realmente de volta.*

# capítulo 9

Carina subiu os degraus acarpetados de vermelho, passou pelo porteiro de terno cinza e atravessou as portas giratórias de bronze brilhante do Plaza. Seu plano estava funcionando melhor do que esperava. Deixara um recado pouco claro para Roberta dizendo que tinha que falar sobre negócios e recebera, minutos mais tarde, uma mensagem de texto marcando um encontro: *Palm Court, Plaza Hotel, às quatro horas.*

Correu pelo lobby silencioso, com piso de mármore, e as memórias pairaram de volta em sua mente. Era lá que ela e sua mãe foram no dia em que deixaram seu pai. Tinham reservado uma suíte de um quarto com uma cama king size de plumas e uma vista majestosa do Central Park. Durante cinco dias, sua mãe chorou no banheiro, seu pai fez ligações ameaçadoras e a terapeuta da sua mãe, a Dra. Carla, fez algumas visitas de emergência. Era esquisito estar no meio de um drama tão grande, mas ela amara ficar lá. Pediram serviço de quarto para um mordomo de luvas brancas chamado Godfrey, deram longas caminhadas congelantes no Central Park, esmagando neve congelada com os pés, e uma noite ainda foram a uma festa que acontecia em uma das salas de evento particulares. Mas o melhor de tudo foi que sua mãe ligou para a escola todas as manhãs dizendo que Carina estava doente, para que a filha pudesse ficar no hotel fazendo-lhe companhia.

Quando o Jurg finalmente apareceu, estava com um policial e um advogado, ambos ameaçando sua esposa se não deixasse que Carina fosse para casa. Carina não estava surpresa, nem a mãe. Elas se despediram no quarto do hotel. Agora que tinha atravessado o lobby, passando pelas butiques suavemente iluminadas e pelos turistas que se movimentavam lentamente, lembrou-se do cheiro de xampu de menta no cabelo loiro da mãe e do toque de suas mãos sardentas e sentiu o mesmo aperto no peito da noite anterior. Ela foi para casa com o pai aquele dia, quatro anos antes, pensando que não tivesse escolha. Agora, se perguntava se fora realmente assim. Pelo menos, se tivesse ido com a mãe, um dos pais se importaria com ela. Neste momento, nenhum deles ligava.

Carina virou a esquina e saiu na entrada do Palm Court, uma grande sala de jantar aberta com palmeiras em vasos e mesas cobertas com toalhas rosas.

— Com licença, posso ajudá-la? — perguntou a recepcionista esquelética atrás do pódio.

— Vim encontrar uma pessoa — respondeu Carina, esticando a cabeça. — Roberta Baron.

— Ah, por aqui — disse a recepcionista, gesticulando para a menina acompanhá-la. Elas passaram por moças com vestidos e pérolas bebericando chá em xícaras chinesas e mordiscando pequenos sanduíches em pão de forma sem casca. Carina sentiu seu humor melhorar instantaneamente.

O lugar estava cheio, mas um pouco de luxo era *exatamente* do que precisava no momento.

Roberta estava numa mesa na esquina, curvada sobre o seu BlackBerry enquanto tomava um copo de água gelada. Seu cabelo curto cor de fogo parecia que tinha sido escovado essa manhã e seus pulsos ossudos estavam cobertos com pulseiras douradas incrustadas com pedras preciosas. Um diamante amarelo gordo brilhava no seu dedo. Se havia alguém que poderia ensiná-la como ser uma coordenadora de festas bem-sucedida, Carina pensou, era Roberta.

— Carina, querida — disse ela, levantando-se e dando um abraço na menina. Ela cheirava levemente a limões e seu casaco de caxemira bege era bem macio e caro. — Que surpresa boa. Como você está, querida?

— Ótima, ótima — respondeu ela. — Obrigada por vir me encontrar.

— Por favor, sente-se — disse Roberta, então, virou-se para a recepcionista. — Você poderia dizer ao garçom, onde quer que ele esteja, que queremos o serviço de chá inglês sem creme de leite? E absolutamente *sem* agrião *ou* leite, apenas limão. E um prato daqueles pequenos gengibres cristalizados. E sem demora, por favor.

A recepcionista apenas assentiu, levemente exausta, e saiu.

— Então, minha querida, estava justamente pensando em você e estou tão feliz que ligou — disse Roberta, focando os olhos azuis cor de gelo em Carina. Ela devia ter quase 60 anos, mas seu rosto pálido era assustadoramente liso. — Se está planejando uma festa de 16 anos encantadora, realmente deveria começar a pensar nos locais agora. Os melhores são sempre reservados com um ano de antecedência. Que tal o University Club?

— Na verdade, eu queria *te* fazer algumas perguntas — disse Carina, circundando a parte inferior do copo de água com o dedo. — Sobre o seu trabalho.

O rosto de Roberta ficou completamente frouxo, como se estivesse tentando fortemente não fazer nenhuma expressão desnecessária.

— Acabei de ser convidada para coordenar o baile *Silver Snowflake* este ano — disse ela, inclinando-se para frente em seus cotovelos. — É um baile de escola sofisticado...

— Eu sei o que é — falou Roberta abruptamente.

— E hum... já que é a minha primeira vez coordenando festas, pensei em pedir a *você*, a rainha das festas de Nova York, algumas indicações.

— Indicações? — repetiu Roberta, como se estivesse esquecido repentinamente como falar inglês. Minúsculas linhas franzidas apareceram entre suas sobrancelhas.

— Quero dizer, eu tenho uma ideia básica — continuou Carina —, você meio que inspeciona tudo e diz às pessoas onde colocar as coisas e grita com elas quando algo dá errado, mas tenho certeza de que é mais do que isso. Truques da negociação, esse tipo de coisa.

— Então isto *não* é sobre um evento que quer que eu faça? — perguntou Roberta. Suas sobrancelhas estavam cada vez mais perto da linha do cabelo.

— Ah, não — disse Carina. — Apenas conselhos.

Roberta franziu os lábios com tanta força que eles viraram um traço rosa estreito.

— Eu reagendei uma reunião por causa disto, Carina — disse com frieza. — Achei que queria tratar sobre um evento.

— Ah — disse Carina. — Pensei que disse que tinha assuntos para tratar...

— O que pensei foi que significavam alguma coisa para você e o seu pai, não um baile de escola.

Carina ouviu um som de rodas rolando e talheres tremendo, virou-se e viu um garçom de terno branco empurrar o serviço de chá delas em direção à mesa. Em seu carrinho, havia o maior bule de prata que já vira, xícaras e pires chineses com bordas douradas, vários pratos de bolinhos e uma bandeja com três prateleiras que apoiava vários sanduíches minúsculos.

— Uau, isso parece delicioso — disse Carina enquanto o garçom começava a servir o chá.

Mas Roberta nem ligou para a comida. Em vez disso, empurrou sua cadeira para trás.

— Podemos fazer isto outra hora? Tenho coisas mais importantes para fazer no meu dia. — Ela arremessou a bolsa de couro creme Chanel sobre o ombro de forma impaciente.

— Hum... tudo bem — gaguejou Carina. — Mas você não quer comer?

Roberta gesticulou a mão com desdém para o carrinho.

— Apenas diga ao seu pai que precisamos conversar sobre o que ele quer fazer na festa de final de ano dele. Todo mundo já está imprimindo os convites. Tchau, Carina.

Com isso, enrolou a capa de casimira no corpo, virando-se, e partiu em direção à saída em suas botas Jimmy Choo com salto agulha.

Em estado de choque, Carina a observou ir embora. O que acabara de acontecer? Por que Roberta estava com tanta raiva dela? Ou, pelo menos, por que a tinha dispensado desse jeito?

— Está tudo bem?

Ela olhou para cima e se deparou com a recepcionista esquelética suspensa na mesa, com um falso sorriso resplandecendo.

— Ah, sim — disse Carina. — Minha amiga teve que ir embora.

— Então, você terminou? — perguntou a recepcionista vividamente.

— Acho que sim.

— Então pedirei ao garçom para trazer-lhe a conta — disse a recepcionista, antes de ir embora.

A conta. Carina olhou as pilhas intocadas de sanduíches e bolinhos, o bule enorme, os potes de manteiga e geleia. Então lembrou que Roberta partira. O que significava que teria que pagar por isso.

Seu coração começou a martelar no peito como se estivesse prestes a saltar de um avião. Não tinha ideia de como pagaria. Principalmente porque era, provavelmente, o serviço de chá mais caro da face da Terra.

O garçom deslizou para perto da mesa e entregou a conta.

— Está tudo bem, senhorita? — perguntou ele.

— Tudo bem — disse ela, incapaz de olhá-lo nos olhos.

Carina o esperou ir embora e, então, segurando a respiração, abriu o pequeno livro de couro que guardava a conta.

*1 Serviço de chá inglês.............$75.00*

Ela engoliu em seco e bateu a capa do livro. Não tinha ideia do que fazer. Conhecia gente que já dera o golpe da conta antes, mas o fizeram em um restaurante caindo aos pedaços na Primeira Avenida, sob o bonde de Roosevelt Island, e apenas por diversão. Aqui era chá de luxo no Plaza Hotel. Provavelmente prendiam pessoas por abandonarem as contas. Mas agora, era a única opção. Se conseguisse escapar dessa.

Lentamente, virou-se. O restaurante parecia estar esvaziando. A recepcionista estava em outra mesa, falando com a mãe de três crianças inquietas que se revezavam ao jogar quiches uma na outra. Carina estendeu a mão para baixo e pegou sua bolsa. Era agora ou nunca.

Levantou-se e começou a andar calmamente em direção à saída. Se alguém perguntasse aonde ia, diria que precisava usar o banheiro. Nada de mais. Enquanto passava pelas mesas, imaginou que podia sentir os olhos da recepcionista perfurando suas costas como raios laser. A qualquer momento, ela iria notar Carina e pedir para que parasse. A qualquer momento...

— Com licença! — gritou uma mulher. — Você está indo embora?

Carina passou deslizando pelo pódio vazio.

— Com licença? Estou falando com você! — Era a recepcionista.

Era isso. Hora de correr.

Passou rapidamente pelas butiques chiques, pela mesa da recepção, por um grupo de turistas japoneses que a olharam, intrigados e entretidos, como se ela fosse outra atração de Nova York. Pelo canto do olho, podia ver um dos balconistas atrás da mesa da frente pegar o telefone enquanto passava correndo, mas ela não ligou. Com um empurrão, atravessou as pesadas portas giratórias e desceu os degraus acarpetados. Do lado de fora, ela não parou, fazendo zigue-zague pela rua 59, até alcançar a fila de carruagens fedorentas esperando para levar turistas para o parque e esconder-se atrás de um grande cavalo branco. Ela parou e curvou-se, arfando. Podia ver a manchete estampada na capa do *New York Post*: FILHA DO MAGNATA DÁ CALOTE EM CONTA DE CHÁ.

Finalmente, levantou-se. A garganta queimava e a pele embaixo da gola rulê pingava de suor. O sol fora embora e estava ficando frio. Então Roberta não iria ajudá-la. Tudo bem. Não precisava da ajuda dela. Precisava chegar em casa e criar um plano B para a festa de Ava. Que, agora, tudo indicava, seria improvisada.

Ela respirou fundo e foi em direção ao metrô. Somente quando alcançou os degraus para a N e a R percebeu que esquecera uma parte crucial do golpe da conta. Ela não comera nada.

# capítulo 10

— Bem, parabéns, C — disse Lizzie, recostando-se na cadeira laranja-escuro dilapidada, no canto do salão dos estudantes, e mexendo em seu chocolate instantâneo Swiss Miss com uma caneta. — Aceitando esse emprego, você, oficialmente, puniu mais a si mesma do que seu pai jamais conseguiria.

— Você foi à Gap, pelo menos? — perguntou Hudson, olhando para as partituras na frente dela. — Ou no Jamba Juice? E tentou cuidar de crianças? Meu primo está sempre reclamando que a babá dele está saindo de férias...

— Meninas, *acalmem-se* — disse Carina, tirando um poema de amor de e.e. cummings da mochila. Outro especial para Ed. — Vou ganhar *mil dólares* fazendo isso, o suficiente para a viagem. E só para planejar uma festa! Vai ser divertido! — No final da folha, escreveu em letras grandes EU QUERO BEIJAR A SUA CARECA.

— Divertido? — perguntou Lizzie, quase cuspindo seu chocolate quente. — Estar com Ava todos os minutos do seu dia pelas próximas seis semanas? Isso não é divertido. Isso é ir em direção à ala psiquiátrica.

— E você não tem nenhuma experiência, C — Hudson quase sussurrou, girando seus anéis.

— Não é como se você precisasse ser a Martha Stewart para organizar uma festa — disse Carina, dobrando a carta para Ed e a enfiando no caderno de geografia. — Você só precisa encontrar pessoas que façam o que você quer e dar ordens. Já vi pessoas fazendo isso antes. — Ela havia decidido não mencionar seu encontro com Roberta Baron. Nem agora, nem nunca.

— Carina, estamos apenas... — começou Hudson.

— Preocupadas, eu sei — cortou ela. — Mas não fiquem. Está tudo bem. Eu consigo fazer isso.

Ela pegou seu livro de espanhol enquanto Lizzie e Hudson, sabia, trocavam olhares dramáticos e preocupados sobre sua cabeça.

Isso não era justo. Ela era sempre a primeira a encorajar os planos malucos das amigas. Como a carreira secreta de modelo de Lizzie. Se não fosse por Carina, elas nunca teriam visitado o estúdio da Andrea. Ela até assinou a liberação dela para ser modelo. (Bem, forjou a assinatura de Kátia, mas mesmo assim...)

Mas sempre que era o *seu* plano louco, tudo o que Lizzie e Hudson faziam era perguntar sobre um monte de detalhes ou fazê-la sentir como se o plano nunca fosse funcionar. Por que elas não conseguiam dar, pelo menos, um pouco de apoio? Ela olhou para baixo, para seu livro, e tentou concentrar-se, até que um cheiro avassalador de Issey Miyake a fez olhar para cima.

— Oi, C, podemos fazer uma reunião rápida? — Ava estava ao lado dela com seu caderno com capa de couro embaixo do braço e uma caneta tinteiro Tiffany de prata pronta na mão. Ela parecia uma empresária, mais do que Carina jamais conseguiria parecer. — Gostaria de revisar algumas coisas — disse ela, com um rápido olhar para o seu relógio Cartier de prata atarracado. — Só para você começar.

— Claro — respondeu Carina. Ela estava prestes a se levantar, mas Ava sentou-se bem ao seu lado no carpete.

— Quando contei ao pessoal da caridade que você organizaria essa festa, eles piraram — disse Ava, enfiando um cacho ruivo atrás da orelha. — Você sabe, por causa de todos os seus contatos e tudo o mais.

— Ótimo — declarou Carina, com orgulho, fazendo questão de olhar para Lizzie e Hudson. Mas as duas estavam ocupadas demais encarando a parte de trás da cabeça de Ava para notá-la.

— Então, vamos começar com uma rápida visão geral de tudo o que você precisa providenciar — disse Ava com energia, abrindo a capa do caderno. — Eu as separei em três categorias. Comida, música e decoração. Imaginei que a melhor coisa a fazer seria avisá-la do que *eu* gostaria que tivesse, apenas para te dar uma base para trabalhar.

— Parece bom — comentou Carina.

Enquanto Ava virava as páginas do seu bloco de notas, Carina percebeu que suas unhas já tinham sido repintadas de preto-arroxeado.

— Então, o local da festa é o salão de baile no Pierre Hotel, que tem uma acústica incríííível. O que me leva à coisa mais importante que precisamos discutir. Música. — Ela fixou em Carina um olhar mortalmente sério. — Música faz ou acaba com a festa, então acho que para isso, temos que ir com o melhor que há. Vamos com Matty Banks.

Matty Banks não era somente um DJ. Era também um vencedor do Grammy de melhor produtor musical, criador de tendências, modelo e um dos garotos de 22 anos mais legais no planeta. E que também cobrava milhares de dólares.

— Matty Banks? Sério? — perguntou Carina.

— Você já trabalhou com ele antes, certo? — induziu Ava.

— Sim, claro, ele tocou na festa de aniversário do meu pai verão passado — disse Carina. — Mas não sei se estará disponível. Ele é, tipo, o cara mais ocupado do mundo.

— Até para *você*? — perguntou Ava.

— O que você quer dizer com até para mim?

— Bem, *você* quem vai convidá-lo — observou Ava. — Você disse que só gosta de trabalhar com os melhores.

Carina de repente entendeu do que Ava estava falando. Ela queria que Carina usasse seus "contatos". Afinal de contas, era isso que Carina tinha fingido que conseguia fazer. E, apesar de Matty Banks estar, provavelmente, reservado com meses, senão anos, de antecedência, Ava esperava que ela o conseguisse sem problemas.

— Tenho certeza de que isso não será um problema — disse Carina, tentando soar confiante.

— Tudo bem, então vamos seguir em frente — continuou Ava, cortando isso de sua lista. — Agora, aperitivos. Estou pensando em servir aqueles pratos reconfortantes. Sabe aquele lugar novo no Meatpacking District, Café Luz? Parece que fazem um macarrão com queijo com trufas raspadas incrível. Seu pai provavelmente conhece o chef, certo?

— Filippo? — perguntou Carina, preocupada. — Como ele acabou de abrir o lugar, tenho certeza de que estará ocupado...

— Me avise da resposta dele — interrompeu Ava, eliminando o item da lista. — E, para sobremesa, estou pensando em cupcakes vegans do Sugarbabies.

— Espere. Esse não é o lugar que cobra seis dólares por um cupcake? — perguntou Carina.

Ava enrugou o nariz.

— Eles acabaram de ganhar o prêmio de melhor Bolo Red Velvet da cidade e estão totalmente na moda agora. E para as flores, acho que devíamos tentar conseguir o Mercer Vaise. Você já trabalhou com ele, certo? Ele é incrível com as orquídeas.

— Mercer Vaise faz casamentos para xeiques e famílias reais — apontou Carina. — O pessoal do Deixe Nova York Bonita pode pagá-lo?

Ava comprimiu o rosto como se Carina tivesse acabado de falar em swahili.

— Nós não vamos *pagar* a essas pessoas. É o que pensou? Isso é tudo para caridade.

— Então como as conseguiremos? — perguntou Carina.

Ava revirou os olhos.

— Porque você os *conhece*. Você já trabalhou com eles antes. Eles deveriam ficar felizes de fazer isso para você e seu pai. Por que mais acha que estamos lhe pagando mil dólares?

Carina olhou para as amigas. Hudson lançava um olhar furioso em direção à nuca de Ava. Lizzie balançava a cabeça em um claro "não".

— Espere — disse Ava, olhando para Carina firmemente sem piscar. — Isso não será um *problema*, será?

Os segundos seguintes passaram em câmera lenta. Carina pensou freneticamente. Essa era a chance dela. A chance dela de dizer que, bem, que talvez... isso seja um problema.

Mas essa não era uma opção. Ela precisava do dinheiro.

— Claro que não — disse ela, balançando a cabeça. — Meu pai é melhor amigo de todo esse pessoal.

— Magnífico! — exclamou Ava, ficando em pé e escovando a poeira de sua legging vinho. — Ah, e eu quase esqueci. Combinamos duzentos, certo? — Ela enfiou a mão na bolsa, tirou uma carteira Louis Vuitton pesada e puxou duas notas novas de cem dólares. — Sua taxa de retenção — disse ela, com um leve toque de sarcasmo.

Assim que Carina apertou o dinheiro em sua mão, sentiu todas as suas dúvidas derreterem.

— Avise-me o que acontecer em relação ao Matty — lembrou Ava. — Até sexta-feira?

— Sem problema — disse Carina.

— Perfeito. Tenho um pressentimento de que este será o melhor *Silver Snowflake* da história. — Ava jogou o cabelo e foi embora passeando, enquanto sua kilt enrolada balançava para a frente e para trás como um dedo abanando.

— Ai meu Deus, isso é pior do que pensei — disse Lizzie, quase pulando da cadeira. — Você tem que conseguir que as pessoas façam as coisas *de graça*?

— E ela já te deu dinheiro? — perguntou Hudson, cansada.

— É apenas para o bilhete de entrada para as montanhas — disse Carina, tentando soar otimista. — Para que eu possa reservar meu lugar na viagem.

— Mas você *odeia* usar o nome do seu pai — comentou Lizzie, brincando com um elástico ao redor do seu pulso. — Isso, tipo, te deixa enjoada. Então por que disse sim a ela?

— Não é como se eu tivesse que jogar o nome dele por aí. Quase todas essas pessoas já trabalharam com ele. É pedir um favor a alguns amigos. E é por uma boa causa.

— Plástica de graça para as pessoas carentes? — perguntou Lizzie, arqueando uma sobrancelha grossa. — Você é melhor que isso, C. Correr pela cidade, obedecendo as ordens de Ava Elting... está se rebaixando. Não acha?

Carina sentiu um lampejo de raiva enquanto se levantava.

— Preciso encontrar Carter antes de o sinal bater — murmurou e, então, agarrou a bolsa e saiu do salão.

Ela atravessou o corredor em direção às escadas, tentando ficar calma. Por mais que amasse Lizzie e Hudson, nenhuma das duas entendia o que estava passando. Elas nunca precisaram abandonar os planos com um garoto de que gostavam porque não tinham dinheiro para comer uma pizza. Nunca tiveram que viver com vinte dólares por semana. Como podiam julgá-la? Carina estava apenas fazendo o que tinha que fazer. Claro, Ava dificultara com a coisa de pedir favores, mas ela descobriria um jeito de fazer com que isso funcionasse. E já estava a meio caminho de sua viagem romântica com Carter. Assim que o encontrasse e desse o dinheiro a ele, seria um fato consumado, como diria Hudson.

Quando viu Carter saindo do laboratório de informática alguns minutos depois, seu estômago deu um salto tão louco que ela ficou com medo de vomitar.

— Ei, por que está com tanta pressa? — perguntou ele, ficando a meio metro de Carina. Ele sorriu de um jeito tão preguiçoso e sexy que ela sentiu os pelos do braço se arrepiarem.

— Só queria entregar isto — disse, de forma maliciosa, entregando a ele as duas notas. — Para a passagem.

Ele olhou para o dinheiro dobrado em sua mão.

— Pensei que iria assinar um cheque ou algo assim — disse ele.

— Nada, eu gosto de dinheiro vivo — flertou. — E você não pensou que eu ia me esquecer de acabar com você, certo?

— De jeito nenhum — disse ele, sorrindo, enquanto enfiava o dinheiro no bolso do casaco.

— E... talvez pudéssemos sair antes da viagem — surgiu ela. Por um segundo, ficou assustada, achando que ele não iria responder. Mas o sorriso dele só aumentou.

— Parece legal — disse ele. Foi quando um som ensurdecedor veio da sua mochila. Era seu celular *vintage*. — Que diabos é isso? — perguntou Carter, olhando ao redor.

— Eu preciso ir — falou Carina, afastando-se. — Eu te adiciono no Facebook.

Ela saiu correndo e entrou no banheiro feminino. Uma vez trancada numa cabine, pegou o telefone. Era uma mensagem do pai.

*Festa da revista* Princess *hoje à noite. Seis em ponto. SoHo. Grand Hotel.*

Ela ainda não tinha visto o Jurg desde aquela noite na sala de TV. E a última coisa que queria agora era ir a um de seus eventos.

Mas talvez fosse a chance perfeita de deixá-lo ver que ela estava bem. Tinha encontrado um emprego e (possivelmente) um novo namorado, tudo nos últimos dias. Estava melhor do que apenas bem. Estava arrasando.

Jogou seu telefone dentro da bolsa e puxou o cabelo para trás em um rabo de cavalo. Ela iria para a festa idiota dele, sorriria até explodir e mostraria a ele que o castigo quase não a atingira. Agora, mal podia esperar.

# capítulo 11

A festa da *Princess* já estava à toda quando Carina saiu do elevador e entrou na suíte na cobertura do Grand, no SoHo. Passou por um cartaz com o layout da capa de dezembro, com uma modelo morena que acabara de ser a protagonista de um filme de terror popular, e examinou-se na parede espelhada do foyer. Ela trocara seu uniforme por uma blusa que os pais considerariam apropriada, de seda cinza e com pregas, da Anthropologie, calça jeans skinny azul-escura, sapatilhas pretas e sua bolsa Martin Meloy mais cara. Ela não era louca por Martin Meloy, principalmente depois do que acontecera com Lizzie, mas esse parecia o tipo de pessoal que gostava dele. Bom, pensou, olhando para o seu reflexo. Tudo o que precisava fazer era mostrar sua cara para o Jurg e, então, sair de lá. Depois, tinha uma reunião com Matty Banks. E isso era muito mais importante do que aquela festa.

Entrou no salão principal da suíte. Algumas subcelebridades estavam nos sofás enquanto os editores de vinte e poucos anos da *Princess* as olhavam pasmos do bar. Garçons deslumbrantes passavam com travessas de rolinhos de atum e vieira enrolados com bacon, e paparazzi espreitavam a sala, tirando fotos. Era o cenário habitual, menos "festa" e mais apenas um motivo para que a *Princess*, e sua garota da capa, fossem mencionadas na *Page Six* e nos blogs de fofoca no dia seguinte.

E a *Princess* precisava de toda publicidade que conseguisse. Não importava quantas vezes mudassem de diretor de arte ou quantas atrizes "legais" conseguissem para as capas, todo mês a edição vendia menos do que as outras revistas de adolescente. Seu pai não conseguia desvendar a razão, mas Carina sabia havia muito tempo. Era porque a *Princess* era irremediavelmente chata. Ela sempre tinha a sensação de que os editores haviam pegado um tutorial chamado "Conheça a garota adolescente!" em 1989 e o usado como referência para fazer suas matérias desde então. Estavam sempre atrasados demais nas tendências e totalmente por fora de suas histórias de moda e faziam artigos sobre coisas que eram assunto havia dez anos, como "Adolescentes e Tecnologia". Mas ela nunca tinha compartilhado sua opinião com o Jurg. E duvidava de que ele apreciaria isso.

Andou pela sala, procurando pelo pai, e quase tropeçou no Servo Medonho, que estava sentado em um pufe de camurça. Com seus poucos fios de cabelo gordurosos atravessando a careca e um terno marrom enfadonho, ele parecia completamente deslocado.

— Olá, Carina — disse ele com sua voz nasalada. — Bom ver você.

— Oi, Ed — respondeu ela, incapaz de olhá-lo nos olhos. Ela se perguntou se ele estava recebendo as cartas de amor anônimas.

— Você conhece Barb Willis? — perguntou ele, gesticulando rigidamente para uma mulher com aparência comum ao seu lado, que parecia tão deslocada quanto ele.

— Ela é a editora-chefe da *Princess*. Barb, esta é a Carina, filha de Karl.

— Oi, Carina — disse Barb, um pouco ávida, estendendo a mão. Ela parecia ter uns 45 anos, tinha cabelos castanhos ralos e estáticos e óculos de aros finos. Não estava usando nenhuma joia ou maquiagem e seu terno preto sem forma pendurava-se em seu corpo angular. Diferentemente da maioria das mulheres que trabalhavam para o pai dela, Barb parecia tentar *não* ser elegante.

— Oi — disse Carina. — Prazer em conhecê-la.

— Carina trabalhou conosco no escritório por um tempo — contou Ed com um de seus sorrisos patenteados. — Sabe tudo sobre a revista.

*E sobre seus problemas*, pensou Carina.

— Aí está o seu pai — disse Ed, e Carina virou-se e se deparou seu pai caminhando em sua direção.

As pessoas afastavam-se para deixá-lo passar, como sempre acontecia quando ele movia-se por uma multidão. Até mesmo ela precisava admitir que ele parecia uma estrela de cinema em seu terno Armani cinza-carvão.

— Oi, querida — falou ele, abaixando-se para beijá-la na bochecha. Ele era sempre mais carinhoso em público. — Bom ver você.

— Oi — disse ela, mal encontrando os olhos dele.

— Vi que conheceu Barb — comentou ele.

Carina percebeu Barb olhando-o atentamente. *Ah, ótimo*, pensou. *Barb está apaixonada por ele.*

— Sim, acabamos de nos conhecer — disse ela.

— Carina ama a revista — falou o Jurg para Barb. — Ela tem a assinatura desde... bem, há anos, não tem?

— Sim — disse Carina, sorrindo para corroborar a mentira.

— Na verdade, Barb tem uma ideia maravilhosa — continuou o Jurg. — Vou deixá-la lhe contar.

Barb corou um pouco e levantou os óculos em seu nariz adunco. Carina não conseguia evitar pensar que Hudson teria feito uma maquiagem realmente impressionante nela.

— Decidimos começar a escrever um artigo sobre uma "princesa" na vida real — começou Barb, colocando "aspas" na palavra com os dedos. — Uma garota real que vive uma vida fascinante e fabulosa que todos os nossos leitores amariam ter. E pensamos, quem melhor para essa história do que Carina Jurgensen?

— O quê? — perguntou Carina. — Eu?

— Bem, você vive uma vida fascinante e fabulosa — repetiu Barb. — Estuda no Chadwick, mora em uma cobertura, passa seus verões em Montauk, seu pai é um dos homens mais bem-sucedidos do mundo... — Barb lampejou um sorriso para Karl. — É o que chamamos de princesa.

— Você só tem que contar a eles sua vida, os lugares aonde vai, as lojas em que compra, o tipo de maquiagem que ama usar, essas coisas — disse seu pai. — Parece divertido, hein? — perguntou, abrindo seu sorriso "Aparência em Público".

*Lojas onde comprava?* pensou. Seu pai estava realmente falando sério?

— Eu estou... hum... lisonjeada, mas, honestamente, não acho que eu seja ideal para isso. Pelo menos, não por esses dias — acrescentou, lançando para o pai um olhar que ele não viu.

— Ah, vamos — incentivou ele. — Eles te fazem perguntas, tiram fotos suas com roupas bonitas. Vai ser ótimo. — Deu um tapinha rápido e sucinto no meio de suas costas, que ela sabia que significava "Fim de Discussão". — Marcaremos uma hora para Carina ir ao escritório — disse a Barb.

— Obrigada, Karl — disse Barb. — Agora, se me dão licença, acho que estou vendo meu editor de beleza ficando bêbado.

— Vou com você — falou Ed, e os dois fundiram-se na multidão.

Carina virou o rosto para o pai.

— Você está *brincando* comigo? — falou alto para ser ouvida por cima da mais recente música do Zero 7.

— O quê, Carina? — Suspirou e agarrou um copo de água gelada de uma das bandejas que passavam. — O que houve agora?

— Achei que não *quisesse* que eu fosse uma princesa. Achei que era todo o objetivo do que fez.

— É uma história — explicou, bebendo a água. — Não vamos dramatizar muito.

— Mas é uma mentira. Conheço garotas como as que ela está se referindo e não sou uma delas. Pelo menos não mais. E também não acho que já tenha sido.

— Carina, essa revista está correndo riscos — sussurrou ele. — E se querem fazer uma reportagem com a minha filha, esse é o mínimo que posso fazer.

— Mas por que quer que as pessoas pensem que sou algo que nem você quer que eu seja? — perguntou.

Ele largou o copo numa bandeja que passava.

— Todo mundo sabe que você tem uma boa vida. Você é minha filha, pelo amor de Deus. E não está realmente sofrendo.

— Bem, talvez eu não queira mais ser sua filha. Talvez eu goste apenas de ser a Carina.

O músculo da mandíbula do Jurg pulsou para dentro e para fora enquanto ele olhava para ela.

— O que você disse?

— Tenho que ir — murmurou ela, quase batendo em um fotógrafo.

— Carina — chamou ele, mas ela não esperou. Virou-se e apressou-se pela multidão, roçando-se em bolsas de mão volumosas e ombros pontudos. Ela sabia que sair assim era grosseiro e imaturo, mas não ligava. Estava com muita raiva. Seu pai era um completo hipócrita e ela só precisava sair de lá. Enquanto virava a esquina para o *foyer*, esbarrou no layout da *Princess* em seu estande. Ele tombou no chão.

As pessoas desviaram o olhar de suas taças de champanhe. Um dos fotógrafos tirou uma foto. Carina olhou para o layout, considerando levantá-lo. Na suíte, podia ver seu pai olhando para ela com os olhos escuros estreitos brilhando feito estrelas negras, enquanto balançava a cabeça.

Então as portas do elevador abriram-se.

*Ah, quem se importa?*, pensou, e correu para dentro.

# capítulo 12

— Eu deveria estar na lista — disse ela, apertando sua echarpe ao redor da garganta quando um vento frio soprou pela Spring Street. — Jurgensen, com J. Matty Banks me colocou.

O segurança olhou na sua prancheta, depois esfregou o queixo com barba por fazer enquanto a analisava. Ele era tão grande quanto um *linebacker* e com ombros tão grossos que sua jaqueta de couro parecia prestes a se rasgar. Em frente a ele, Carina sentia-se com 8 anos.

— Você tem identidade? — perguntou ele, batendo na lista com a caneta.

— Eu esqueci — respondeu ela, com confiança. Seu pai dissera uma vez que as pessoas acreditariam em qualquer coisa, contanto que você soe confiante.

Ele a olhou de cima a baixo.

— Dez minutos — declarou bruscamente, soltando a corda de veludo na frente da porta. — E nada de beber.

— Sem problemas — disse ela.

Carina não tinha interesse em beber, desde que tomara um gole de vodca com água tônica achando que era 7UP, quando tinha 10 anos de idade, e quase vomitado.

— Obrigada — disse com o canto da boca e entrou no Luxelle Lounge.

O Luxelle Lounge era tão exclusivo que não tinha número de telefone ou um nome na porta. Dentro, era tão legal quanto Carina imaginara. Mesas de veludo vermelho enfileiravam-se nas paredes, cobertas por cortinas finas e transparentes. Velas piscavam ao longo do bar de cerejeira maciça. Hip-hop francês tocava nos amplificadores. E no palco, no fundo do salão, esperando como adereços de uma peça de teatro, estavam os giradiscos e alto-falantes de Matty, banhados por luzes vermelhas.

Carina olhou ao redor, sentindo-se desconfortável. Ela nunca estivera em um bar e se perguntou se alguém estava prestes a ligar para a polícia ou para o Serviço Social. Mas ninguém parecia notá-la. Pelo menos, não as bartenders femininas com cabelos sedosos sacudindo suas coqueteleiras de Martini, ou as garçonetes bonitas que passavam por ela deslizando, sem dizer uma palavra. As poucas pessoas no bar não se viraram. Mas alguém a notara. Um garoto que aparentava ter sua idade estava parado num canto, bebendo um copo de água enquanto a estudava silenciosamente.

Ele era magro e definido, como um skatista, com cabelo escuro cortado um pouco curto demais em cima para estar na moda. Ele vestia calça verde-escuro, Stan Smiths surrados e uma camiseta do Arctic Monkeys sobre uma camisa de manga comprida cinza quente. Ele até que era bonito, com as maçãs do rosto esculpidas e olhos castanhos, mas era um pouco baixo e parecia um artista. Artistas realmente não eram o seu tipo. Eles estavam sempre envolvidos demais com suas músicas para se importarem com garotas, esportes ou em sair com os amigos. Mas, pelo jeito que esse a olhava, parecia muito mais interessado nela do que em, digamos, baixar outro disco do Arcade Fire.

De repente, uma assustadora voz masculina a fez pular. Das sombras, ouviu:

— CaRIIIna! CaRIIINa JAY!

Matty Banks estava meio desfilando e meio tropeçando em direção a ela, como se fosse legal demais para dar passos normais. Ele parecia ainda mais alto e magro do que da última vez que ela o vira e deixara crescer uma barba desordenada, para combinar com seu cabelo despenteado. Muitas garotas achavam Matty Banks sexy, mas Carina nunca gostou de caras mais magros do que ela. Enquanto se aproximava, o DJ inclinou-se para trás mais uma vez e cantou seu nome na direção do teto.

— CaRIIIna! O que *conta*, Karl Junior? — disse ele, arqueando as costas e levantando a mão para espalmar a dela.

— Ei, Matty! — falou ela, espalmando a mão dele do melhor jeito que pôde. — Bom ver você.

Matty jogou o braço ao redor dela e a deixou cara a cara com a logo de Howard Johnson em sua camisa.

— Querida! Tão bom ver você! Seu pai gostou daquele iPod que mandei para ele?

— Ele amou. Acho que já perdeu cinco quilos de tanto correr — disse ela.

— Amber! — gritou Matty em direção ao bar, fazendo uma concha lateral na boca com a palma da mão. — Traga-me uma Rockstar quando tiver um segundo!

Uma das bartenders com cabelos sedosos assentiu para ele.

— E uma para a minha amiga, tudo bem? — gritou novamente, pegando-a pelo braço e conduzindo-a para uma das mesas de veludo vermelho.

— Então, o que conta? — perguntou, quando Carina finalmente libertou-se de seu aperto e sentou-se. — Você disse que estava planejando uma festa? — Suas mãos batucaram um ritmo frenético na mesa enquanto seus olhos varriam o salão. Ela lembrou que Matty tinha um caso clássico de distúrbio de déficit de atenção.

— É o baile *Silver Snowflake* — disse ela. — É para todos os jovens de escolas particulares da cidade. É *black-tie*, somente para convidados. Acontece todo ano. É meio que importante.

— Parece ótimo, pequena J — disse ele, reparando na garçonete bonita quando ela trouxe as bebidas deles e as colocou na mesa.

— Bem, todo o dinheiro dos ingressos vai para a caridade — continuou ela, tentando recuperar a atenção dele. — E nada deixaria esse evento mais legal do que ter *você* tocando. O que acha? — Ela tomou um gole da bebida energética e quase engasgou.

Matty engoliu a bebida, olhando para alguma coisa além da cabeça dela.

— Então não é para o seu pai? — perguntou ele.

— Ah, *não* — repetiu ela. — Mas é realmente por uma boa causa. Cirurgia plástica para pessoas que não podem pagar, o que é realmente importante. E eu tenho certeza de que consigo Rockstars para você de graça a noite toda. Mas como é para caridade e tal, não conseguiríamos te pagar.

O olhar dele parou de vagar pelo salão e aterrissou nela.

— Mas tenho certeza de que tudo bem por você — induziu ela.

Matty deixou sua garrafa de lado e estudou a mesa por um momento.

— Certo, bem... eu adoraria ajudá-la, cara, mas acho que não conseguirei. Minha agenda está muito cheia.

— Mas eu nem te disse quando é.

Matty balançou a cabeça.

— Não importa. Tenho muita coisa. Tipo, tudo até o Natal, tudo até o Ano-Novo. Tenho que ganhar a vida, certo? — Antes que ela pudesse responder, bebeu o resto de sua bebida e levantou-se. — Queria poder ajudá-la. Sério. Mas mande um oi para o seu pai por mim. Ele sabe como me achar, certo?

— Claro — disse, sem emoção.

Ele agarrou a mão dela e deu um aperto de mão camarada.

— Maravilha. Espero que fique para o show. Estou aceitando pedidos — brincou ele, piscando para ela e depois caminhou devagar em direção ao bar.

Ela chutou o pé da mesa, frustrada. Tinha sido uma total perda de tempo. Sim, Matty ainda era obcecado pelo pai dela, e sim, ainda gostava dela. Mas não o suficiente para não se importar em trabalhar de graça. Era por isso que ele achava que seu pai era uma estrela. Era por isso que aceitara encontrá-la. Pelo mesmo motivo de Roberta: porque pensou que isso significava receber outro cheque gordo.

Pelo canto do olho, viu o segurança gigantesco aproximar-se da mesa.

— O tempo acabou — disse ele enquanto agarrava o braço dela. — Quer que a gente perca a nossa licença para vender bebidas?

— Estou indo, juro! — gritou enquanto ele a puxava para levantá-la. Ela torceu o braço para livrar-se do aperto, mas a mão do segurança era muito forte. — Ei, tire suas mãos de mim! Qual é o seu problema?

Quando Carina estava prestes a dar um chute rápido entre as pernas pesadas do cara, o skatista com grandes olhos castanhos parou elegantemente na frente deles.

— Ruben, cara, acalme-se — disse com calma, levantando as palmas das mãos. — Não precisa fazer cena.

— Você conhece esta garota? — perguntou o segurança.

— Claro que conheço, e ela está saindo — respondeu o garoto, ainda calmo. Ele se aproximou tanto que ela conseguia ver que ele tinha dentes brancos bonitos e cílios longos e escuros. — Sem ofensa, cara, mas arrastá-la para fora daqui meio que faz você parecer um idiota.

Ruben soltou seu aperto que interrompia a circulação sanguínea do braço dela. Quem quer que fosse esse garoto, estava claro que Ruben não queria parecer um idiota na frente dele.

— Se alguma coisa acontecer, a culpa é sua — murmurou Ruben antes de sair bruscamente pela porta.

— Desculpe — disse o garoto, aproximando-se. — Eles podem ficar um pouco paranoicos por aqui.

— Mas não com você? — perguntou ela, esfregando o braço dolorido.

— Eu venho muito aqui — disse casualmente. — Mas você é obviamente nova. — Ele ergueu a cabeça e olhou para ela. — Posso dizer Park Avenue, campo de tênis, East Hampton e só vai na rua 14 para comprar na Marc Jacobs — arriscou ele apontando com a cabeça para a bolsa dela.

— Martin Meloy — corrigiu, escondendo sua bolsa atrás das pernas. — E você é o quê? A Polícia Hipster?

O garoto sorriu.

— Não, sou Alex — disse ele, estendendo a mão. — Alex Suarez.

— Carina.

Apertaram as mãos.

— E eu *não* sou hipster — retrucou.

— E *eu* não moro na Park Avenue — disse ela.

— Entendi. Como conhece Matty Banks? Por favor, não me diga que está saindo com ele — acrescentou, passando a mão pelo cabelo curto preto.

— Estava apenas tentando contratá-lo. Para o baile *Silver Snowflake*. É uma festa que acontece todo Natal...

— Eu sei o que é — interrompeu. — Estudo no Stuyvesant.

— Sorriu. — O que significa que nunca sou convidado.

Stuyvesant era uma das escolas públicas da cidade, o que significava que seus alunos nunca apareceriam na lista de potenciais convidados de Ava.

— Bem, não muda a vida de ninguém nem nada — declarou rapidamente. — Eu nem iria se não estivesse organizando.

— Aham — disse Alex, sorrindo ainda mais. Ela sentiu o rosto ficar quente. Normalmente, era ela que chamava a atenção das pessoas para como estavam se comportando de maneira ridícula e agora ele estava fazendo isso com ela. — Então, Matty vai tocar? — perguntou.

— Não, ele não pode. Está com a agenda cheia.

— Você deu sorte — disse Alex. — Ele é horrível.

— *Horrível*? — repetiu Carina. — Ele é o DJ mais famoso do mundo.

— Não significa que seja bom — respondeu Alex, engatando as mãos embaixo das axilas. — Eu o vi tocar três vezes nos últimos seis meses e ele tocou as mesmas músicas todas as vezes. Só porque ganhou um Grammy e dorme com modelos, acha que não precisa se esforçar — bufou Alex. — Ele é uma desgraça como DJ.

Carina cruzou os braços.

— *Você* é DJ? — replicou.

— Sim — disse ele, esticando o pescoço. E posso garantir que sou melhor do que ele.

— *Você* é?

— Aham — disse de maneira um pouco fria, sorrindo para ela.

— Em qual *série* você está? — perguntou ela.

— No segundo ano. — Ele olhou para o teto. — E minha mãe sabe de tudo e tenho minha média 9, certo?

— Ótimo — disse ela. — Mas você realmente é melhor que ele?

O hip-hop groovy francês foi substituído por um remix de uma música dos Bee Gees. Eles olharam e viram Matty atrás dos giradiscos usando seus fones de ouvido.

— *Isto* é original — murmurou num sussurro. — Olha, se você realmente quer alguém bom, deveria me deixar fazer isso. E se ainda está insegura, vou tocar amanhã. Venha me ver e decida por si mesma. — Ele tirou um panfleto do bolso da sua calça jeans e deu a ela. Lá dizia: TERÇAS-FEIRAS COM O DJ ALEXX NO CLUB NESHKA.

— Você tem dois X no nome? — perguntou, cética.

— É o meu nome artístico. — Ele deu de ombros. — Todo mundo precisa de um.

— Club Neshka?

— É um dos lugares mais legais da cidade, confie em mim.

— Achei que aqui fosse um dos lugares mais legais da cidade — replicou ela.

Alex balançou a cabeça.

— Mais um motivo para você ir ao Club Neshka.

Carina jogou o panfleto na bolsa.

— Tudo bem, vejo você. Amanhã. Às oito horas. E é melhor que seja bom, Alex com dois "x"s.

— Não se preocupe. Serei — disse Alex, simplesmente, e foi embora.

Enquanto ia em direção à saída de cortina de veludo, não conseguiu entender bem qual era a de Alex Suarez. Sim, ele era um pouco sabe-tudo e autoconfiante demais, mas parecia ser inteligente e ter um bom coração. E conversar com ele era estranhamente confortável, quase como se o conhecesse a vida toda.

Ela olhou outra vez para o panfleto. Parecia um pouco inadequado contratar um garoto da idade dele para uma festa que Ava queria que fosse mencionada na seção de moda do *Times*. Mas talvez esse cara fosse melhor que Matty Banks. E, pelo menos, não estava usando uma camiseta do Howard Johnson e gritando seu nome para o alto, pensou, enquanto atravessava a porta da frente.

## capítulo 13

— Então você entrou nesse lugar e ninguém pediu identidade? — perguntou Hudson, incrédula, com o hashi pousado sobre um rolinho de pepino.

— Matty me colocou na lista. Eu disse a vocês que ele toparia imediatamente marcar uma reunião comigo.

Carina olhou para o seu peru suculento e seu sanduíche suíço. Tinha ficado tão orgulhosa quando o fez na noite passada na cozinha vazia — espalhando mostarda Dijon no pão, dobrando-o na alface, tirando a semente da fatia de tomate. Agora parecia e tinha a textura de uma esponja molhada.

— Então, o Matty de Um Milhão de Dólares vai fazer isso de graça? — perguntou Lizzie.

— Bem... — disse Carina. — Parece que a agenda dele estava cheia.

Como ela esperava, Lizzie e Hudson a olharam como se dissessem "Eu te avisei".

— Meninas, por favor — gemeu Carina. — Parem.

— Tudo bem — disse Lizzie, dando uma mordida no seu wrap de espinafre e peru, que parecia maravilhoso. — Estamos apenas preocupadas. Principalmente porque Ava já te pagou.

— Tudo bem. Em primeiro lugar — disse Carina. — Todo mundo está topando me encontrar de imediato. Sabem o chef do Café Luz? Filippo? Vai me encontrar hoje à noite. E em relação ao DJ, já arrumei um substituto. — Ela fechou os olhos e mordeu o sanduíche. Não estava nem de longe tão ruim quanto aparentava.

— Bem, isso é bom — disse Hudson. — Quem é?

— Um garoto muito legal que conheci no Luxelle. Ele tem a nossa idade. E vai tocar hoje à noite em algum lugar na East Broadway, se alguém quiser ir comigo.

— East Broadway? — Lizzie levantou as sobrancelhas. — Onde fica isso?

— Em algum lugar do centro da cidade — disse Carina com ar de sabedoria, apesar de também não ter certeza de onde era.

— Bem, você sabe que eu iria, mas ainda estou de castigo — lembrou Lizzie.

— E tenho algumas coisas de última hora para fazer no estúdio — explicou Hudson. E *depois* tenho aulas de dança.

— Uau — disse Carina. — Sua mãe realmente está te pressionando.

— Eu sei. — Hudson largou seu hashi. — E não sei se consigo fazer isso, meninas.

— Fazer o quê? — perguntou Lizzie. — Terminar o disco?

— Não — disse Hudson cuidadosamente, tirando as sementes de gergelim do seu rolinho com a borda pontiaguda de um hashi. — A apresentação. Cantar e dançar. Fazer coisas na frente das pessoas — explicou ela com a voz tão baixa que era praticamente um sussurro.

— H, se existe alguém que foi feito para isso, é você — disse Carina, terminando seu sanduíche.

— É normal ficar nervosa — acrescentou Lizzie. — Seria esquisito se não ficasse. Mas é claro que você pode fazer isso. E não é como se fosse fazer o seu primeiro show no Madison Square Garden. Você terá tempo para se preparar.

Hudson assentiu com a cabeça, olhando para o seu sushi meio comido.

— É, vocês provavelmente estão certas — concordou. — Minha mãe diz que eu sei demais, que não sou ingênua em relação a essas coisas, como ela era. Ela diz que eu só preciso parar de pensar nisso.

Carina e Lizzie se entreolharam. As duas sabiam que Hudson não conseguiria parar.

Depois do almoço, Carina apressou-se para chegar ao seu armário antes da aula de inglês quando alguém bateu de leve em suas costas.

— Ei, você.

Ela virou-se e viu Carter McLean bem ao seu lado, tão perto que o braço direito dele estava quase roçando no seu esquerdo. Seus olhos estavam ainda mais verdes e penetrantes que o normal.

— E aí? — perguntou ele, abrindo seu sorriso sexy. — Você não me adicionou no Facebook.

Seu estômago deu uma cambalhota.

— Ah, eu não estava em casa ontem à noite.

— Bem, mas você tem telefone, certo?

Carina parou. Não havia uma boa maneira de lhe dizer que seu telefone era mais velho que ele.

— Sim, mas o meu e-mail não está funcionando nele agora. Mas, ei, vai estar por aqui à noite? Tipo, mais tarde? Por volta das oito e meia? — Isso lhe daria tempo suficiente para ver Alex no centro.

— Claro — disse ele, parecendo contente e um pouco impressionado. — Podemos ir lá para casa e assistir a um filme ou algo assim.

*Ponto para Carina Jurgensen*, pensou.

— Ótimo.

— Aqui. — Ele inclinou-se e empurrou um pedaço de papel na mão dela.

— Agora você não tem nenhuma desculpa. — Seus dedos quentes demoraram-se nos dela, fazendo seu batimento cardíaco triplicar. Então ele sorriu e foi embora pelo corredor.

Carina cambaleou até a sala, segurando o pedaço de papel. Ela ainda podia sentir seu cheiro de garoto, de sabonete e suor, e isso estava fazendo com que seu coração disparasse contra o peito.

Eles tinham um encontro. *Essa noite.* Pelo menos cinco semanas antes da viagem.

Quando estava seguramente sentada e certa de que ninguém estava olhando, abriu o pedaço de papel. Lá, escrito numa adorável letra feia de garoto, estava:

CARTER
555-2322

Ela dobrou o papel de volta antes que alguém visse. Ele gostava dela. Ele *definitivamente* gostava dela.

# capítulo 14

Era uma vez, num passado bem distante ou, mais especificadamente, antes da semana passada, uma época quando o Meatpacking District era uma das vizinhanças favoritas de Carina. Com Lizzie e Hudson ao seu lado num sábado à tarde, atacaria a Martin Meloy, Diane von Furstenberg e Stella McCartney e daria um pulo no Patis para um café com leite e *pain au chocolat*. Agora, enquanto atravessava o triângulo de ruas de paralelepípedo na chuva, com o guarda-chuva de plástico ameaçando se quebrar com o vento a qualquer momento, sentia como se aqueles dias fizessem parte da vida de outra pessoa. A vida extremamente engraçada e extremamente sortuda de outra pessoa.

Ela tentou ignorar as vitrines das lojas enquanto andava em direção ao Café Luz, mas a atração era muito grande. Ao passar pela Catherine Malandrino, foi até o vidro e olhou para dentro. Uma garota loira, que devia ter a sua idade, estava experimentando um lindo vestido roxo, curto e esvoaçante. Em frente ao espelho, virava-se várias vezes enquanto a bainha do vestido girava ao redor dos seus joelhos e a etiqueta branca do preço balançava inocentemente, pendendo do alfinete.

Carina chegou mais perto, quase encostando o nariz contra o vidro. Podia praticamente sentir a seda em sua pele e o cheiro daquelas roupas novas. Ela queria aquele vestido. Precisava daquele vestido. Teria ficado ainda mais bonito nela. Então seus olhos pairaram na vitrine. Em um dos manequins prateados estava a blusa amarela. A *sua* blusa amarela. Ainda era linda, ainda estava na moda, ainda era perfeita para ela em todos os sentidos...

*Controle-se*, pensou enquanto virava-se e voltava para a chuva. Eram apenas roupas, pelo amor de Deus. Nada importante, e nada sem o que não pudesse viver. Mas elas *eram* importantes. Sentiu um estranho vazio corroendo seu estômago, como se estivesse se negando um pedaço de bolo. Talvez realmente gostasse de comprar coisas. Talvez o Jurg estivesse certo sobre ela.

Mas não, ele não estava nem um pouco certo porque lá estava ela, a caminho de encontrar-se com Filippo Mucci, chef extraordinário, para chamá-lo para o baile *Snowflake*. Quando Filippo soube, por meio do gerente do Café Luz, que Carina estava tentando falar com ele, ligou para ela em seguida e a chamou para ir ao restaurante, onde ele a encontraria pessoalmente. Carina tinha um bom pressentimento em relação a isso. E, com sorte, ainda comeria alguma coisa.

Ela atravessou a rua e andou em direção ao Café Luz, uma casa branca minúscula, que era uma garagem de carruagens do século XIX, convertida em um covil de maravilhas. Mesmo na chuva, uma pequena multidão esperava do lado de fora por uma mesa. Apenas o novo restaurante de Fillipo teria fila às 17h30.

— Boa tarde, posso ajudá-la? — perguntou o maître, quando ela entrou no restaurante. Ele vestia um terno e uma gravata escuros e sua cabeça raspada brilhava. Atrás dele, Carina conseguiu distinguir um espaço minúsculo à luz de velas com apenas umas 12 mesas, todas ocupadas. *Não é de se surpreender que aquelas pessoas estejam esperando do lado de fora*, pensou. *Este lugar é do tamanho do meu closet.*

— Sim, estou aqui para ver Filippo. Sou Carina Jurgensen.

— Por favor, por aqui — disse ele, apontando para uma minúscula mesa para dois vaga, que ela não tinha notado. — Filippo virá logo. Mas, enquanto espera, ele gostaria que experimentasse algumas amostras de aperitivos.

— Maravilha! — disse, um pouco alto demais.

Depois que o maître a conduzira até a mesa, Carina deu uma olhada ao redor. As paredes pintadas de dourado e as mesas e cadeiras de madeira davam ao Café Luz um tom rústico, como se estivesse numa casa de fazenda na Toscana, mas os pequenos pires de azeite esverdeado e os tapetes de seda locais denunciavam uma Nova York de alta qualidade. Além disso, o cheiro de manteiga e alho que vinham da cozinha definitivamente não era barato.

De repente, um garçom alto com camiseta preta e calça jeans chegou com um prato de guloseimas minúsculas envoltas em bacon.

— Tâmaras enroladas em pancetta — disse, colocando o prato em frente a ela.

Rapidamente, Carina espetou uma com um garfo e colocou na boca. O gosto era rico e doce, com uma irresistível aderência. Elas tinham que estar no cardápio da festa. Antes que percebesse, tinha comido todas.

Como mágica, o garçom apareceu novamente.

— Tartare de atum em tortilhas crocantes com abacate — anunciou.

Carina olhou para os montes de atum cobertos com abacate e fez uma pequena oração aos deuses da gula. Ela limpou o prato em questão de segundos. Outro item essencial. As pessoas iam *amar* esses.

O garçom voltou.

— E agora — anunciou, de forma dramática —, nosso famoso macarrão com queijo. — Ele colocou o prato em frente a ela com um floreio extra. — Cheddar branco, gorgonzola, gouda e parmesão. Coberto com trufas negras raspadas. — Ele pegou uma tigela grande com o que pareciam ser passas grandes e borrifou um pouco por cima. — *Buon appetito* — disse ele com uma seriedade mortal, então desapareceu.

Carina logo deu uma garfada na panela borbulhante. Quando deu sua primeira mordida, houve uma explosão de queijo e delícia amanteigada em sua língua. Era, provavelmente, o melhor macarrão com queijo que já comera na vida.

Ela abriu o cardápio que deixara de lado e procurou pelo macarrão com queijo. Custava 55 dólares. Quase parou de mastigar, em choque.

— *Buona sera*, Carina. — O redondo Filippo Mucci, com barriga de Papai Noel, estava ao lado de sua mesa e estendia os braços para um abraço. Ele era do tamanho de um urso pequeno, mas seu cabelo castanho ralo amarrado em um rabo de cavalo punk e seus olhos castanhos que piscavam constantemente a faziam se sentir muito tranquila.

— Então, gostou? — perguntou, apontando a mão carnuda para o seu prato de macarrão com queijo que se esvaziou rapidamente.

— Isso é incrível — irrompeu. — Definitivamente vamos querer.

— *Bene* — disse ele, batendo palmas. — Então. De quantas pessoas estamos falando?

— Umas duzentas — respondeu ela.

Filippo apertou os olhos e inclinou a cabeça por um tempo.

— Tudo bem! — gritou. — Vamos fazer!

Ela agarrou a mão dele de alívio.

— Ah, você salvou minha vida, não tem ideia.

— Não se preocupe com nada, minha Carina, fazemos isso e fazemos *beníssimo* — disse ele de forma teatral, abrindo bem os braços.

— Mas você sabe que é uma festa beneficente — falou com cuidado — e a comida teria que ser, hum, doada...

Filippo sacudiu a cabeça.

— Por favor, por favor, eu sei. Isso não é problema. Mas, minha Carina — disse ele, segurando em sua mão —, acha que pode me fazer um favor?

— Claro — concordou ela. — O quê?

Os olhos castanhos gentis de Filippo começaram a ficar pesarosos.

— Da última vez que cozinhei para o seu pai... na primavera passada... para o aniversário dele, *ricordi*?

— Sim, eu lembro — respondeu ela, sem ter certeza do que se tratava.

— Houve um problema com a conta — começou ele com uma voz mais baixa. — Meu sócio, ele cobrou a mais do seu pai... por engano! E agora... — Filippo abaixou a cabeça. — Eu o convidei para a inauguração aqui e ele não me respondeu. Estou com receio de que não trabalhe mais comigo. Nunca mais.

Ela não tinha ouvido falar disso, mas acreditava. O Jurg não gostava de ser cobrado a mais.

— Desculpe-me, Filippo, mas realmente não sei nada sobre isso...

— Se eu fizer essa festa para você, acha que seu pai voltará a trabalhar comigo? — perguntou ele, agarrando a mão dela. Seus olhos estavam tão brilhantes e suplicantes, como os de um filhote de cervo.

Carina olhou de volta para ele, sem saber o que dizer. Se ela dissesse sim, ele iria fazer a comida, Ava ficaria feliz e Carina poderia cortar, pelo menos, uma coisa da sua interminável lista de afazeres. Mas ela não podia fazer isso. Seu pai não era o tipo que mudava de opinião sobre alguém, especialmente se pensasse que tinham tentando trapaceá-lo.

— Desculpe Filippo — disse ela, tirando sua mão. — Mas não posso garantir que ele irá.

Os olhos de Filippo encheram-se de desapontamento.

— Eu farei de qualquer forma — disse ele acenando, resignado, com a cabeça. — Será um prazer!

— Não, Filippo, tudo bem — declarou ela, empurrando a cadeira para trás e ficando de pé. — Eu te diria que falaria bem de você, mas a minha opinião não significa muito agora, para o meu pai.

Ela mal conseguia olhar para o rosto cabisbaixo à frente. Dispensá-lo estava acabando com ela, mas sabia que era a coisa certa.

Filippo olhou para ela, pasmo.

— Mas você está indo embora? — perguntou. — Não, por favor, você tem que ficar! Gosta de zabaglione?

— Eu não posso. Mas obrigada. A comida estava incrível. Gostei mais do que imagina.

Com as duas mãos na mesa, Filippo escorou-se e a levantou com dificuldade.

— Por favor, diga ao seu pai que ele é sempre bem-vindo aqui — disse tristemente. — Até fecharei o restaurante para ele.

— Direi — concordou ela, apesar de saber que seu pai não merecia um favor tão extravagante. Então pegou seu guarda-chuva e foi em direção à porta.

*Lizzie estava certa*, pensou, enquanto deslizava pelo pódio do maître. Ela nunca deveria ter tentado conseguir favores usando o nome do pai. Não era de se admirar que Filippo tivesse topado encontrá-la de primeira: ele só queria retificar coisas com o Jurg. E Matty só queria outro cheque de seis dígitos. Essas pessoas não ligavam para ela. Nem ligavam para o pai dela, na verdade. Elas ligavam para o dinheiro dele. Por alguma razão, nunca percebera isso. De agora em diante, teria que planejar essa festa sozinha.

Ela pisou do lado de fora. A chuva tinha virado uma tempestade. Quando tentou abrir seu guarda-chuva fraco, uma rajada de vento o virou do avesso e a chuva fria bateu no seu rosto.

— Ui! — soltou alto. Toda essa viagem ao centro tinha sido por nada e tudo o que queria fazer nesse momento era ir para casa, tomar um banho e, então, encontrar com Carter.

Mas ainda precisava de um DJ. Procurou na bolsa o panfleto dobrado de Alex. Ela ainda não tinha ideia de onde ficava East Broadway, mas, agora, o DJ Alexx era a sua única chance.

O vento repentinamente colocou seu guarda-chuva no lugar. Hudson diria que era um sinal. *Talvez dessa vez*, pensou, enquanto caminhava de volta para os paralelepípedos, *fosse*.

# capítulo 15

No momento em que se aproximou da estação F do metrô, a chuva tinha parado e havia somente um vento úmido com cheiro de maresia soprando pelo East Broadway. Ela abandonou seu guarda-chuva destruído numa lixeira de metal e virou-se para esquerda e para a direita, procurando no quarteirão o Club Neshka. Pelo o que podia ver, o East Broadway definitivamente *não* era o Meatpacking District. Em vez de butiques extravagantes e bistrôs lotados, essa rua apresentava uma loja de bebidas esfarrapada, uma lavanderia a seco e um restaurante chinês minúsculo com uma placa em néon piscando que dizia Jolly Chan's. Acima dela, o rugido de carros na ponte de Manhattan iluminada de azul era quase ensurdecedor. *Não era de se admirar nunca ter ouvido falar do East Broadway*, pensou. *Não havia nada ali.*

O rangido de uma porta abrindo-se a fez girar. Ao final do quarteirão, um jovem barbudo e uma garota usando um casaco branco estilo marinheiro emergiram de um prédio para a rua. Alguma coisa dizia a ela que tinham acabado de vir do Club Neshka.

— Esperem! — gritou.

O casal segurou a porta até ela os alcançar. Felizmente, não havia segurança à vista. Passou deslizando por eles e entrou, ou, quase entrou.

O Club Neshka estava tão lotado que ela mal conseguia passar pela porta. Garotos magérrimos malvestidos com calças jeans skinny e garotas frágeis com vestidos vintages do mercado de pulgas bloqueavam a entrada conversando, dançando e bebendo de suas garrafas de cerveja. Parecia que todos os hipsters de vinte e poucos anos num raio de 8 quilômetros tinham ido para essa parte desolada da cidade apenas para se divertir nessa boate. Ela forçou sua passagem. Se o Luxelle esforçava-se para ser chique, esse lugar esforçava-se para ser cafona. Fios de luzes de Natal azuis e brancas e punhados de lantejoulas prateadas foram pregados pelas paredes de madeira falsa. Um globo espelhado girava no centro do teto e fotos emolduradas de um catálogo de roupas russo estavam penduradas na parede. Parecia um quarto de recreação de uma avó russa louca. E até mesmo a música soava estranhamente retrô. A música que saía dos amplificadores soava como um número da velha Motown. Tinha um baixo pulsando, trompetes retumbando e uma mulher cantando "One hundred days, one hundred nights...". Um punhado de pessoas dançava e se balançava no centro do salão, acompanhando a letra da música em voz baixa.

Finalmente, encontrou Alex. Ele estava atrás dos giradiscos no canto mais distante do salão, parecendo o irmão mais novo de alguém que estava lá por diversão. Segurava headphones em um ouvido e balançava a cabeça no ritmo, sem piscar os olhos castanhos, totalmente concentrado. Ele quase parecia estar em outro mundo. Nos giradiscos estavam várias caixas de leite cheias de álbuns. Talvez fosse todo aquele equipamento de DJ e o quão absorto estava na música, mas Alex parecia mais bonito essa noite do que no Luxelle. Exceto pela estampa em sua camisa, da capa do "The Queen Is Dead". *Claro*, pensou. Era praticamente lei caras artistas gostarem de The Smiths.

— Ei — disse ela, indo em direção a ele.

— Você apareceu — comentou ele, genuinamente surpreso enquanto abaixava os fones de ouvido. — Não achei que viesse.

— Bem, acontece que eu venho ao centro por outras razões que não fazer compras — disse ela, largando sua bolsa no chão e indo para detrás dos giradiscos. — Aliás, você estava certo — comentou, olhando ao redor. — Lugar legal.

— Nada de música cover, bebidas de seis dólares e o melhor sistema de som do Lower East Side — argumentou Alex. — Sempre cheio.

— E o que estamos ouvindo? — perguntou ela, olhando para o disco girando.

— Sharon Jones and the Dap-Kings — disse ele.

— Legal, amo Motown.

— Não é Motown. Eles tocaram no Radio City semana passada.

— Ah — disse ela, virando-se para os álbuns, fingindo não estar com vergonha.

— Eu terei que te ensinar que existe mais coisa aqui fora do que Lady Gaga — disse, secamente.

— E eu terei que te ensinar que gostar dos Smiths está ultrapassado. Você não usa iPod?

— Primeira lição sobre ser DJ — disse ele, selecionando outro disco do engradado. — Use *apenas* vinil.

— Por quê? Por que é retrô? — perguntou, sarcástica.

— Não, porque é mais fácil. Saber ser DJ é saber mixar.

— O que é mixar? — perguntou ela.

— Aqui — disse ele soltando o disco no prato vazio perto do que estava tocando. Depois, pressionou um **bo**tão. Os giradiscos começaram a se mover. — Isto é mixar — disse ele.

Ele segurou os fones de ouvido na orelha dela. Carina podia ouvir outro som por baixo de Sharon Jones and Dap-Seja lá o que fosse, mas o baixo dessa nova música era mais rápido.

— Observe — disse ele. Moveu sua mão em direção ao console entre os dois giradiscos e lentamente mexeu um botão para a esquerda. Nesse momento, ambos os pratos estavam tocando pelas caixas de som. O baixo da nova música tinha diminuído para igualar com o outro, da primeira, mas era apenas um pouco diferente. Ela reconheceu: "I Feel Good", de James Brown. A multidão ouviu também, e um pequeno grito de aprovação subiu no salão.

— Não é legal? — perguntou ele, observando o salão. — Isso é ser DJ. Ter certeza de que uma música harmoniza com a outra e ajustar o tempo das duas.

— Como você sabe que músicas vão se harmonizar? — perguntou ela.

Alex deu de ombros.

— Experimentando. Aqui, olha isso. — Ele colocou a mão dela em outro botão do teclado de mixagem. — Você pode aumentar o baixo ou o agudo, viu? — disse, colocando as mãos dele sobre as dela.

Carina tremeu com o toque quente da mão dele. *Mas eu nem estou interessada nesse garoto*, pensou.

— Está tirando todo o baixo — disse, enquanto movia a mão dela para a direita. Já não era mais possível ouvir o baixo, apenas os agudos muito altos batendo na música. — Este é o agudo — disse, no ouvido dela. — Agora, aqui está o baixo sem o agudo. — Ele moveu a mão dela na outra direção e tudo o que deu para ouvir foi a batida do baixo. — Viu quantas partes existem numa música? — indagou ele. — É como se fosse uma paisagem. E você está no controle. Isso é ser DJ.

Ele manteve suas mãos nas dela, o que a fez ter uma sensação engraçada que movimentou seu estômago.

— Uau — disse ela. — Ela nunca tinha pensado em uma música como uma paisagem antes.

Eles passaram as horas seguintes mixando juntos. Ela alinhava cada prato nos giradiscos e depois observava Alex soltar a agulha e virar os botões, ajustando batidas na música que já estava tocando para que as duas realmente tocassem ao mesmo tempo, uma apoiando a outra, uma complementando a outra. Alex parecia saber exatamente o que a multidão queria. Quando mixou o baixo funk *wamp-a-wamp-a* de "Brick House" com "Don't Stop Till It Get Enough", as pessoas gritaram. Carina não era de dançar, mas quase quis ir para a pista e juntar-se à multidão. Ela nunca se divertira dessa forma enquanto Matty Blanks estava tocando em uma das festas do pai

— Tudo bem, você estava certo! — gritou, finalmente, sobre a música. — Você *é* bom nisso. Estará livre dia 20 de dezembro?

— Então você me quer? — perguntou, sorrindo.

— Você está contratado. Mas tem uma coisa sobre a qual precisamos falar — disse ela, hesitante. — É beneficente. O que significa que terá que fazer isso de graça.

— Sem problemas — disse Alex, soltando outro disco no giradisco. — Contanto que me apresente a algumas garotas bonitas.

— Claro. — Isso foi surpreendente. Principalmente por causa de todo aquele lance do toque. — Se você estiver interessado nessas garotas esnobes do Upper East Side — acrescentou.

— Mas eu não entendi — disse ele, segurando um fone em um ouvido. — Você ia chamar Matty Blanks para fazer isso *de graça*?

— Meu pai é meio que amigo dele — comentou ela. — Não era nada de mais.

— Quem é seu pai?

Carina folheou os discos no engradado de leite. Era sempre o mesmo dilema: mentir e dizer que era outra pessoa, o que nunca teve coragem de fazer, ou dizer a verdade, e saber que a pessoa nunca mais a veria do mesmo jeito. Normalmente, quando as pessoas descobriam quem era seu pai, começavam a gostar menos ou mais dela. Ela não tinha certeza qual dos dois era pior.

— Karl Jurgensen — disse casualmente, olhando diretamente para ele.

— *O quê??* — exclamou Alex. Seus olhos castanhos quase saltaram das órbitas. — E você não pode *pagar* às pessoas?

— Não é uma festa para *mim* — disse ela. — É para caridade.

— Ele não ganhou, tipo, dois bilhões de dólares no ano passado? — perguntou Alex.

— O que *isso* tem a ver? — interrompeu.

— Só pensei que ele te ajudaria, só isso.

— Bem, ele *não* vai ajudar — disse ela. — Então não suponha coisas desse tipo, tudo bem?

— Tudo bem — concordou Alex, irritado. — Mas você está indo atrás dos amigos do seu pai para trabalhar nessa festa.

— Porque a garota que está no comando quer que eu faça isso — disse rapidamente. — Ela quer o melhor DJ, a melhor comida, as melhores flores. E ela pensa que posso conseguir isso por causa do meu pai. — *Apesar de eu ter deixado que ela imaginasse isso*, pensou Carina.

— Diga a ela que a festa não precisa ser extravagante para ser divertida — falou Alex, pegando outro disco. — Quero dizer, olhe para *este* lugar. É cem vezes melhor que o Luxelle. Porque ninguém está tentando ser quem não é. Não tem postura. As pessoas são livres para serem elas mesmas e se divertirem.

Carina avaliou a multidão dançante e feliz. Ela sabia exatamente o que Alex queria dizer. Mas também sabia que Ava acharia esse lugar desleixado, não divertido. Ainda assim, ela estava começando a pensar como Alex.

— Você me ajudaria com isso? — perguntou, com cautela. — Tipo... sugerindo algumas formas diferentes de fazer as coisas?

Alex balançou a cabeça.

— Eu pareço um coordenador de festas?

— Você não estaria coordenando-a. Estaria apenas me dando alguma inspiração. Qual é o seu número? Eu te darei um... — Ela parou. Carter. Esquecera completamente dele. Olhou o relógio. Era quase 9h30. — Ai, meu Deus! — exclamou, batendo o quadril nos giradiscos e pulando um disco. — Eu tenho que ir! Deveria encontrar alguém. — Ela pegou a bolsa. — Desculpa!

— Bem, antes que saia correndo, leve isto — disse Alex, tirando um cartão de uma pequena caixa preta no giradisco.
— É o meu celular. Atendo na maioria das vezes.

Ela olhou para o cartão. Acima do número do celular estava escrito DJ ALEXX, em letras maiúsculas.

— Sabe, cá entre nós, eu não curto muito o segundo "x" — disse ela.

Alex inclinou a cabeça.

— O que você é? Minha empresária?

Ela sorriu e avançou para a multidão.

— Eu te ligo.

Ela forçou seu caminho entre os hipsters que dançavam, ainda sorrindo. Finalmente, conseguira o seu DJ. E não tinha dúvidas de que havia escolhido certo. Alex era brusco e meio engraçadinho, mas também era talentoso e boa pessoa, e alguma coisa lhe dizia que talvez até virassem amigos.

Assim que lutou para atravessar a boate através da multidão e saiu pela porta para a rua vazia, discou o número de Carter. Ele tocou enquanto andava em direção ao metrô com o vento úmido chicoteando seu cabelo.

— Ei, aqui é Carter — atendeu o correio de voz. — Faça o que tem que fazer. *Biiiiiip.*

— Ei, Carter, é Carina — disse ela. — Descuuuuulpa, perdi a hora, estou saindo só agora do lance do meu amigo, ainda estou a caminho do centro e acho que é um pouco tarde...

Houve outro apito alto, um clique e depois um zumbido estranho de estática.

— Telefone idiota — murmurou, fechando-o. Ela podia ligar de novo para ele, mas pareceu muito desespero. Podia mandar uma mensagem de texto, mas talvez fosse demais. Talvez fosse melhor não fazer nada. Amanhã poderia explicar tudo.

Enquanto colocava o telefone de volta na bolsa e atravessava a rua, percebeu que não estava nem um pouco decepcionada. Ser DJ com Alex foi a maior diversão que tivera em semanas, talvez até maior do que assistir a um filme com Carter.

Logo antes de entrar no metrô, olhou para trás, para a porta sem marca do Club Neshka, escondido no meio da rua lúgubre. Sentia-se como se tivesse descoberto uma nova Nova York, essa noite. Tudo por causa de Alex. Esperava vê-lo de novo.

## capítulo 16

Durante o resto da semana, Carina evitou Ava. Era um trabalho de período integral. Sempre que via Ava descendo o corredor, com os cachos saltitando, o kilt balançando e tagarelando com Ilona, Kate e Cici, que as cercavam como se ela fosse a abelha rainha, Carina entrava no espaço vazio mais próximo, que, às vezes, era uma sala de aula, às vezes o banheiro das meninas e, uma vez, o armário do zelador. Hudson e Lizzie pensaram que ela estava maluca, mas Carina sabia que precisava ganhar tempo. Antes de inventar uma história para Ava explicando porque Filippo não podia ajudá-la, precisava achar a alternativa perfeita para o macarrão com queijo caro dele. E queria que fosse uma alternativa que ela mesma encontrasse. O cartão de Alex ainda estava num compartimento da sua bolsa, mas ela não conseguia se obrigar a ligar para ele. Talvez fosse orgulho ou talvez fosse teimosia. *Ou talvez*, pensou, *fosse algum tipo de ética de trabalho.*

No sábado de manhã, Carina chamou Hudson e Lizzie para um lanche. Como o cardápio delicioso do Sarabeth estava fora do seu orçamento, ela decidiu cozinhar. Esperava poder ouvir o conselho das amigas em relação a esse dilema dos aperitivos.

— Eu podia fazer aulas de culinária — disse ela, perdida em pensamentos, enquanto quebrava um ovo na borda de uma tigela. — Ou apenas seguir uma receita. Quero dizer, sério, não pode ser tão difícil. Fazer comida sozinha.

— Muito difícil — falou Lizzie, perto dela. Suas mãos, dedos e cachos vermelhos já estavam sujos de massa de panqueca. — Lanche para três pessoas é uma coisa. Aperitivos para duzentas é outra. E eu acho que caiu um pouco de casca aí.

— Não faça isso, C — alertou Hudson, derramando um saco de mirtilo num prato de vidro. — Seja honesta com Ava. E por que ela não oferece Ruffles e Coca-Cola, como todo mundo?

— Porque precisa ser digno do *Times* — disse Carina, com o tom de voz mais convencido que conseguiu fazer, enquanto começava a bater a massa. — Talvez eu devesse simplesmente desistir. Só que realmente quero ir nessa viagem. Acho que Carter me esqueceu. Tudo o que consegui esta semana foram alguns acenos rápidos no corredor.

— Talvez estivesse apenas realmente ocupado — disse Lizzie, derramando suco de laranja em copinhos.

— Ou talvez ele pense que *você* não goste *dele* — sugeriu Hudson, puxando um fio de cabelo preto para trás da orelha enquanto colocava o prato de mirtilos congelados no micro-ondas. — Especialmente porque você meio que furou o encontro da outra noite.

— Eu não furei, apenas perdi a noção do tempo — argumentou Carina.

— Bem, provavelmente foi melhor assim — disse Lizzie. — Sua mente já está muito ocupada com Ava. E eu não acho que Carter McLean seja um bom partido. Simplesmente não acho.

Carina sentiu um lampejo de aborrecimento enquanto voltava a bater a massa. Que tipo de comentário era esse?

— Como está Todd, Lizbutt? — perguntou, decidindo ignorar. — Como está o pai dele?

— Eles o deixaram voltar para casa depois de pagar a fiança, graças a Deus, mas agora está sob prisão domiciliar. E a mãe dele veio de Londres, então está tudo sendo um pouco estressante para Todd.

— É uma pena — disse Carina, incapaz de parecer bastante chateada com isso.

Lizzie pulou e sentou-se na ponta da bancada de mármore.

— Ei... eu venho querendo te perguntar... Você se incomoda de ele estar saindo muito com a gente?

— O quê? — Carina parou de bater a massa e olhou para ela. — Não, por quê?

Lizzie deu de ombros.

— Às vezes, quando ele está por perto, você fica um pouco quieta.

— Fico? — perguntou ela, apesar de saber exatamente do que Lizzie estava falando.

— Sim, fica.

— Bem, isso é estranho, porque amo o Todd — disse Carina, séria. — Totalmente. — Carina podia sentir Hudson a olhando.

— Tem certeza? — Lizzie a observou com seus olhos castanhos. — Porque se ele estiver te aborrecendo ou algo assim, me diga. Eu não quero ser uma daquelas garotas que se apaixona e depois arrasta o namorado para todos os lugares.

— Espere. Você disse "se *apaixona*"? — perguntou Hudson com sua boca perfeitamente desenhada aberta.

Lizzie assentiu animadamente.

— Sim. Acho que estou apaixonada, meninas.

— *Já?* — Carina deixou escapar.

O rosto de Lizzie enrugou-se.

— Algum problema? — perguntou, soando mais magoada do que com raiva.

— Não — disse Carina rapidamente, voltando-se para sua tigela. — Eu só não sabia que vocês eram tão... intensos.

Hudson lançou um olhar de alerta para Carina.

— Nós não somos *intensos* — retrucou Lizzie, irritada, pulando do balcão de mármore. — Só estamos muito a fim um do outro.

— Isso é ótimo, então — disse Carina rapidamente, abrindo o micro-ondas e tirando os mirtilos. — Acho que ele é um ótimo garoto. — Ele e Lizzie tinham *acabado* de começar a sair. E já estavam apaixonados? Ela despejou os mirtilos aquecidos na massa.

— C, acho que eles precisam ser lavados — disse Hudson.

Carina olhou para baixo. A massa da panqueca tinha ficado azul brilhante.

— Ops. Vocês se incomodam de comer panquecas azuis?

Um som ensurdecedor veio do telefone antigo de Carina, que estava no balcão.

— Ai, meu Deus, C! — disse Lizzie, protegendo os ouvidos. — Livre-se dessa coisa!

— Bem que eu gostaria — falou Carina, abrindo seu telefone.

*Para ontem. Como estamos com o Café Luz? Eles vão fazer a comida??? Quero uma atualização o mais rápido possível. A.*

— Quem é? — perguntou Hudson, colocando com uma concha um pouco de massa na grelha bastante quente. — Carter?

— Ava. Perguntando como "nós" estamos com a comida.

— Apenas seja honesta — repetiu Hudson. — Diga que ainda não tem nada.

— Certo — disse Carina. — Porque ela nem vai surtar. — Ela apertou o "responder" e começou a digitar.

*Achei um lugar novo FANTÁSTICO! Segredo. Conto segunda-feira.*

— Pelo menos isso me dá o final de semana — argumentou, apertando "enviar".

— Mas ela vai querer saber onde é o lugar! — disse Lizzie.

O telefone apitou novamente poucos segundos depois.

*Vamos fazer uma degustação esta noite. Na sua casa. Às seis horas.*

— O que é uma degustação? — perguntou Carina.

— É quando você se senta e experimenta um bando de amostras de aperitivos de um fornecedor — explicou Hudson.

Carina fechou seu telefone.

— Então eu preciso de comida para ela degustar às seis horas.

Lizzie puxou um cacho.

— O que você vai fazer?

Carina caminhou pela cozinha, ouvindo as panquecas chiarem. Ela estava oficialmente sem ideias. E talvez Alex fosse tão criativo com comida como era com música.

— Já volto — disse, saindo da cozinha e subindo a escada, dois degraus de cada vez, em direção ao seu quarto. Torcia para que ele atendesse.

No quarto, virou sua bolsa de cabeça para baixo. O cartão de visita do DJ Alexx caiu no chão junto com o cartão do metrô bastante usado e algumas balas de hortelã. Agachou-se, pegou-o e, usando o telefone fixo, discou o número 718.

— Alouuu? — Era Alex, e parecia que acabara de acordar.

— Alex? — disse ela. — É Carina. A coordenadora de festa.

— Ei — respondeu ele, com uma voz grogue. — E aí?

— Lembra que você falou que a festa deveria ser menos extravagante?

— Sim.

Ela se sentou.

— Bem... eu preciso de uma comida gostosa para festa. Para esta noite. De graça. Você pode me ajudar? Tipo, agora?

\*

Carina atravessou a rua 16 e correu para dentro do Union Square, tentando não tropeçar nas coleiras dos cachorros e carrinhos de bebês. O clima ameno, incomum, levara a maior parte de Nova York para as ruas e o Saturday Greenmarket estava cheio de pessoas comprando pão fresco e sacolas de maçãs recém-colhidas. Alex dissera para encontrá-lo na rua 14 do lado do Square e ela ziguezagueou por entre clientes em marcha lenta, determinada a não se atrasar. Ela não tinha certeza do que ele tinha em mente, mas sentiu-se melhor assim que desligou o telefone. Alex parecia o tipo de pessoa que podia ajudar a resolver qualquer emergência, até uma que envolvesse comida e Ava Elting.

Depois de passar correndo por uma trupe de dança africana apresentando-se embaixo da estátua de Gandhi, alcançou os degraus de onde era possível ver a praça em frente à rua 14. Essa área virava uma pista de skate nos finais de semana e alguns garotos estavam deslizando para cima e para baixo pelo concreto, praticando suas manobras. Seus olhos varreram a multidão sentada nos degraus, procurando pelo cabelo escuro espetado de Alex, quando ouviu alguém gritar seu nome.

— Ei, Park Avenue!

Ela olhou para cima para ver um dos skatistas acenando pouco antes de saltar em seu skate, segurando as laterais, e fazer uma virada perfeita. Então Alex não era só um nerd da música, pensou. Era um skatista. Sua teoria de que caras artistas não gostam de esportes foi por água abaixo.

— Nada mal — disse, enquanto descia alguns degraus para encontrá-lo.

Alex prensou seu skate com o dedão e virou a prancha na vertical.

— Obrigado — disse ele. — Ando sem prática.

— Então é isso o que faz todo sábado? — Ela olhou sobre o ombro, para a grande plateia feminina nos degraus. — Tenta impressionar as damas?

— Não, apenas você — disse, sorrindo. Então revirou os olhos. — Estou brincando. Então, me conta por que isso é uma emergência.

Ela não conseguia evitar sentir-se um pouco ofendida. Por que ele não estava a fim dela? Pelo menos um pouquinho?

— Ava quer fazer uma "degustação" esta noite — explicou Carina. — Naturalmente, está esperando comida de um restaurante cinco estrelas. Que eu não tenho.

— Sem problemas — disse ele, andando em direção à esquina. — Vamos ao Trader Joe's. A comida mais barata que pode comprar.

— Trader Joe's? — perguntou. — Tem certeza?

Ele a olhou como se dissesse "por favor".

— Tem certeza de que não é esnobe? — perguntou a ela.

— Confie em mim.

Eles esperaram na esquina, assistindo aos táxis passarem em alta velocidade.

— Então, além de ser skatista e DJ, do que mais você gosta? Você tem namorada? — Não tinha sido uma pergunta sutil, mas ela estava curiosa.

Alex ergueu uma das sobrancelhas escuras.

— Não no momento — respondeu. — Mas, para responder à outra pergunta, acho que poderia dizer que gosto de Nova York.

— Nova York? — perguntou ela.

— Morar aqui. Apreciar este lugar. Tirar vantagem de tudo isto que ele tem para oferecer. — Ele pisou no skate enquanto cruzavam a Quarta Avenida. — Quero dizer, olhe para aquele cara — disse, enquanto passavam por um passeador de cães com um cachorro dinamarquês, um wheaten terrier, um yorkshire e um pug mal-encarado ao mesmo tempo. — Onde mais você veria algo assim?

— Sim, sei o que quer dizer.

— Todo final de semana tento fazer uma coisa que ainda não fiz por aqui — disse ele. — Apenas uma coisa.

— Isso deve ficar bastante caro — comentou ela.

— Na verdade, não — respondeu ele, pulando para cima do meio-fio. — Existem *toneladas* de coisas para fazer de graça. Só tem que saber onde procurar. Quero dizer, andar de skate, por exemplo. E subir de bicicleta a West Side Highway. E andar de patins no Central Park.

— Acabou de dizer três coisas que não dá para se fazer no inverno.

— E conseguir comida de graça — acrescentou ele, virando-se em direção às portas automáticas que levavam ao Trader Joe's.

— Comida de graça? — perguntou ela, repentinamente interessada. — Onde eles servem comida?

— Agora tenho certeza de que nunca esteve no Trade Joe's antes — disse ele, agarrando o braço dela. — Venha comigo.

Eles entraram e ele a puxou por um corredor. Ao final, havia um quiosque pequeno onde um homem careca com um avental fazia um tipo de fritura em um fogão.

— Você quer dizer que as pessoas cozinham aqui na loja? — perguntou, admirada.

— Sim — disse Alex, guiando-a em direção à coleção de copos descartáveis alinhados numa bandeja, cheios de macarrão com um cheiro delicioso.

— Yakisoba — falou Alex, pegando um dos copos e cheirando. — Nos demos bem. — Ele pegou um garfo de uma pilha próxima e comeu. — Maravilhoso.

Carina pegou um copo descartável e cavou o yakisoba com seu garfo.

— Hummm, você está certo — disse, mastigando. Era realmente delicioso. — Eles sempre têm isto?

— Eles sempre têm *alguma coisa* — explicou ele. — Se estou sem grana e preciso de um lanche rápido, este lugar sempre resolve o problema.

— Bom saber — disse Carina, fazendo uma anotação mental. Não quis contar a Alex como comida de graça era importante para ela, atualmente.

— Então acho que queremos congelado, certo? — perguntou, depois de acabar com mais três copos descartáveis.

— Hã? — perguntou Carina, ainda comendo.

— Para a festa — acrescentou Alex.

— Ah, sim.

— Venha comigo.

Ela jogou fora seu copo descartável vazio e o seguiu por outro corredor. Estava cercado por freezers abertos cheios de delícias congeladas.

— Tudo bem, primeiro temos os taquitos de frango. Dez por 3,69, e são incríveis. — Ele pegou a caixa. — E depois temos o folheado de queijo feta e cebola caramelizada — disse, pegando outra caixa. — Doze por cinco dólares.

— Esses são os aperitivos? — perguntou, incerta.

— Ah, e *estes* são maravilhosos — acrescentou ele, abaixando-se e puxando outra caixa. — Estes são os minissoufflés de três-queijos. Também o mesmo preço. Não tem erro. — Ele a juntou com as outras duas caixas e entregou a pilha para Carina.

Ela olhou para as caixas geladas. Não tinha certeza se aperitivos aquecidos era o que Ava tinha em mente, mas, com esses preços, não ia argumentar.

— Então, quanto você acha que isso iria custar para duzentas pessoas? — perguntou.

— Uns 250 dólares. — Alex voltou-se para o fundo do tonel e começou a agarrar todas as caixas à vista. — Talvez consigamos metade agora...

— Tudo bem — disse rapidamente. — Vou levar só estes. Pego o resto mais tarde. — Três caixas era tudo o que podia pagar no momento. E, para o resto, teria que pensar em um plano. Eles viraram e andaram em direção ao caixa.

— Você acha que a Srta. Bolsa Birkin vai topar servir coisas com este preço? — perguntou Alex.

— Eu vou convencê-la — mentiu. — Tenho certeza de que vai amar. — Ela sabia que o único jeito de Ava amá-los era não sabendo que vinham do Trader Joe's. Ela precisava inventar um lugar fictício. Um lugar fictício *fabuloso*.

— E ela quer que você consiga todas essas coisas caras de graça, certo? — perguntou ele, coçando a lateral da cabeça.

— Isso.

— Eu não entendo — disse ele enquanto entravam na fila para pagar. — Achei que essas instituições de caridade extravagantes tinham um orçamento bem alto para essas festas. E agora, soa como se não pudessem pagar ninguém.

Carina brincou com uma barra de chocolate no mostruário do caixa, tentando não pensar no seu pagamento de mil dólares.

— Acho que estão meio que economizando — disse vagamente.

— E se você se irrita tanto com essa garota, por que aceitou coordenar isso? — Alex a olhou de perto. — O que *você* está ganhando com isso?

*Uma viagem para os Alpes*, pensou.

— Ela me encurralou — disse, desconfortável. — E às vezes é difícil para mim dizer não para as pessoas.

Não era a verdade, mas era o melhor que conseguia fazer.

Alex balançou um pouco a cabeça, aturdido.

— O quê? — perguntou ela, cautelosamente.

— Eu normalmente avalio bem as pessoas. Mas eu estava errado em relação a você. É o oposto de tudo que pensei.

— O que pensou? — perguntou Carina, enquanto moviam-se na fila.

— Vamos lá. Você é a filha de Karl Jurgensen. O cara poderia comprar e vender a minha família toda. E essa bolsa provavelmente custa mais do que minha mãe paga de aluguel — disse ele, apontando para a bolsa Hayden-Harnett gigante dela.

— Por isso eu devia ser má?

— Talvez não má — admitiu Alex. — Mas, no mínimo, arrogante. E você não é. Você é... legal.

Antes que Carina pudesse sorrir pelo comentário, ouviu um barulho familiar vindo de sua bolsa. Era tão alto que o homem à frente deles na fila virou-se e olhou para a bolsa.

— Espere. É o seu telefone? — perguntou Alex. — Eles não pararam de fazer esse toque no quarto ano?

— Não importa — disse ela, lutando para encontrar o telefone dentro da bolsa e desligá-lo.

— Pega — disse ele. — Deixa eu ver. Tenho que ver.

— Não.

— Ah, vamos — insistiu.

Relutante, ela tirou o antigo telefone prateado da bolsa e o entregou a ele.

— Aqui, feliz?

Alex o admirou em suas mãos como se fosse um fóssil.

— Meu Deus. É de 1998 — disse, aterrorizado.

— E daí? — perguntou ela, tirando-o das mãos dele.

— E o que você está *fazendo* com isso? — perguntou ele. — Você não tem um iPhone? Ficaria feliz em levá-la à loja da Apple — disse ele. — Fica na Prince Street, caso não tenha ouvido falar...

— Eu já tenho um iPhone — murmurou ela. Sentiu as bochechas começarem a queimar enquanto jogava o telefone de volta na bolsa.

— Então porque está andando por aí com *isso*? — perguntou Alex.

— Porque meu pai cortou meus gastos — disse finalmente, sem olhar para ele.

Houve uma pausa desconfortável enquanto o funcionário do Trader Joe's começou a passar os itens dela.

— São 13,27 dólares — disse ele, quando terminou. — Dinheiro ou cartão?

— Dinheiro. — Felizmente, tinha pegado sua mesada com o Jurg dois dias antes, mas já havia gastado cinco dólares com ovos e massa de panqueca. Ela tirou 15 dólares da carteira, tudo que restava do seu dinheiro. O funcionário deu o troco a Carina e ela pegou a sacola de papelão com as comidas. Andaram em direção à porta sem falar. Ela podia dizer, pelo silêncio de Alex, que ele estava levemente ofendido, ou realmente confuso. Do lado de fora, uma leve chuva começou a cair.

— Cortou? — perguntou Alex. — O que isso significa?

— Significa nada de iPhone, nada de cartões de crédito. Nada de dinheiro. — Ela pisou numa embalagem de chiclete no chão com a ponta do seu Puma.

— Por quê? O que você fez? — perguntou ele.

Ela tirou um fio de cabelo úmido dos olhos e pensou em como responder isso.

— Sabe quando você está tão furioso com alguém, e esteve assim por tanto tempo, que, alguma coisa acontece e desperta a sua ira?

Alex não piscou.

— Sim.

— Bem, ele fez algo que despertou minha ira.

— O quê? — A forma como fez essa pergunta soou como se realmente quisesse saber. Talvez até ficasse do lado dela. Carina olhou para a rua. Um vendedor de falafel entregava um pão sírio cheio de hummus para um cara corpulento. Uma mulher sem-teto empurrava um carrinho pela rua, murmurando para si mesma. Ela percebeu que queria contar toda a verdade para Alex, sobre tudo: o divórcio, a traição de seu pai. Sobre como o Jurg arruinara a família. Mas ela mal o conhecia.

— Nada — disse rapidamente. — Não é importante.

— A Srta. Bolsa Birkin sabe? — perguntou Alex, com um sorriso começando a se formar nos cantos dos lábios. — Que você está... falida?

Carina sacudiu a cabeça.

— Não é algo que eu esteja divulgando, se me entende.

Ele olhou para ela e então fez que sim com a cabeça.

— Bem, apenas me diga se ela gostou desses taquitos — falou finalmente, saltando no skate. — E se precisar de mais alguma coisa, me avise.

— Aviso — disse ela. — Obrigada, Alex.

Ele enfiou seus fones nos ouvidos.

— Sem problemas — disse, enquanto empurrava o skate com um pé. Então, deslizou para longe dela pela rua, na chuva.

Enquanto Carina o observava descer o quarteirão de skate, sentiu-se exposta, como se ele tivesse aparecido no vestiário e a visto tirar suas roupas de ginástica. Como ela acabou falando tanto? Ele estava se intrometendo, ela realmente precisava contar aquilo? E, além disso, havia alguma chance de ela estar *gostando* dele?

Não, decidiu, observando-o atravessar de skate a Terceira Avenida e ir para a estação L. Ele não provocava aquela sensação de borboletas na garganta, que tinha com Carter. Mas ela contara seu segredo a ele, e agora não sabia o que eram. Definitivamente mais que conhecidos, mas não bem amigos. Ainda não. Eram outra coisa.

E essa outra coisa a fez sentir-se agitada, mas também reconfortada, de um jeito estranho.

Então, lembrou que recebera uma mensagem de texto, na loja. Quando pegou seu telefone, estava escrito o nome no qual estava pensando. CARTER.

*O q vc vai fazer + tarde?*

Um choque percorreu seu peito. Então ele não a *esquecera*, aparentemente.

*Alguma coisa c/ vc* ☺, escreveu de volta, audaciosamente, e apertou *enviar*.

Ele respondeu para ela em menos de um minuto.

*Jantar hj. Serendipity. 8h.*

O estômago dela deu outra volta. Ela escreveu.

*Mal posso esperar.*

## capítulo 17

Ela estava em pé de frente para as duas mudas de roupas em sua cama, tentando decidir qual vestir no seu encontro com Carter, quando o interfone tocou na parede do quarto.

— Ava Elting subindo! — veio a voz de Otto através do alto-falante. Ele não falava com muita frequência, mas quando falava era sempre quase um grito.

— Tudo bem! — gritou para o interfone e voltou-se para a cama examinando as roupas. Tinha reduzido suas opções ao vestido preto sexy que usara no último baile do Chadwick e à opção mais casual e menos arriscada que era a blusa amarela de casimira com gola V e uma calça jeans.

Ela segurou o vestido preto em sua frente e se avaliou no espelho de corpo inteiro na porta do seu armário. Desde que seus gastos tinham sido cortados, não tinha usado nada mais elegante que uma blusa legal e uma calça jeans, e agora o vestido parecia estranhamente formal para ela. Era muito formal? E Carter, estivera no baile e a vira usando isso? Ela abriu seu MacBook Air em cima da cama e estava prestes a puxar conversa com Hudson sobre isso quando viu que tinha um novo e-mail. De Laetitia Dunn.

Clicou na mensagem.

*Para: Galera de Chamonix*
*De: TishD*
*Ei!!! Só queria avisar a todo mundo que fiz reserva para nós todos no Ritz-Carlton para a noite de 26 de dezembro, já que a casa de Carter ainda não estará pronta para nos receber... Cada um terá uma suíte Junior, a não ser que você seja Anton e precise de mais espaço para suas roupas (LOL)... Paguei tudo com o meu Amex, então pessoal, POR FAVOOOR, paguem de volta o mais rápido possível... Obrigada! LD.*

Carina pegou sua bola antiestresse. O Ritz-Carlton? Isso não fazia parte do plano. Ela não tinha como pagar aquilo.

O interfone tocou novamente.

— Sua amiga está aqui! — gritou Otto.

— Estou indo! — berrou ela. A última coisa no mundo que sentia vontade de fazer agora era lidar com Ava. Mas precisava se livrar logo dessa degustação idiota. Vestiu a blusa amarela de casimira e a calça jeans e desceu os degraus correndo.

Ava estava no corredor, olhando atentamente para a lata de sopa de Andy Warhol. Sua calça J Brand estava tão apertada que parecia ter sido pintada no corpo e o cabelo estava puxado para trás em vários nós, atrás de uma faixa enfeitada com joias.

— Hum, é o original? — perguntou, apontando para a pintura.

— Acho que sim — disse Carina.

— Hum, legal — falou ela, tentando minimizar sua incredulidade balançando seus cachos, orgulhosamente. — Então, não tenho muito tempo. Podemos começar?

— Por mim tudo bem — disse Carina. — Está tudo aqui.
— Ela a levou para a sala de jantar.

Ava olhou rapidamente para o teto pintado inspirado em Michelangelo, o candelabro de cristal gigante e a mesa com vinte lugares, mas não disse nada a respeito.

— Tudo bem — disse, sentando-se e tirando uma garrafa grande de água Smartwater de sua bolsa enorme. — Onde está a comida?

— Chegando — respondeu, com uma ironia que Ava não percebeu, e passou pela porta oscilante para entrar na cozinha. Pegou a bandeja que preparara alguns minutos antes e, no caminho de volta, lembrou-se de seu discurso ensaiado.

— Apresento-lhe o folheado de queijo feta com cebolas caramelizadas, galinha orgânica em taquitos de milho triturados manualmente e minissoufflés quatro queijos — anunciou, colocando o prato em frente a Ava com um pequeno floreio, como um garçom.

Ava apertou os olhos para ver os aperitivos minúsculos.

— São do Café Luz? — perguntou, em dúvida.

— É de um lugar mais legal, no West Village, que ainda nem abriu — irrompeu Carina. — Mas esse tem muito mais buchicho. E Jessica Biel é uma das donas.

Ava pegou um folheado, o cheirou e deu uma pequena mordida.

— Hummm — disse, olhando para ele com surpresa. — É gostoso. — Como se chama esse lugar?

— Ah, ainda não tem nome — respondeu Carina. — Nem número de telefone. Vai ser tão badalado que eles estão tentando ser discretos.

Ava balançou a cabeça, com ar de quem entendia, e depois pegou um dos taquitos.

— Milho triturado manualmente é ótimo — disse ela e, então, o atirou na boca.

— Sim — respondeu Carina, ainda tentando manter uma cara séria.

— Hummm — disse, com a boca cheia. — Quem é o chef? Mario Batali? Daniel Boulud?

Carina fingiu pensar sobre isso.

— Seu nome é Joe... alguma coisa. Alguma coisa em francês.

— Bem, posso notar que usa ingredientes de alta qualidade — disse ela. — E gosto do contraste entre a qualidade e o casual. Era exatamente o que eu queria, na verdade — completou, mastigando.

— Então podemos servi-los? — perguntou Carina, já sabendo a resposta de Ava.

Ava atirou um minissoufflé na boca e empurrou sua cadeira para trás.

— Por mim tudo bem. Contanto que não nos cobrem.

— Terá uma taxa pequena, tipo... duzentos dólares — disse Carina, fingindo chutar. Ela ainda teria que comprar toda essa comida.

Ava assentiu, animada.

— Tudo bem. Vamos fazer cem de cada. — Ela levantou-se. — E quando esse lugar abrir, nós definitivamente vamos, certo?

— Ah, definitivamente — mentiu Carina, levando Ava para a porta.

— Ah, a propósito — disse Ava, virando-se. — Escrevi "Alex Suarez" no Google e o único DJ que encontrei era um cara que ficou em terceiro no time de matemática do Stuyvesant e toca em um lugar esquisito no centro. Não é o mesmo cara não, né?

Carina hesitou. Ela podia contar a verdade para Ava, mas já tinha ido tão longe com a comida. Outra pequena mentira não iria matá-la.

— Ah, não — disse ela, antes de parar para pensar. — Esse cara passa muito tempo em Los Angeles. Acho que acabou de tocar na festa de aniversário de Mary-Kate e Ashley, no Chateau Mermont.

Ava tocou na sua letra A de diamante enquanto andavam em direção à porta da frente.

— Bem, estou impressionada, Carina. No início, achei que estivesse falando um monte de besteira, mas seu pai está certo. Você deveria fazer isso para valer.

Otto virou-se em sua mesa e olhou intrigado para Carina.

— Obrigada — respondeu Carina, ignorando o olhar de Otto.

— Vejo você segunda-feira — disse Ava. Ela olhou, nervosa, para Otto. — Você não tem que olhar minha bolsa de novo, tem?

Otto sacudiu a cabeça.

— Ah, tudo bem — disse, e saiu pela porta da frente.

Carina subiu correndo os degraus em direção ao seu quarto. Tudo correra perfeitamente bem! Ava caíra completamente no seu plano e agora estava livre para se divertir muito com um cara extremamente fofo. As coisas não podiam estar melhores. Graças a Alex.

Depois de uma ducha rápida, uma secada de cabelos ainda mais rápida e uma olhada apressada no armário, estava vestida e finalmente pronta para Carter McLean. Seu suéter gola V não era exatamente a blusa Catherine Malandrino, mas serviria. Deu uma última olhada no espelho, procurando por pedaços de taquitos nos dentes, e falou palavras estimulantes para si mesma. Logo antes de sair, pegou seu telefone e escreveu uma mensagem de texto para Alex.

*FUNCIONOU!!!*

Ela quase sentiu como se estivesse abraçando-o.

Quando saiu na rua, lembrou-se de que não tinha contado as novidades para suas amigas. Pegou o telefone e mandou uma mensagem de texto para elas:

*Indo para um encontro com Carter! E Ava amou a comida!*

Hudson escreveu de volta:

*NÃO ACREDITO... ISSO É DESTINO.*

E depois Lizzie:

*Me ligue assim que terminar!*

Serendipity era um dos lugares favoritos delas quando crianças. A comida era incrível, assim como a especialidade da casa: o chocolate quente gelado. Era apropriado ter seu primeiro encontro com Carter em um restaurante que sempre amou. *Outro bom sinal*, pensou.

Quando chegou ao restaurante, viu Carter sentado sozinho em uma das mesas brancas do canto. Ele estava usando uma camisa de botão azul-clara e um casaco de lã carvão com o zíper aberto casualmente, e seus cachos escuros estavam escovados para fora da testa com um pouco de produto. Ele acenou para ela e a sua boca ficou seca instantaneamente.

— Você está atrasada — brincou ele, enquanto ela se sentava.

— Bem, eu estava na Paragon, escolhendo minha nova prancha de snowboard — brincou de volta. — Já te disse que vou acabar com você?

— Meu tio comprou sua passagem — falou ele. — Então é bom não estar se gabando.

— Eu? Nunca — flertou enquanto pegava o cardápio gigante. — Tudo bem, o que eu quero? — Abriu o cardápio e seu olho foi direto para os preços. — *Quatorze dólares* por um sanduíche de salada de frango? — soltou.

Carter a olhou de forma estranha.

— Você está bem?

— Ah, sim, só pareceu um pouco caro — disse ela, sentindo um rubor quente espalhar-se pelas bochechas.

— Hum, o jantar é por minha conta — declarou Carter. — Então não se preocupe com isso.

— Ah, eu sei — respondeu, tentando sorrir, e depois enterrou a cabeça no cardápio. Ela queria morrer.

Felizmente, um garçom bigodudo se aproximou da mesa deles um segundo depois.

— Escolheram? — perguntou, preparando sua caneta.

— Eu vou querer o sanduíche de frango — disse Carter.
— E um chocolate quente gelado. E a banana split para sobremesa.

Seus olhos foram diretamente para a Banana Split Ultrajante. *Vinte e dois dólares? Por uma banana?* Era o que queria dizer, mas guardou para si mesma.

— Acho que vou querer um chá gelado e o BLT Supremo — disse com um sorriso simpático.

O garçom rabiscou o pedido deles e foi embora.

— Você tem algum problema com dinheiro? — perguntou Carter. Ele estava tentando sorrir, como se sua pergunta fosse uma brincadeira, mas ela podia ver a seriedade em seus olhos.

— Não. Claro que não — blefou, alisando o cabelo. — Só não vinha aqui há um tempo. Eles aumentaram os preços.

Carter ainda estava olhando para ela estranhamente.

— Aham — disse ele.

Ela podia praticamente ouvi-lo pensar ESQUISITA. ESQUISITA. ESQUISITA.

— Então, vou para a Flórida no feriado de Ação de Graças — disse ele, misericordiamente mudando de assunto. — Minha família comprou essa casa em Fisher Island.

A única coisa que já ouvira sobre Fisher Island era que ela era uma das vizinhanças mais ricas de Miami. As pessoas que tinham apartamentos ali geralmente pagavam milhões por eles.

— Legal — disse ela. — Nunca estive lá.

— É maravilhoso. O melhor esqui aquático. E bem à direita da costa de South Beach. Acho que vamos fazer pesca submarina. Da última vez, quase peguei um marlin azul enooorme. — Ele levantou as mãos o mais distante uma da outra que conseguiu. — O peixe tinha, tipo, uns 4 metros de comprimento.

Ela procurou algo interessante para dizer, mas só conseguiu vir com um:

— Ah é?

— É.

Houve um longo silêncio. *Ai*, pensou Carina. Só estamos juntos há dez minutos e esse encontro já está fracassando.

— Bonito relógio — disse, percebendo o Rolex prateado gigante no pulso dele.

— Foi um presente de aniversário — comentou, com orgulho, mexendo na pulseira, distraído. — Não era o que eu realmente queria, mas funciona.

— Qual você *realmente* queria?

— Um com cronógrafo, para quando mergulho — disse ele. — Eu tinha um, mas caiu nas Caiman.

— Então você perdeu um Rolex no oceano e depois ganhou outro?

Ele sorriu.

— Sim.

— *Ui* — disse ela.

O sorriso de Carter foi embora. Ela percebeu, com choque, que tinha dito aquilo em voz alta.

— Quero dizer... hum... *ui* porque você perdeu — gaguejou.

Não funcionou. Carter ainda estava olhando como se ela tivesse uma doença contagiosa quando um assistente de garçom aproximou-se com os pratos deles.

— Sanduíche de frango? — perguntou ele.

— Aqui — murmurou Carter.

— Parece muito bom — disse ela, esperando fazer as pazes.

Carter deu um pequeno sorriso.

— Obrigado.

— E este parece maravilhoso — disse ela para o seu sanduíche.

Carter não disse nada.

Enquanto Carina mordia seu sanduíche de 12 dólares, percebeu que seu encontro dos sonhos tinha, de repente, desaparecido.

— Eu vi o e-mail de Laetitia — disse ela. — Ficaremos no Ritz-Carlton na primeira noite?

— Sim, meu tio ainda estará no chalé — falou, sem cerimônia. — Só viajará para a Grécia no dia seguinte.

— Então o seu tio não estará lá? — perguntou. Esse tempo todo, ela achava que ele estaria, pelo menos, na casa.

— Ah, sem chance — disse Carter. — Eu não ia querer ir para lá se ele estivesse. Seremos só nós.

— E seus pais deixam?

— Sim, por que não? — perguntou com sua voz mostrando irritação. — Você precisa que tomem conta de você ou algo assim?

— Não — disse, com cuidado. — Eu só... não percebi que esse era o plano. — Ela pegou o sanduíche, sentindo-se como uma criança envergonhada. Mas tinha sido uma pergunta sincera. Por que ele fora tão desagradável? Lizzie estava certa, Carter McLean era meio idiota.

Quando a conta finalmente chegou, Carter bateu seu cartão Visa na bandeja sem nem olhá-la.

— Obrigada — disse ela, sem jeito. — Estava bem gostoso.

Carter mexeu-se na cadeira.

— Que bom que gostou — murmurou, alcançando seu casaco.

Quando saíram na rua, um vento mordaz estava soprando pela rua 60. Carina olhou para o relógio. Não era nem 21h15 ainda, mas essa noite tinha, definitivamente, acabado.

— Bem, obrigado por ter vindo — disse ele, sem emoção, enquanto fechava o zíper do casaco de lã.

— Sim, foi muito divertido. — Ela sorriu, esperando. Talvez, caso se esforçasse, se conseguisse que ele a beijasse, poderia, de alguma forma, resgatar esse encontro e transformá-lo de volta no Carter por quem tinha se sentido atraída.

Mas ele simplesmente olhou para um lado e para o outro da rua, distraído, com seus olhos verdes procurando por alguma coisa — ou alguém — que não ela.

— Quer ir para algum outro lugar? — perguntou Carina.

— Não, estou realmente cansado — disse ele. — E vou acordar cedo para correr a meia maratona amanhã. Mas posso chamar um táxi para você?

— Tudo bem, posso ir andando — disse ela. — Vejo você segunda-feira.

Ele se inclinou e mal deu um beijo rápido na bochecha dela.

— A gente se vê — disse ele, afastando-se dela como se ela estivesse com a peste.

*Isso era louco*, pensou, virando-se e descendo o quarteirão. A partir do momento que se sentara à mesa, a noite fora um completo e absoluto desastre. Mas era sua culpa, por ter aberto a boca e dito *ui*? Ou culpa de Carter, por ser um idiota mimado? E, se ele era um idiota mimado, por que fora tão frustrante a forma como a noite terminou... com um beijo patético na bochecha?

Ela precisava ligar para Lizzie e Hudson e descobrir isso. Mas quando pegou o telefone, viu que tinha uma mensagem de voz de sua mãe. Ela ouviu a mensagem, aumentando o volume.

— Oi, querida, sou eu, e sinto muitíssimo por ter demorando tanto para retornar a ligação. As coisas têm estado *loucas* por aqui... Um dos meus instrutores pediu demissão sem dar nenhum aviso e eu estou *cheia* de alunos novos... De qualquer forma, queria que você soubesse que estarei na cidade no dia 13, antes de ir para a Índia. Irei para outro ashram... e estou ansiosa por uma longa sessão intensiva de mãe e filha, quando chegar. Saudades, querida!

Ela desligou o telefone. Ficou feliz em saber que sua mãe estaria na cidade, mas também aliviada por não ter visto a ligação. Ter que recapitular todos os eventos difíceis e estranhos das últimas duas semanas não era algo que queria fazer agora. Já estava difícil o suficiente viver cada momento. E mal podia esperar para chegar em casa, enrolar-se no sofá e comer o resto daqueles taquitos baratos.

# capítulo 18

— C, você sabe que eu totalmente passaria o dia em Montauk ou algo assim, mas minha mãe está surtando porque ainda estamos na fase do estúdio — disse Hudson, na véspera do feriado de Ação de Graças enquanto caminhavam para a última aula delas. — Ela quer gravar mais umas duas faixas. E você deveria ouvi-las: já nem soa mais como a minha voz. Ela já a passou pelo compressor tantas vezes que estou soando como a Gwen Stefani depois de ingerir gás hélio.

— O seu produtor gatinho ainda está puxando o saco dela? — perguntou Lizzie. O dia anterior à pausa do feriado de Ação de Graças no Chadwick era sempre livre de uniformes, e Lizzie vestira uma blusa roxa vibrante muito legal, com uma gola V profunda e um cardigã com uma flor enorme. Carina tinha visto as duas peças no catálogo da Anthropologie antes de jogá-lo no lixo com tristeza.

— Claro que ele está puxando o saco dela — disse Hudson, desembaraçando seus colares prateados. — O lado bom é que minha mãe parece amá-lo. E vocês sabem como ela odeia *todo mundo.* — Hudson estava maravilhosa, como sempre, com um vestido prata metálico com a cintura alta e meias-calças pretas opacas. — Pelo menos deixa minha vida mais fácil.

Carina puxou o zíper do seu casaco com capuz Vince favorito. Ela o combinara com uma fofa blusa listrada da Barneys, que comprara ano passado, mas agora, ao lado de suas amigas elegantes, desejava ter algo novo para exibir.

— Então, C, eu iria também, mas vou para a Carolina do Norte com Todd e a mãe dele — disse Lizzie. — Acho que toda a família da mãe dele é de lá.

— Tudo bem, meninas — falou Carina, tentando não soar tão patética quanto se sentia. — Posso descobrir alguma coisa para fazer.

— Você e seu pai não estão meio que se dando bem? — perguntou Lizzie.

Carina pensou sobre as poucas vezes em que o vira desde a briga deles, havia duas semanas, no coquetel da revista *Princess*. Definitivamente, não diria que estavam se dando bem. Eles mal se falavam no jantar, com exceção das perguntas de rotina sobre a escola e as respostas monossilábicas dela.

— Na verdade, não. Mas hoje estou sendo chamada de volta à Estrela da Morte para aquela entrevista idiota sobre ser uma "princesa na vida real" — respondeu ela. — Talvez isso signifique que eu não o irritei totalmente naquele coquetel.

— Pensei que tinha se livrado disso — comentou Lizzie, examinando o corredor à procura de Todd.

— É, pensei que tinha dito ao seu pai que era má ideia — disse Hudson.

— E você acha que ele me escuta? — indagou Carina.
— De jeito nenhum. Ele acha que é uma ideia maravilhosa.

Exatamente o que quero fazer assim que estiver livre para o feriado de Ação de Graças.

Houve um tempo, quando sua mãe ainda estava por perto, em que o feriado de Ação de Graças era o favorito de Carina. Eles sempre iam para a Jamaica, para a casa deles em uma montanha com vista para Montego Bay. Passavam os dias andando na praia, nadando na piscina imensa e lendo nas redes da gigantesca varanda de laje pavimentada. E depois tinha o banquete saboroso, estilo jamaicano, com frango condimentado e bolinhos em vez de peru tradicional e recheio.

Mas esses dias acabaram. Agora, a data significava inserir-se nos planos das amigas para evitar passar quatro dias com o Jurg na sua mansão fria, de paredes de vidro, em Montauk. Mas este ano, inserir-se não seria possível. O que significava que Carina ficaria sozinha em Montauk, andando nas pontas dos pés ao redor da casa e do pai.

— Espere... Carter não tem uma casa no East Hampton? — perguntou Hudson. — Convide ele!

— Ele vai para a Flórida. E eu acho que a gente meio que terminou.

— C, só porque ele não te beijou... — começou Lizzie.

— Não, não é isso. Simplesmente sinto que algo mudou — Ela pendurou a mochila no outro ombro quando pararam em frente aos armários. — Eu estava sentada lá no Serendipity e, de repente, foi como se ele tivesse se transformado em um cara completamente diferente. Bem na minha frente.

— Talvez tenha sido *você* que se transformou — disse Hudson.

— Hã? — perguntou Carina.

— Você mudou, C — disse Hudson, colocando livros no armário. — Você não consegue perceber, mas nós conseguimos. Você está mais calma. Mais madura. Não está mais tão impulsiva.

— Talvez ele não pareça mais tão bom para você — disse Lizzie, prendendo o cabelo vermelho em um nó.

Carina pensou sobre isso. Ela se *sentia* diferente. Mas por que isso tinha que mudar as outras pessoas também?

— Bem, talvez não estivéssemos na nossa melhor noite — disse ela.

— Você ainda vai viajar? — perguntou Lizzie.

*A viagem.* Ela recebera mais um dos e-mails de grupo de Laetitia, este último sobre fazer uma reserva na Rue de Soleil, que, de acordo com o website da Fodor's, era um dos restaurantes mais caros de Chamonix. Como o outro e-mail sobre o Ritz-Carlton, ela simplesmente ignorara.

— Acho que sim — respondeu apaticamente.

— Bem, acho que isso é bom — disse Lizzie, batendo a porta do armário. — Caso contrário, você seria louca de querer continuar lidando com Ava.

— Falando nela — cochichou Hudson —, hora de mergulhar na loucura de novo.

— Carina? — chamou Ava atrás dela. — Posso falar com você?

Carina virou-se para ver Ava caminhando atrás dela usando botas *mukluks* com franjas, calças de couro e um poncho com pelos aparados. Atrás dela estavam as Icks, parecendo ainda mais dominadas em suas calças jeans skinny, botas na altura do tornozelo e longos casacos de casimira, um pouco agasalhadas demais para um dia de escola de quatro horas.

— Oi, Ava — disse Carina, tentando não soar apreensiva. Ela não fizera mais nada para a festa, mas imaginou que, depois do seu triunfo com o Trader Joe's havia uma semana e meia, poderia relaxar um pouco.

— Então, agora que falta menos de um mês para o baile, — disse Ava, virando seus olhos brilhantes para Carina —, andei pensando. Eu sei que já temos um DJ, mas não seria legal se conseguíssemos alguém para cantar?

— *Cantar?* — repetiu Carina, estupefata.

— Bem, nós temos esse palco ótimo — explicou Ava. — E não seria maravilhoso se alguém pudesse aparecer e cantar uma ou duas músicas ótimas?

*O que é isso? Ava-palooza?*, Carina pensou.

— Em quem você estava pensando? — perguntou, tentando ignorar o olhar penetrante dos olhos azuis de Ilona.

— Não sei — disse Ava, irritada por ser pressionada. — O seu pai não chamou o Justin Timberlake uma vez para um dos eventos dele?

— Justin *Timberlake*?

— Ou que tal os Jonas Brothers? Seu pai já os chamou, certo? — perguntou Ava, abrindo e fechando os longos cílios. — Quero dizer, se ele chamou, não é um problema tão grande pedir.

Era isso, pensou. Isso estava ficando ridículo. Ela precisava contar a Ava de uma vez por todas que o seu pai não tinha nada a ver com essa festa.

Mas então, teve uma ideia brilhante.

— Sabe, tem alguém que podíamos ter que é até *melhor* e *mais nova* que JT ou os Jonas Brothers — disse ela. — Alguém que está prestes a explodir a qualquer minuto.

— Quem? — perguntou Ava ceticamente.

— Que tal Hudson Jones?

Carina olhou para a sua amiga. Hudson estava quase tão pálida quanto Lizzie e sua boca pintada de morango estava aberta em choque. *Ops*, Carina pensou.

— *Hudson?* — perguntou Ava, como se Carina tivesse acabado de dizer que ela mesma cantaria.

— Bem, ela está prestes a terminar a gravação do seu primeiro disco e está totalmente no caminho para se tornar uma estrela — disse Carina, com orgulho, enquanto colocava o braço ao redor da amiga. — Seríamos as primeiras a fazer um show dela ao vivo. Seria como ver Robert Pattinson numa peça de escola.

Hudson estremeceu um pouco sob seu braço.

Carina olhou para Lizzie. Ela exibia dois círculos vermelho berrante em suas bochechas enquanto olhava para o chão.

— Na verdade, eu não acho que já esteja preparada para fazer alguma coisa ao vivo — disse Hudson, com uma voz muito oscilante. — Mas agradeço o convite...

— Ah, mas é só uma noite — persistiu Carina. — E você vai ao baile de qualquer forma, certo?

Ela sabia que estava colocando Hudson numa situação difícil, mas com Ava e as Icks encarando, não conseguia se controlar.

Hudson mordeu lábio inferior e assentiu.

— Bem, eu *acho* que pode funcionar — disse Ava, com um suspiro. — Quero dizer, ouvi falar que você tem uma ótima voz e tudo o mais.

— Ótimo! — interrompeu Carina. — Conversamos mais sobre isso durante o intervalo, tudo bem?

— Tudo bem — disse Ava, ignorando o rosto pálido de Hudson. — Falaremos sobre as músicas mais tarde. Tenho um gosto bastante específico.

Ava e as Icks foram em direção ao fluxo de pessoas no corredor, deixando as três num silêncio estranho.

— Hudson — sussurrou Carina enquanto andavam para a sala de aula. — Desculpe. Espero que não me odeie.

Hudson ficou calada enquanto encontravam três assentos vazios no fundo e sentavam-se.

— Não se preocupe, posso te tirar dessa — disse Carina.

— Então por que a *colocou* nisso? — sussurrou Lizzie.

— Está tudo bem — disse Hudson, colocando a mão no braço de Carina. Ela faria qualquer coisa para evitar uma briga. — Sério, não é nada de mais.

Carina sentiu-se como a pior amiga do mundo enquanto inclinava-se para baixo e pegava seu livro "A História do Mundo". Mas, falando objetivamente, Hudson realmente *era* a escolha perfeita para o baile. Ela era melhor cantora do que qualquer um poderia ser e seria a maneira perfeita para ela se acostumar com o palco.

— Ei — disse ela, colocando a mão no braço de Hudson. — Pelo menos seu primeiro show será na frente de pessoas que você conhece.

— Era o que eu estava tentando evitar — revelou Hudson, tentando sorrir. — Mas tudo bem. Eu farei.

— Obrigada, H — disse ela, dando um abraço rápido em Hudson.

Enquanto se afastava, Carina podia sentir o olhar crítico de Lizzie. Ela claramente não aprovava. A centelha que crescia havia semanas entre elas acabara de ficar um pouco maior. E Carina estava começando a imaginar quando iria explodir.

# capítulo 19

— Barb já virá — disse a assistente com cara de bebê, enquanto levava Carina para o escritório de pelúcia na quina do prédio do *Princess*. — Mas posso trazer alguma coisa para você beber? Chá gelado? *Cappuccino*? Água vitaminada?
— Não, estou bem — respondeu Carina.
— Tem certeza? Temos Pellegrino — ofereceu ela, inclinando a cabeça de forma que suas mechas loiras brilharam sob a luz de halogênio.
— Não mesmo, estou bem.
A assistente assentiu de um jeito meio profissional e, então, foi embora do escritório.
Carina largou sua mochila no carpete branco grosso e suspirou. Ver como as pessoas ficavam ansiosas em ser legais com ela sempre a deixava apreensiva. A mesma coisa acontecera quando estagiou na sede da corporação do seu pai, 15 andares acima dos escritórios da *Princess*. Todo mundo, assistentes, vice-presidentes, até o pessoal da limpeza, parecia atormentado ou simplesmente com medo perto dela. Talvez

fosse por isso que se sentia tão desconfortável lá. Não era possível ser *somente* uma estagiária.

Ela andou em direção à janela de Barb, que ia do chão ao teto, e olhou para os desfiladeiros cinza e úmidos de Midtown, abaixo. As coisas ainda tinham ficado um pouco esquisitas entre ela, Lizzie e Hudson depois da aula. Quando se despediram na rua, em frente à escola, Hudson somente dera de ombros quando Carina disse a ela que daria tudo certo com o lance da gravação. E Lizzie tinha gritado "Divirta-se!" quando se separaram na rua. Lizzie nunca dizia coisas como "Divirta-se!". Claramente ainda estavam chateadas com ela por ter envolvido Hudson na festa, mas sabia que, se chamasse Hudson e perguntasse a ela se estava bem, Hudson diria que sim.

Às vezes garotas eram tão frustrantes, Carina pensou. Pelo menos com garotos você sabia onde pisar. Como com Carter. Ela o vira por apenas um segundo pela janela da pizzaria, sentado com Anton e Laetitia, assim que a aula acabou. Mas ele olhou diretamente para ela e, depois, através dela. Nenhum sorriso, nada. O que só podia significar que ele saíra do encontro deles tão desapontado quanto ela. *Pelo menos, ele não tentou ser meu amigo*, pensou. Era quase um alívio.

— Desculpe por fazê-la esperar — gritou uma mulher do corredor, e Carina assistiu a Barb Willis entrar correndo no escritório, parecendo mais desgrenhada, e exausta, do que na outra noite. Seu cabelo castanho ralo na altura do ombro estava tão estático que uma das pontas levantou-se e seu blazer marrom-escuro parecia coberto com pelo branco de cachorro.

— Jamie te ofereceu uma bebida? — perguntou, piscando para Carina por trás de seus óculos, como se não conseguisse vê-la. — Ou que tal alguns daqueles biscoitos? — perguntou, apontando para um saco plástico aberto com biscoitos de chocolate grandes demais na mesa. — Por favor. Pegue. Já estraguei minha dieta três vezes.

— Não acho que precise de dieta — disse Carina.

Barb a olhou de um modo estranho, depois sorriu.

— Por favor, sente-se, Carina. Sinta-se à vontade. — Ela gesticulou com um pedaço de papel na mão em direção ao sofá branco liso encostado na parede. Barb Willis estava muito longe das mulheres glamorosas que dirigiam as outras revistas femininas do seu pai mas, até agora, todas as suas imperfeições tinham começado a conquistar Carina.

— Estamos um pouco enrolados hoje, por causa do feriado de Ação de Graças — disse ela. — E, já que quase todo mundo foi embora, acho que eu entrevistarei você... ops!

O pedaço de papel na mão de Barb flutuou até o chão. Era uma capa-teste para a revista *Princess*, impressa num papel de computador de tamanho regular.

— É uma prova da capa para a edição de março — explicou Barb enquanto Carina abaixava-se e a pegava. Carina mirou a familiar logo rosa-shocking da *Princess*, como que escrita à mão e floreada, e as frases da capa abarrotadas de números ("353 formas de pentear o Cabelo!"). E tinha a garota da capa, uma atriz da TV a cabo que já havia agraciado muitas outras capas de revista nos últimos seis meses e estava mais legal e mais bonita em todas elas.

— O que você acha? — perguntou Barb.

Carina tentou pensar em algo positivo para dizer.

— Gostei do cabelo dela — disse ela.

Franzindo as sobrancelhas, Barb pegou a folha de volta.

— O que você *não* gostou? Tudo bem. Apenas me fale o que pensa. Como leitora.

— Bem, para ser bem honesta, eu *não* sou leitora — disse Carina.

Barb sorriu.

— Ah. Posso perguntar por quê?

— Tudo parece um pouco forçado — respondeu. — Vê isso? — Apontou para a logo da *Princess* na capa. — Vê como está em rosa-shocking, estilo escrito à mão e tem um coração no pingo do "i"? É *muito* frufru. Eu diria para apagar o coração, colocar a logo em negrito, bem espesso, e *então* você pode se livrar do rosa. Deixe-a um pouco mais funk. Faça-a um pouco provocativa. Não tenha medo de ser atrevida, o atrevimento pode ser feminino também.

Barb parecia incerta, mas assentiu, com o queixo apoiado na mão.

— Continue — disse ela.

— Esse é o restante da edição? — Carina andou na direção de um quadro de avisos coberto com mais páginas da revista em miniatura.

Barb assentiu.

— Sim, esse é o layout atual.

— Tudo bem, essa seção sobre as tendências — começou Carina, apontando para onde a página do Relatório de Tendências estava tachada na parede. — Isso precisa ser mais mais audacioso. *Muito* mais audacioso. A maioria dessas coisas sai em outras revistas antes de aparecer aqui. — Ela apontou para uma das fotos encaixotadas. — E acho que ponchos não contam como tendência. Quero dizer, meio que são para uma garota da minha sala, mas ela fica simplesmente ridícula neles.

— Ceeeerto — disse Barb, lentamente, soando um pouco sobrecarregada.

— Vocês deviam achar umas pessoas legais que saem no centro e vão nos mercados de pulgas e em todas essas lojas vintages — disse Carina. — Basta deixá-los falar sobre coisas legais que querem vestir ou estão vestindo, e vocês podem recriar os figurinos. Essa página precisa *iniciar* tendências, não encontrá-las. E essas histórias de moda — continuou ela, pulando para as páginas sobre moda no quadro. — Quero dizer, olhe para isso. — Ela apontou para um layout com uma garota com um tutu prateado e uma tiara sob uma legenda que dizia "Enfeitice-o". — O que isso quer dizer?

— É a nossa matéria sobre vestido de formatura — disse Barb orgulhosamente. — O fotógrafo é muito, muito conhecido e foi ideia dele fazer algo mágico...

— Ninguém vai usar um tutu num baile — afirmou Carina abruptamente. — Principalmente se custar muito caro. E se todas as suas roupas custassem menos de 150 dólares? Se mostrar coisas assim, a garotada, pelo menos, não se sentirá tão mal de não ser capaz de bancá-las.

Barb endireitou os óculos e perguntou, nervosa:

— Isso é algo que você e seu pai discutiram?

Carina sacudiu a cabeça.

— Não. São só ideias minhas.

— Entendo — disse Barb, soando aliviada. — Bem, deveríamos começar aquela entrevista — sugeriu, gesticulando para ela se sentar no sofá.

Carina sentou-se. Sabia que provavelmente ofendeu Barb e havia noventa e oito por cento de chance de seu pai ficar sabendo. Mas ela quase nem ligou. Tinha sido bom ser honesta, para variar.

Barb acomodou-se na ponta de uma cadeira estofada e colocou um gravador de fitas antiquado na mesa de centro de vidro em frente ao sofá.

— Tudo bem, primeira pergunta. Você sabe que isso é uma história sobre sua rotina maravilhosa. Então vamos começar com o que você fez no final de semana passado. — Barb inclinou-se e sorriu expressivamente para ela atrás de seus óculos. — O que você fez? Como passou a tarde do último sábado?

Carina pensou sobre isso.

— Você realmente quer saber?

— Claro — disse Barb, corajosamente.

— Fiz panquecas azuis e fui ao Trader Joe's.

Barb franziu as sobrancelhas de novo.

— Você disse Trader Joe's?

— Aham. E as panquecas azuis foram uma espécie de acidente. Mas ainda assim estavam muito boas.

Barb balançou a cabeça lentamente, tentando reagrupar as ideias.

— Você fez mais alguma coisa?

Sons de passos do lado de fora no corredor foram ouvidos e, antes que a assistente de Barb conseguisse anunciá-lo, o Jurg entrou na sala.

— Olá, madames — disse ele, abrindo o sorriso de cem watts que guardava para eventos de trabalho. — Espero não ter perdido muito.

*Claro que ele estava aqui*, Carina pensou, sentindo que seu coração afundava. Respirou fundo e tentou não parecer irritada.

— Karl — disse Barb, passando a mão sobre seu cabelo eletrizado enquanto ficava de pé com um salto. — Que surpresa boa.

— Não se levante — disse ele, sentando-se ao lado de Carina no sofá. — Pensei em descer e participar para me divertir. — Oi, C — acrescentou, beijando-a no topo da cabeça. — Então, onde estávamos? — Ele sentou-se ao lado dela e bateu as mãos nos joelhos. — Não me deixe atrapalhar. Estou somente observando.

— Estava prestes a perguntar a Carina sobre compras — disse Barb, ainda radiante. — É claro que isso é de grande interesse dos nossos leitores. Então, Carina. Quais são suas lojas favoritas?

Carina olhou para o pai. Talvez tê-lo ali não fosse tão ruim, no final das contas.

— Você quer dizer, agora? — perguntou. — Não tenho nenhuma.

— Nenhuma? — repetiu Susan.

— Acho que se pode dizer que não tenho feito muitas compras por esses dias.

— Agora, isso não é exatamente verdade, C — disse o Jurg, com bom humor. — Você gosta daquele lugar, como se chama... Intersection?

— Inter*mix*.

— E ela ama o Meatpacking District — acrescentou ele.
— Todas essas lojas. Ela adora todas essas.

— Até parece — sussurrou um pouco alto demais.

— E é conhecida por esvaziar as lojas em Newtown Lane no East Hampton — acrescentou ele, sorrindo.

Agora ela havia entendido porque seu pai estava lá. Ele queria que ela seguisse o protocolo. Queria que fingisse que ainda estava vivendo uma vida "fabulosa". Ela não conseguia acreditar.

— Certo — disse Carina o mais sarcasticamente que pôde. — Eu as esvazio.

O olhar de Barb voou do pai para a filha. Ela havia captado o sarcasmo na voz de Carina.

— Tudo bem, e viagens? Qual foi o último lugar para onde foi?

— Califórnia — respondeu Carina maliciosamente. — Mas não foi uma viagem agradável.

Barb olhou para o seu papel mais uma vez.

— Alguma atividade extracurricular?

Carina bufou.

— Não.

— Na verdade, a coisa que Carina mais gosta de fazer é vir ao escritório e aprender sobre a Metronome. — Seu pai interrompeu, enquanto colocava o braço ao redor do ombro dela. — Carina já tem bastante interesse nos negócios.

— Sério? — perguntou Barb.

— Sim, ela amava vir ao escritório quando era uma garotinha e sentar na cabeceira da mesa na sala de reuniões. — continuou ele. — E, recentemente, expressou algum interesse em estagiar para mim...

Carina inclinou-se, encontrou o botão de parar no gravador de fitas e o apertou.

— Desculpe, mas meu pai e eu poderíamos ter um momento a sós? — perguntou, fitando a mesa de centro. Seu rosto ficou quente.

Barb levantou-se de forma repentina, como se tivesse acabado de lembrar que tinha um voo marcado.

— Fiquem à vontade.

Ela saiu e fechou a porta. Assim que ficaram sozinhos, o Jurg apoiou a cabeça nas mãos e as passou pelos cabelos.

— Carina, o que eu faço com você? — perguntou.

— Por que você desceu até aqui? Está com medo de que eu não vá fazer isso direito?

— Tive um pressentimento de que não dava para confiar em você para fazer isso do jeito apropriado — disse ele. — E, claramente, estava certo.

— Você está com medo que eu desaponte a Barb — falou ela, forçando-se a ficar calma. — A filha de Karl Jurgensen não parece ser uma princesa na vida real, no final das contas. Ou qualquer outra coisa que você aprove.

— Carina, por favor — disse ele, massageando as pálpebras com as pontas dos dedos. — Você ainda é privilegiada, não importa quanto dinheiro eu dê a você.

— Porque sou sua filha?

Ele respirou fundo e olhou para ela.

— Sim.

— Certo. Porque tudo o que você consegue ver é que sou sua filha. É isso. Você não sabe nada sobre mim. Nem sequer *olha* para mim. É como se eu fosse invisível ou algo parecido. Por que você quis que eu morasse com você?

— O quê? — O Jurg sacudiu a cabeça. — Do que você está falando?

— A *mamãe* me queria. A mamãe me amava. A mamãe sabia quem eu era. E ela queria que eu ficasse com ela. Mas você não deixou. — Ela soltou uma risada engasgada. — É bastante irônico quando você pensa sobre isso. Já que foi *você* quem a traiu.

Lá estava. Ela finalmente dissera. O que ninguém nunca tinha ousado mencionar.

O corpo inteiro do seu pai pareceu congelar. Por um tempo, ele parecia muito chocado para falar.

— Vá para casa — disse finalmente. — Agora.

Agarrando sua mochila com a mão, Carina levantou-se. Suas palavras ainda estavam ricocheteando entre eles, preenchendo o ar, deixando-a tonta. Ela não conseguia mais encará-lo. Ele estava certo. Ela precisava ir embora.

Carina girou a maçaneta e saiu. Com o canto do olho, conseguiu ver Barb e a assistente reunidas no canto, como uma dupla de adolescentes. Tinham, provavelmente, escutado tudo. Mas isso não importava. Passou apressada por elas, sem desviar os olhos do carpete, e foi em direção aos elevadores.

Ela desejava não ter feito isso, mas era tarde demais. Odiava a si mesma por ter dito algo tão feio, mas o odiava mais por ser verdade.

# capítulo 20

Carina deitou-se em sua cama, olhando pela janela para um helicóptero piscante enquanto a tarde virava noite. O seu interior parecia ter sido remexido e esvaziado, como se tivesse acabado de vomitar. Era isso que sentia quando chorava. Sentia-se fraca. E ela odiava sentir-se fraca.

Examinou sua agenda em busca do número de Lizzie, no telefone de panda. Normalmente, as três estariam reunidas no Pinkberry agora, animando Carina com iogurte natural coberto com Cap'n Cruch e pedaços de Oreo. Mas essa não era uma briga comum com o Jurg. Ela não tinha nem certeza se era algo sobre o que poderia conversar com suas amigas. Nunca contara a elas sobre a traição de seu pai. E a memória do rosto calado e assustado de Hudson, naquela manhã durante a aula, impediu-a de entrar em contato. Mesmo que não estivessem muito zangadas, Lizzie e Hudson estavam, provavelmente, um pouco irritadas com ela. Apoiar-se em suas amigas agora não parecia ser a melhor ideia.

Então, ligou para a mãe. Ficou chocada quando alguém realmente atendeu.

— Alô? — Era um homem. Atrás dele, podia ouvir uma leve algazarra de festa.

— Oi, Mimi está? — perguntou ela.

— Não, sinto muito, ela está com um cliente particular. Quem é?

— É a filha dela, Carina.

— Quem?

— A *filha* dela. Pode dizer a ela que liguei?

— Com certeza — disse o homem. — Aloha.

— Aloha — sussurrou, enquanto desligava.

Por que algum cara aleatório estava atendendo o celular da sua mãe? E por que ele soou como se nunca tivesse ouvido falar dela antes? As pessoas não sabiam que Mimi tinha uma filha chamada Carina?

Sua mãe sempre fora muito elegante para contar a ela sobre os casos de seu pai, até mesmo durante aqueles quatro dias no Plaza. Mas ela não precisava, Carina descobrira sozinha. Durante os últimos meses antes de sua mãe ir embora, o Jurg fizera todo o possível para evitar a esposa. Se ela entrava em um quarto, ele saía. Se entrava na sala de TV enquanto ele assistia a CNBC, pegava seu BlackBerry e fazia uma ligação. Durante os jantares, devorava a comida enquanto lia uma pilha de revistas e sua mãe olhava fixo para o prato dela, como se um filme estivesse passando em algum lugar entre o seu peito de frango desossado e os brócolis cozidos. Carina sentava-se entre eles, mandando mensagens para suas amigas por debaixo da mesa, para se distrair.

Ficava pior à medida que o ano escolar passava. No inverno, sua mãe começou a chorar durante as manhãs e a andar pela casa como um zumbi depois de tomar Xanax. Quando Carina finalmente perguntou à mãe se estava tudo bem, Mimi apenas dera de ombros de forma fraca, com os olhos vermelhos.

— Ah, querida — disse, com rios de desespero escorrendo nessas duas palavras.

Finalmente, houve a noite em que passou pela porta fechada do quarto de seus pais e ouviu gritos.

— Você tem que me tratar assim na frente da nossa filha? Ela percebe, Karl! — gritou a mãe. — Ela percebe tudo! Por ela, não pode ser um pouco decente?

— Posso fazer o que eu bem entender — gritou o pai. — E você *merece* isso, se vai ser tão egoísta...

E então a mão de alguém estava na maçaneta, girando-a para abrir a porta, e Carina fugiu escada abaixo até o primeiro andar, onde se escondeu no lavabo e sentou-se na tampa da privada, segurando a respiração.

Por alguns minutos, só conseguiu ouvir as vozes deles num circuito dentro da cabeça, como uma gravação que não conseguia parar. E, então, finalmente, ela entendeu.

*Ele a traíra.* Claro. Sempre havia mulheres ao redor dele. Mesmo sendo uma garotinha, sentia o poder dele sobre elas. E agora, alguma coisa tinha ido longe demais e ele tinha partido o coração de sua mãe. Isso a deixou enjoada. Mas sempre fez muito sentido. Ele sempre teve o que queria. Por mais perturbador que fosse imaginá-lo com outra mulher, ela sabia que, no fundo, isso era plausível.

Ka-CHUNG!

O toque do seu celular a trouxe de volta para o mundo real. Carina sentou-se na cama e olhou para o celular maltratado, que estava na cômoda. Era provavelmente uma mensagem de texto do pai, dizendo em termos inequívocos como estava decepcionado com ela. Deitou-se na cama, esperando reunir a coragem necessária para olhar a mensagem. Mas, quando finalmente levantou-se e andou em direção a ele, viu que era uma mensagem de Alex.

*Tá livre hj à noite?*

Ela não tinha visto ou falado com ele desde as compras no Trader Joe's. Mas agora ele era a única pessoa no planeta com quem sentia vontade de conversar.
*Sim*, escreveu de volta.

*Lincoln Center. Fonte. Meia hora.*

Ela teria pensado que o centro de ópera, balé e música clássica de Nova York seria muito convencional para alguém tão hipster como Alex, mas, novamente, ele era um cara imprevisível.

*T vejo lá*, respondeu. Então rezou para que, fosse lá o que ele tivesse em mente, custasse menos que cinco dólares.

Ela pegou o ônibus na rua 57 e saltou na Broadway. Estava escuro agora, e um vento úmido soprou contra seu rosto enquanto andava para a parte alta da cidade. Lincoln Center era outro lugar que a fazia lembrar-se de sua mãe. Sempre em dezembro, quando ela era pequena, elas iam ali para assistir à matinê de *O Quebra-Nozes* e, depois, tomavam chocolate quente e comiam torta de maçã no Café Lalo.

Sua mãe chamava essas viagens de "passeio das meninas" e Carina amava. Mas no sexto ano elas pararam bruscamente, graças ao pai. *Ele arruinara tudo*, pensou, enquanto esquivava-se de uma mulher que corria para pegar um táxi em frente ao Mandarin Oriental Hotel. Não havia motivo para sentir-se mal com a briga de hoje. Ele merecia tudo o que dissera e muito mais.

Ela subiu os degraus de calcário branco do Lincoln Center Plaza e, quando alcançou o topo, um sorriso surgiu em seu rosto. Tinha se esquecido de como a fonte era bonita à noite. O vapor saía dos jatos de água dourado-esbranquiçados enquanto borbulhavam para o céu e o som da água corrente bloqueava as buzinas e sirenes. As pessoas cruzavam a praça, correndo para chegar em casa e sair da cidade no final de semana de feriado. Mas uma delas estava parada em frente à fonte, esperando alguém. Era Alex. Ele vestia um casaco longo estilo militar e usava um cachecol. Seu cabelo, habitualmente espetado, parecia ter sido arrumado com algum gel. Se ela não o conhecesse, pensaria que ele se arrumara para ela. Mas Carina já sabia que não era um encontro. Como poderia ser, depois de tudo o que ele descobrira sobre ela?

— Ei — disse ela enquanto aproximava-se. Sentiu-se repentinamente envergonhada por estar usando apenas calça jeans e uma blusa de gola olímpica da Gap, sob o casaco. — Você está bonito.

— Obrigado — respondeu Alex. Ela pensou ter visto uma leve vermelhidão em suas bochechas. — Sei que te chamei meio que de última hora.

— Nós vamos assistir alguma coisa aqui?

— Talvez. Encare isso como uma aula de música, pré-Lady Gaga. — Ele sorriu.

— Vamos assistir música clássica?

— Não se preocupe, você vai sobreviver — brincou ele.

Enquanto andavam pelo quarteirão em direção ao cubo de vidro reluzente do Alice Tully Hall, ela disse:

— Nunca pensaria que um garoto que gosta de música eletrônica alemã também gostasse de Beethoven. — Eles entraram no lobby elegante de paredes de vidro. Estava quase vazio. Um porteiro ao lado da escada rolante rasgou os ingressos deles.

— Eu meio que cresci com música clássica — disse Alex, enquanto subia na escada rolante. — Minha mãe costumava ser uma pianista de concertos até se casar com meu pai. Minha irmã toca flauta. E eu tocava violino.

— Sério? Violino? Por que parou?

Alex a olhou enquanto a escada se deslocava.

— Quando você é um garoto meio pequeno para a sua idade *e* está levando surras regularmente, para de tocar violino o mais rápido possível.

— Ah, certo.

No segundo andar, outro porteiro os encaminhou por um conjunto de portas.

— Então, você tem ingressos para a temporada ou algo assim? — perguntou, enquanto entravam num auditório grande com painéis de madeira que brilhava com iluminação âmbar suave.

— Não, é de graça — respondeu Alex, indo para um corredor. — Toda quarta-feira alguns estudantes da Julliard apresentam-se para ganhar créditos na escola. Qualquer um pode vir assisti-los. Só que ninguém sabe disso.

— Mas você sabe — disse Carina enquanto sentavam-se.

Alex desabotoou o casaco.

— E agora você também.

Quando Alex tirou o casaco, ela deu uma olhada sorrateira para as roupas dele. Em vez de sua camiseta habitual e o combo térmico, estava usando uma camisa de botão listrada de cinza, com colarinho. E ela, definitivamente, sentiu cheiro de gel de cabelo.

— O quê? — perguntou ele, percebendo o olhar dela.

— Nada — disse ela, com o rosto vermelho, virando-se de volta para olhar o palco.

*O que está acontecendo?*, ela pensou. Ele gostava dela ou não? A Carina antiga teria feito uma piada para descobrir. Algo como *Onde está a camiseta do Smiths?* Ou *Isso é um encontro?* Mas ela era uma pessoa diferente agora. O tipo que não sabia mais como fazer piadas e flertar com garotos. Ou, talvez, simplesmente fosse assim quando estava com Alex. Havia algo nele que a fazia sentir-se como se precisasse amadurecer.

— Isso é um quarteto de cordas — cochichou Alex no ouvido dela. — Dois violinistas, um violoncelista e um violista. Acho que vão tocar Beethoven.

As luzes escureceram e duas garotas e um garoto, vestindo blazers escuros e calças jeans entraram no palco carregando o que pareciam ser violinos. Um quarto garoto entrou, carregando um violoncelo.

— O que é um violista? — perguntou ela.

— É alguém que toca viola — disse ele.

— Ah. — Ela nunca tinha ouvido falar em viola. Para ela, parecia ser exatamente como um violino.

O aplauso da plateia acalmou-se e as luzes apagaram-se totalmente. E então, eles começaram a tocar.

Carina sentou-se lá no escuro, pronta para escutar educadamente os primeiros cinco minutos e, então, discretamente tirar um cochilo. Mas sentiu-se completamente paralisada ao som da primeira nota. Em vez de embalá-la para dormir, a música a acordou. Era revigorante e relaxante ao mesmo tempo.

— Feche os olhos — sussurrou Alex no ouvido dela.

Carina fechou. A música preencheu o espaço ao seu redor. Ela lembrou-se do que Alex dissera sobre a música ter uma paisagem. Ela conseguia ouvir isso agora — as diferentes partes separando-se e juntando-se. Como ondas, aquilo a inundou, acalmando-a. Todas as coisas que tinha dito ao seu pai, todas as perguntas que estavam correndo em sua mente silenciaram-se. Não havia nada lá agora além da música. Até ela sentir o braço de Alex contra o dela.

Ela abriu os olhos. Lá estava: o braço dele, aninhado à direita do dela, a pele dos pulsos mal se tocando. O contato enviou uma corrente de calor formigante diretamente para seu ombro.

Mas Alex não parecia notar. Ele estava sentado assistindo aos músicos no palco, totalmente concentrado na música.

Carina tentou voltar a prestar atenção na música, mas não conseguiu. Era um acidente? Ou ele teve a intenção de tocar no braço dela? A sua versão antiga teria feito alguma coisa para descobrir, como pegar a mão dele ou fazer cócegas em sua palma. Mas, naquele momento, ficou apenas sentada lá, imóvel, sentindo o calor da pele dele infiltrar-se diretamente pela manga da blusa.

A antiga versão dela não teria ficado surpresa por ele gostar dela. Mas a nova estava. Alex *conhecia* a sua nova versão. E ele gostava dela mesmo assim. E agora, enquanto sentava-se perfeitamente imóvel em meio à música, com o coração saltando como louco, percebeu que gostava dele também.

# capítulo 21

Quando o concerto acabou e eles se levantaram para vestir os casacos, Carina imaginou se as coisas ficariam um pouco esquisitas depois de mais de uma hora de toque semiacidental. Mas Alex não parecia nem um pouco nervoso.

— Bem legal, né? — perguntou ele na escada rolante, enquanto abotoava o casaco. — Não posso acreditar que aqueles caras ainda estão na escola.

— Incrível — concordou ela. — Você gostaria de entrar para a Julliard, também?

— Claro, mas perdi minha chance — disse ele. — Parei de tocar há uns dois anos.

— Recomece agora. Tenho certeza de que consegue recuperar o tempo perdido. Quero dizer, se é realmente para lá que quer ir.

Alex deu um empurrão brincalhão nela enquanto saíam da escada rolante e entravam no lobby, agora lotado.

— Obrigado pelo aconselhamento de vida. Para onde você quer ir?

— Não sei — disse ela. — Acho que para algum lugar no Colorado onde eu possa fazer trilhas. É o que realmente amo fazer.

— O que o seu pai pensa sobre isso? — perguntou ele enquanto saíam na rua.

— Meu pai?

— Apenas imaginei que ele iria querer, provavelmente, que você entrasse para os negócios, certo? Fosse trabalhar para ele ou algo assim?

— Bem, eu não quero trabalhar para ele. Como você se sentiria se alguém te dissesse o que fazer?

— Adoraria que meu pai me dissesse o que fazer — disse Alex.

Carina caminhou ao lado dele em silêncio. Isso soou como se o pai de Alex não estivesse mais presente. De repente, sentiu-se envergonhada por reclamar tanto.

— Então, me diga o que ele fez que a deixou com tanta raiva — falou ele. — Você sabe, o que fez para deixá-la irritada.

— É uma longa história — disse ela, tateando para encontrar suas luvas no bolso do casaco.

— Saiba que não tenho o *Page Six* na discagem rápida ou algo assim.

— Sei que não tem. Mas eu conheço uma garota que deve ter.

— Estou falando sério — disse ele, sondando-a com o olhar. — Me conte.

— Tudo bem. Meu pai traiu minha mãe — falou ela abruptamente. — Ele estava saindo com outra mulher e minha mãe o deixou. Ela queria que eu morasse com ela, mas meu pai ameaçou processá-la pela custódia. E ela não teve outra escolha a não ser fazer o que ele disse. Como sempre.

Alex caminhou ao lado dela em silêncio.

— E é com isso que ainda está chateada? — perguntou ele.

— Ele é tão obcecado com a empresa que nem sabe que existo. E eu tenho que ficar imaginando por que ele me queria tanto. Se tinha alguma coisa a ver comigo ou se, simplesmente, você sabe, só tinha a ver com ganhar.

Alex ainda estava calado enquanto passavam por uma fileira de casas feitas com pedras escuras.

— Você não pode contar isso a ninguém, aliás — acrescentou. — Quero dizer, a parte da traição. *Ninguém*.

— Não vou contar — disse Alex finalmente. — E isso é um saco. Sério. Mas em algum momento, você terá que superar. Não pode passar o resto da vida odiando seu pai por algo que ele fez.

— Então eu deveria simplesmente esquecer?

— Não. Só estou dizendo que não há nada que possa *fazer* a respeito. Acabou. Agora tem que descobrir como viver com o cara. E não cabe somente a ele facilitar as coisas.

— O que você quer dizer com não cabe somente a *ele*? — perguntou ela, começando a ficar com raiva. Eles viraram a esquina em direção ao Central Park West. Um ônibus vinha na direção deles e, por um instante, Carina pensou em pular para dentro dele.

— Só estou dizendo que você precisa fazer sua parte — explicou Alex. — *Você* tem que tentar se dar bem com ele também.

— Olha, você não conhece a situação.

— E a outra mulher? — perguntou Alex. — Eles estão juntos?

— Não — disse Carina.

— Bem, quem era? — perguntou ele. — Você a conheceu?

— Não, mas quem se importa? — perguntou ela, verdadeiramente irritada agora. — Só aconteceu. O que *isso* tem a ver com tudo?

— Bem, pelo menos ela não está na sua frente o tempo todo — disse ele, dando de ombros.

Carina parou de andar e virou-se para ele.

— Qual é o seu problema? — perguntou ela.

— Meu problema?

— Por que está tentando fazer com que eu me sinta como se não tivesse o direito de ficar chateada?

— Carina. — Alex suspirou. No brilho laranja da luz da rua acima deles, seu olhar era intenso e direto. — Só estou dizendo que você tem que seguir em frente. Essa é a sua vida também. Você não pode viver em função de algo que aconteceu no passado.

Carina olhou para ele, mordendo o lábio de frustração.

— Obrigada por ser tão compreensivo — resmungou. — Acho que tenho que ir. — Ela se virou na direção oposta da rua.

— Ei, espere! — Alex agarrou o braço dela. Apesar da raiva, seus joelhos ficaram fracos com o toque dele. — Desculpe — disse, sorrindo enquanto a virava para que ela o olhasse. — Eu estou do seu lado. Estou. É que às vezes falo demais. Pergunte à minha mãe e à minha irmã.

— Vou perguntar — falou ela, tentando não sorrir.

— Na verdade — disse ele, pegando seu telefone —, você pode perguntar a elas agora. — Ele começou a digitar uma mensagem de texto. — Quer conhecê-las?

— *Agora?*

— Estou indo me encontrar com elas — respondeu, apontando para a rua.

Carina apertou os olhos enquanto olhava para a frente. Na distância, viu multidões, luzes e o que pareciam ser prédios gigantes suspensos no ar.

— O que é aquilo? — perguntou, olhando. — Ai, meu Deus — disse, quando tudo ficou claro. — É *aquilo*! — Eles estavam enchendo os balões para a parada do Dia de Ação de Graças da Macy's na rua 81, bem em frente ao Museu de História Natural. Era uma tradição de Nova York, mas ela nunca vira pessoalmente. — Eu nunca fui! — exclamou.

— Você nunca veio aqui com seus pais? — perguntou Alex.

— Não, mas eu queria. — Ela não quis explicar que suas duas melhores amigas eram filhas de Kátia Summers e Holla Jones, o que poderia, provavelmente, iniciar uma debandada em lugares públicos lotados como este. — Venha! Vamos lá!

Eles meio correram, meio caminharam, até o Central Park West em direção à visão surreal de um Kermit, o sapo, gigante balançando para cima e para baixo no céu, amarrado a cordas. Viraram na rua 81.

— Minha mãe deve estar bem ali — disse ele, pegando Carina pelo braço e a empurrando pela multidão que se concentrava atrás dos cavalos da polícia. — Nós meio que sempre temos o mesmo ponto de encontro.

— Alex! — gritou uma garota, quando estavam na metade do quarteirão.

Uma garota da idade de Carina saiu acotovelando a multidão e pulou na direção deles. Tinha uma faixa roxa brilhante no cabelo, uma confusão de brincos de cima a baixo em uma das orelhas e um vestido de lã cor de carvão com botões vermelhos grandes e uma legging listrada branca e preta.

— Graças a *Deus* você apareceu — disse, meio desesperada, pegando o braço de Alex. — A mamãe sequestrou umas vinte pessoas até agora *e* convidou metade delas para a comemoração de Ação de Graças amanhã. Me ajuda. — Ela apontou com a cabeça em direção a uma mulher baixa de cabelo escuro a alguns metros à frente, conversando com um jovem casal.

— Carina, esta é a minha irmã, Marisol — disse ele. — Que também acha que eu falo demais.

— Deus, sempre. — Marisol riu, simpática, enquanto apertava a mão de Carina. A irmã de Alex também tinha os mesmos grandes olhos castanhos e graciosas maçãs do rosto, mas parecia ainda mais uma artista do que o irmão. — Prazer em conhecê-la. Meu irmão nos falou muito sobre você.

— Falou? O quê? — perguntou Carina, apertando a mão dela.

Alex deu uma cutucada forte na irmã e ela retrucou:

— Hum, só que você é muito legal — disse vividamente. — O que aconteceu? Ele te disse alguma coisa idiota?

— Não, não mesmo — respondeu Carina, sentindo-se corar um pouco. Ele tinha falado sobre ela para a irmã? Ela nunca esperaria isso. — Bonito vestido. Onde você comprou?

— Williamsburg Goodwill. Custou cinco dólares, o que foi, tipo, muito caro para aquele lugar. Já foi lá?

— Ah, não — disse Carina. — Mas gostaria de conhecer.

— Posso levá-la falou qualquer dia — Marisol. — Você é tão pequena, provavelmente servirá em mais coisas do que eu.

— Espere, antes de vocês se aprofundarem nessa conversa de garotas, Marisol, conseguiu nossas passagens para o Texas? — perguntou Alex.

— Mamãe conseguiu — respondeu Marisol. — Vamos na véspera do Ano-Novo. Tudo bem por você? Ou tem alguma outra apresentação extravagante de DJ?

— O que vocês vão fazer no Texas? — perguntou Carina. — Vocês têm família lá?

— Vamos construir casas para o Habitat para a Humanidade — explicou Alex. — Começamos a fazer isso há uns dois anos. É bem divertido.

— Porque meu irmão gosta de monopolizar todos os empregos bons — disse Marisol, cutucando-o novamente. — Eu só fico carregando a madeira por aí.

— Ah, vamos lá, você cuida da melhor parte — argumentou ele. — Minha irmã é uma artista — disse para Carina. — E começa a nos dar ordens quando chega a hora de pintar as casas.

— Uau. — Carina estava sinceramente impressionada.

— Você sabe, eu estava pensando — disse Alex, esfregando as mãos —, você ainda precisa de flores para a festa, certo?

— Preciso. — Ela quase tinha se esquecido da festa.

— Bem, Marisol faz essas esculturas de flores realmente legais pintadas à mão. Podem ser mais originais do que flores reais.

— Poderíamos usá-las? — perguntou Carina.

Marisol puxou a faixa roxa no cabelo.

— Contanto que não fiquem destruídas no final da festa, claro.

— E talvez ela possa ir ao baile — sugeriu Alex. — Todo mundo terá mais ou menos a idade dela, certo?

Marisol corou enquanto dava uma batidinha no irmão.

— Alex.

— Não, não, tenho certeza que não terá problema — concordou Carina esforçando-se em visualizar alguém tão ousada feito Marisol tentando misturar-se com a galera de Ava. — Posso conseguir um convite para ela. E amaria usar as flores.

— Ótimo — disse Marisol, radiante. — E eu posso ajudá-la a escolher algo para vestir.

— Combinado — respondeu Carina, assim que a mulher pequena de cabelos escuros que Carina sabia que era a mãe de Alex saiu da multidão e abraçou o filho.

— Oi, querido! — A Sra. Suarez era tão pequenina que tinha que ficar nas pontas dos pés para plantar um beijo grande na bochecha de Alex. Ela usava o cabelo curto na altura dos ombros e tinha olhos grandes e redondos como os de um cervo. Carina pôde perceber que, há dez anos, devia ter sido surpreendentemente bonita. — Como foi o concerto?

— Incrível — disse Alex. — Mãe, essa é a Carina.

— Oi, Sra. Suarez — disse Carina, estendendo a mão.

A mãe de Alex afastou a mão dela e a abraçou também.

— Ah, seu rosto está congelaaando — disse, acariciando a bochecha de Carina. A Sra. Suarez abaixou e colocou um copo com alguma coisa escura nas mãos dela. — Isso vai aquecê-la.

Carina tomou um gole. Tinha gosto de leite, mas era mais doce e mais forte.

— Obrigada — disse Carina. — O que é?

— Café com leite — respondeu a Sra. Suarez. — Mas não se preocupe, é descafeinado. Quando o pai de Alex ainda era vivo, costumávamos vir para a parada da Macy's e eu trazia uma tina inteira disso, que levava por aí como uma mala.

Mas a cafeína não combinava com ele, que começava a contar piadas terríveis. — Ela riu. — Então agora é descafeinado.

O pai de Alex tinha morrido, pensou ela, dando um gole na bebida. Não era de se admirar ele ter dito que adoraria que seu pai dissesse a ele o que fazer e que tinha sido tão condescendente em relação ao Jurg. Ela sentia-se tão mal por ele que queria abraçá-lo bem ali na frente da família dele.

— Mãe, você pode parar de monopolizar minha amiga agora — disse Alex, tocando Carina no ombro. — Temos que ir.

— Você tem planos para o feriado amanhã? — perguntou ela a Carina. — Por favor, apareça!

— Ah, eu adoraria — disse Carina genuinamente. — Mas estarei fora da cidade. — *Aprisionada*, queria dizer.

— Bem, se mudar de ideia, teremos comida o suficiente para alimentar um batalhão! — disse a Sra. Suarez, enquanto Alex afastava Carina.

— Desculpe, minha mãe pode ser um pouco mandona — disse ele.

— Tudo bem, já sei a quem você puxou agora — declarou, sorrindo. — Mas eu preciso ir. Meu pai gosta de ir para Montauk à noite para evitar a hora do rush. Mas muito obrigada pelo concerto de hoje à noite.

— Claro — disse ele, levando-a para fora da multidão, para o parque em frente à bola rosa brilhante do Hayden Planetarium. — Acho que minha família quer adotar você.

— Bem, eles podem. — Ela riu. — Você tem muita sorte.

— Sim, acho que sim — disse ele, passando a mão pelo cabelo dela. — Mas sabe como é. Às vezes não parece.

Eles pararam embaixo de um dos maiores olmos na frente do planetário e Carina abraçou a si mesma para aquecer-se.

— Sinto muito pelo seu pai — disse ela. — Por que não me contou?

Alex balançou a cabeça e olhou para o chão.

— Não é meu assunto favorito.

Ela estendeu a mão e tocou no braço dele.

— Sabe que *você* pode me contar as coisas *também* — sussurrou ela. — Se precisar.

Alex olhou para ela, que pôde notar, pelo jeito como os olhos castanhos dele percorreram o seu rosto, que estava surpreso com o que ela dissera.

— Tudo bem — respondeu, num murmúrio.

Eles estavam havia apenas alguns centímetros de distância e, na escuridão, ela sentiu aquela adrenalina pré-beijo familiar começar a correr pelo. Ela aproximou-se dele e fechou os olhos. Era isso, pensou. Eles iam se beijar. Ela prendeu a respiração, esperando que ele fizesse o movimento... quando sentiu as mãos dele gentilmente apertarem os seus braços.

— Tenha um ótimo dia de Ação de Graças — disse ele.

Ela abriu os olhos. Foi como se um jato de água fria a atingisse na cara.

— Sim. Você também — disse Carina, tropeçando em uma pedra no escuro. — Divirta-se no Texas.

— Não é neste final de semana — explicou Alex. — É no Natal.

— Ah, certo. — Tropeçou novamente. — Bem. Feliz dia de Ação de Graças. Tchau.

— Tchau.

Ela acenou para ele de maneira boba e desanimada e andou em direção à Columbus, feliz porque a escuridão escondia seu rosto, que estava quente. Todos os seus instintos estavam errados. Ele não gostava dela. A noite fora apenas uma saída amigável. Talvez ele falasse sobre *todos* os amigos com a irmã. Ela o interpretara de forma errada esse tempo todo, pensou, com um pânico que agarrou todos os seus órgãos internos e os virou do lado avesso.

Mas isso não a surpreendeu. Afinal de contas, Alex não tinha nada a ver com os outros garotos que conhecia. Ele era profundo e bondoso, ouvia Beethoven, entrava em qualquer boate que queria *e* prestava serviço social nas férias. Talvez ela não fosse interessante o bastante para ele. Talvez, pensou com um pequeno suspiro, ele sentisse pena dela.

Outro ônibus estava descendo a rua e Carina correu pelo quarteirão em direção ao ponto, acenando as mãos de forma frenética para que o motorista a visse. Se isso tivesse acontecido havia apenas alguns meses, teria afastado Alex, chamado um táxi, sentado no banco de trás e soprado um beijo charmoso na direção dele. Agora, estava correndo como um demônio fugindo da cruz em direção a um ônibus, depois de levar um fora. O que tinha acontecido com ela?

O ônibus parou bufando e Carina entrou correndo, bem quando seu telefone fez um ka-CHUNG! Era uma mensagem de texto do Jurg.

*Onde você está? Saio em 30.*

Ela sentou-se e jogou o telefone de volta na bolsa. Teria quatro longos dias pela frente.

# capítulo 22

— Carina? *Carina?*

Seu pai a chamava, mas Carina só se moveu do seu lugar no sofá para pegar o controle remoto e aumentar o volume. Até então, passara o final de semana de Ação de Graças, na maior parte do tempo, imóvel, deitada sob um cobertor de mohair e assistindo à televisão. O Jurg a convidara para juntar-se ao seu jantar de Ação de Graças anual, na noite anterior, mas a briga no escritório da Barb ainda pairava no ar, deixando as coisas mais tensas do que o normal. E ela também não estava com humor para assistir às convidadas femininas do Jurg contorcerem-se para mostrar seus decotes. Então, comeu o peru e as batatas doces em frente à tela plana, assistindo ao filme *A noviça rebelde* e sentindo pena de si mesma. Até começar a pensar em Alex.

Na verdade, ela vinha pensando muito em Alex. Desde o quase beijo deles no dia dos balões, tinha imaginado um monte de possíveis cenários para beijos. Como no parque em frente ao Planetário, onde se despediram, no corredor de comida congelada do Trader Joe's ou no Club Neshka em frente a todos aqueles hipsters dançando. Ela queria vê-lo, conversar com ele, estar com ele, andar nas ruas de Nova York com ele. E queria *muito* mandar uma mensagem de texto também. Mas, toda vez que digitava alguma coisa como "Feliz dia das Graças!" sentia como se fosse um código para ESTOU MUITO A FIM DE VOCÊ e acabava desligando o telefone.

Eram apenas quatro horas de sexta-feira, o que significava que tinha, pelo menos, mais quatro dias antes que pudesse entrar em contato com ele sem que parecesse ridiculamente óbvio. Ela suspirou no travesseiro. Estava super a fim dele e isso a estava deixando mal. Do lado de fora, depois da piscina, o Atlântico envolvia o litoral frustrantemente calmo. Ela morreria por algumas ondas, só para tirá-lo da cabeça.

— Carina? — Seu pai entrou na sala de TV. — Você ainda está em frente à TV. Que surpresa. — Em seu uniforme de Montauk formado por um suéter bege de casimira e calça jeans, o Jurg parecia um pouco estúpido e desprovido do seu poder habitual, como um Clark Kent moderno. — Você não quer ir para Amagansett? Ou East Hampton?

— E o que eu faria na cidade? — perguntou ela.

Seu pai sentou-se em um dos sofás de couro preto lustrosos.

— Não sei. Tomar ar fresco. Sair de casa.

— Está congelado lá fora. Te incomoda eu ficar aqui?

— Não, não me incomoda. Olha, sobre a briga que tivemos no outro dia...

Carina ouviu o toque abafado do BlackBerry dele.

— Espere — disse ele, tirando-o do bolso de trás. — Sim? — atendeu. — Achei que Ed estivesse cuidando... — Ele deixou escapar um suspiro irritado e longo. — Tudo bem, acho que vou me aprontar então.

Ele o desligou.

— Acabei de descobrir que tenho que ir a Londres novamente por alguns dias. Você ficará bem aqui, sozinha? Ou quer voltar para a cidade?

Ela se sentou. Voltar para a cidade significava ver Alex de novo.

— Eu volto — disse, animada.

— Desculpe por ter que ir — falou seu pai.

Ela olhou para o telefone de panda apoiado na mesa de centro. Agora sabia qual seria a mensagem de texto perfeita para mandar para Alex...

— Carina? Você ouviu o que eu disse? — perguntou seu pai.

— Sim, você está indo para Londres — disse ela, alcançando seu telefone. — Ouvi em alto e bom som.

Ela abriu o celular enquanto ouvia seu pai levantar-se.

— Carina...

— Sim? — perguntou ela, desviando os olhos do telefone.

Ele a ignorou e, de repente, pareceu perdido. Carina se perguntou se ele dissera algo que ela não tinha ouvido.

— Nada — disse ele finalmente, balançando a cabeça. — Vejo você quando voltar.

Ele saiu da sala enquanto Carina começava a digitar sua mensagem.

*Ei. Estou voltando para a cidade. O que pretende fazer?*

Alex escreveu de volta, dois minutos depois:

*Enterro dos ossos. Venha. Rua Forsyth, 45. Quinta a oeste. 7 horas.*

*Jantar na casa dele?* pensou, em choque. Então, talvez ele estivesse pensando *nela* também.

**Legal, levo alguma coisa?**

*Só vc.* Ele respondeu.

Ela largou o telefone. Não queria interpretar muito duas palavras, mas tinha que ser um *sinal. Só vc.* Seu coração começou a bater forte. Ela mal podia esperar para vê-lo. Se pudesse pelo menos descobrir onde ficava a rua Forsyth.

*

— Ei, Carina! — disse Marisol, quando abriu a porta da frente. — Entre!

Marisol estava usando um vestido de botão de brim com a bainha rasgada, leggings de arco-íris e Keds arranhados, mas o efeito era tão legal que parecia que uma estilista a tinha vestido.

— Que bom que você veio! E não precisava ter trazido isso! — Ela apontou para as margaridas enroladas em um plástico que Carina carregava e agarrou o braço dela enquanto a puxava para dentro. — Você está linda — disse Marisol com admiração.

— Sério? — perguntou Carina. Ela estivera muito animada para parar no apartamento e trocar seu suéter J. Crew e sua calça jeans e fora direto da Penn Station para o apartamento de Alex, no Lower East Side. — Muito obrigada por me receberem...

— Ah, venha ver minhas esculturas de flores! — gritou Marisol, puxando-a pelo braço pelo corredor e depois para um quarto. — Eu tirei todas para você. Aqui! — disse ela, acendendo a luz. — O que você acha?

Carina hesitou na porta. O quarto de Marisol era do tamanho de seu closet e as paredes eram revestidas com fotos. Fotos de pinturas modernas. Fotos de esculturas. E, principalmente, fotos de revistas de moda. Havia centenas delas, desde dois anos atrás. Era como se fosse um altar da alta-costura. Carina estava tão distraída com elas que quase não viu a fila de arranjos de flores de papel machê, brilhantemente pintadas, no armário. Cada uma tinha, pelo menos, três cores, e todas giravam juntas para fora pelas pétalas como numa explosão caleidoscópica. Alex estava certo. Elas eram definitivamente únicas.

— Ai, meu Deus, Marisol — disse Carina, aproximando-se delas. — São lindas. Você que fez?

— Aham. Ainda quer usá-las?

Carina estendeu a mão e pegou uma das esculturas.

— Claro que quero. Você pintou todas elas sozinha?

— Não levou tanto tempo.

— Eu só consigo pintar aquelas revistinhas de crianças. Você é muito talentosa, sabia?

— Bem, obrigada — disse Marisol, tocando as pétalas de leve com os dedos. — Eu estava pensando, se não for muito problema, será que você poderia colocar um aviso no baile, dizendo que eu as fiz?

— Combinado. — Carina não sabia bem como Ava iria reagir ao saber que uma aluna do nono ano fizera as flores, mas iria se preocupar com isso depois.

— Ótimo! — disse Marisol, pegando um fichário perto da sua cama. — Porque já estou tentando imaginar meu vestido. Não consigo decidir entre alguma coisa com mangas morcego ou algo tipo um espartilho sem alças. — Ela abriu o fichário e dentro havia páginas de revistas de moda cobertas com plástico.

— O que é isso? — perguntou Carina.

— Inspiração — disse Marisol, sentando-se de pernas cruzadas na cama. — Coisas que gosto de ter em mente quando estou criando meu figurino.

— Você cria as suas próprias *roupas*? — perguntou Carina, pasma.

— É fácil — disse Marisol de modo alegre. — Normalmente encontro algo em um brechó e depois acrescento algumas coisas. Já tentou?

— Tentou o quê? — perguntou Alex.

Carina virou-se para ver Alex na entrada, observando-a com um sorriso tímido que fez as mãos dela começarem a suar. Ele tinha voltado para o seu estilo "garoto artista", vestindo uma camisa marrom de manga comprida por debaixo de uma camiseta preta com uma estampa do Blondie. Era ridiculamente fofo.

— Marisol, vamos deixar a Carina comer? — perguntou ele.

— Estávamos falando sobre o baile — disse Carina. — Vou usar essas esculturas com certeza, aliás.

— E estarei lá, definitivamente — acrescentou Marisol com orgulho. — Só preciso descobrir o que vou usar.

— Vocês podem falar sobre moda mais tarde. Estou com fome — disse Alex. A mão dele no braço dela era quente e reconfortante enquanto ele a guiava pelo corredor. — Obrigado por vir. Minha mãe quase teve um ataque do coração quando contei a ela que você estava vindo, ficou muito animada.

— Ah, isto é para você — disse ela, dando as margaridas que ainda segurava nas mãos a ele. — Quero dizer, para a sua mãe.

Felizmente Alex não ouviu seu deslize.

— Hum — disse ele, pegando as flores. — Agora ela vai realmente ficar obcecada por você. Margaridas são as flores preferidas dela. Bem-vinda à família.

Eles entraram na cozinha apertada e estreita, onde vários adultos estavam em pé bebendo vinho. Odores de canela, abóbora e batatas-doces fizeram o estômago de Carina acordar. A Sra. Suarez, aparentando ser ainda mais jovem e bonita com uma blusa de gola rulê borgonha e calça jeans, retirou uma caçarola borbulhando do forno.

— Oi, Sra. Suarez — disse Carina.

— Carina! Estou tão feliz que tenha vindo — gritou. — Aqui, pegue um prato e se sirva. É bom que esteja com fome.

A Sra. Suarez gesticulou para a mesa da cozinha, que estava cheia de pratos de batatas-doces assadas, molho de oxicoco, arroz selvagem, enchiladas de queijo e os restos de um peru assado.

— Tudo parece maravilhoso — disse Carina, pegando um prato.

A Sra. Suarez colocou um prato ainda borbulhando na mesa.

— Caçarola de feijão verde — disse ela. — Ainda mais gostosa no dia seguinte.

— Tudo isso parece mais gostoso do que qualquer coisa que tenha comido ontem à noite — disse Carina, servindo uma colher vigorosa de batatas-doces no prato. — Obrigada por me convidar.

— Não ficou a noite passada com a sua família? — perguntou a Sra. Suarez, tirando o filme PVC de um prato de molho aquecido.

— Só com meu pai — disse Carina. — Ele recebeu algumas pessoas, mas era mais uma coisa de negócios, não família.

— E o que ele faz? — perguntou a Sra. Suarez.

Carina olhou para ela. Normalmente as pessoas já sabiam isso. Era a manchete que surgia quando as pessoas falavam sobre ela: *É a filha de Karl Jurgensen*. Mas Alex, aparentemente, não mencionara isso.

— Hum... ele é um homem de negócios — disse, simplesmente, olhando para Alex do outro lado da mesa.

Depois de ter voltado para a cozinha para repetir e depois para repetir mais uma vez e conversado mais com Marisol, Alex virou-se para ela, do outro lado da mesa.

— Tudo bem, hora de ir — anunciou ele, largando seu guardanapo. — Estamos com a agenda apertada.

— Aonde vamos?

Alex balançou a cabeça.

— É surpresa.

— Ai, Deus, mais educação musical? — perguntou Carina.

— Confie em mim — disse Alex, pegando seu casaco militar.

Ao lado dela, Marisol sorriu e então voltou-se para seu prato de caçarola de feijão verde.

— Divirtam-se — disse, de maneira sugestiva.

Eles vestiram seus casacos e despediram-se da Sra. Suarez e de Marisol. Depois de saírem do prédio para o frio e andado quase um quarteirão em silêncio, Alex disse:

— Obrigado por conseguir um convite para o baile para a minha irmã. Isso será o ponto alto do ano.

— Não foi nada. Obrigada por me contar sobre os trabalhos artísticos dela. Marisol é brilhante. E sério, qualquer coisa, estamos aí.

— Vai ser bom para ela, ir. Marisol tem passado por um período difícil na escola. Suas amigas a estão traindo, coisas assim. Vai ser bom as pessoas saberem que ela vai. Por mais que eu ache que seja uma total perda de tempo. — Ele piscou, puxando um chapéu de lã verde sobre a cabeça.

— Você não contou à sua mãe quem eu era — concluiu Carina.

Alex examinou-a de perto.

— Você queria que eu contasse?

— Não, mas é com isso que estou acostumada. Todo mundo faz isso.

— E acha que as pessoas gostam de você por causa disso?

Carina sabia que ele não estava tentando ofendê-la, mas ainda assim, a pergunta alfinetava.

— Não, claro que não — disse ela, com cuidado. — É que isso sempre fez parte de mim. Aonde quer que eu vá. O que quer que eu faça. É como se fosse minha cor de cabelo, a cor dos meus olhos ou o meu primeiro nome. Apenas parte de mim. Só estou surpresa que não tenha mencionado.

— Não era importante. — Ele deu de ombros. — Você é só a Carina para mim. Sempre foi.

O coração dela estava batendo tão rápido que pensou que ia subir para a garganta e ficar entalado lá. Pela primeira vez, ficou imaginando quem mais poderia dizer isso, além de Lizzie e Hudson. Duvidou que mais alguém pudesse.

— Sua mãe é realmente maravilhosa, aliás — disse ela, mudando de assunto.

— É, eu sei. Acho horrível pensar nela vivendo sozinha para o resto da vida.

— Você era muito próximo do seu pai? — perguntou ela.

Alex não disse nada por um minuto enquanto andavam.

— Não tão próximo quanto deveria ter sido — disse, por fim.

Carina envolveu o braço dele com a mão, discretamente.

— Sinto muito.

Alex apertou a mão dela.

— Estou realmente feliz que tenha vindo esta noite — disse ele, serenamente. — Achei que não iria aguentar até a próxima semana, para ver você.

Ela se deixou inclinar a cabeça levemente no ombro dele enquanto absorvia suas palavras.

— Eu também — sussurrou ela.

Eles viraram na rua Houston e Alex diminuiu o passo. *Ai, meu Deus, ele vai me beijar*, pensou. *Finalmente vai acontecer.*

Mas em vez disso, Alex se afastou dela quando parou.

— Bem, chegamos.

— Aqui? Tem uma surpresa *aqui*? — perguntou ela, olhando para o depósito deserto em frente a eles. — Tem certeza?

— Sem julgamentos — disse Alex, sorrindo. — Confie em mim. — Ele apertou um botão na porta encardida. Ao ouvir um zumbido, ele a abriu. Do lado de dentro havia um vestíbulo sujo e um elevador assustador.

— Tudo bem, estou com medo — declarou Carina, enquanto entravam no elevador.

— Não fique — disse ele, enquanto as portas se fechavam. — O que você diria se eu contasse que isso é, na verdade, um show? Outra parada no Tour da Carina de Apreciação Musical?

— Eu diria que você provavelmente está delirando — respondeu Carina, olhando ao redor do elevador grafitado.

— Sem imaginação — disse Alex, pesaroso, quando o elevador estremeceu ao parar e a porta abriu-se em um loft grande e quase vazio.

Dentro, vários homens com camisetas pretas estavam ocupados armando o que pareciam ser amplificadores, pedestais para microfone e uma bateria, no fundo do lugar. Várias caixas pretas grandes de equipamento estavam empilhadas bem em frente a eles e, numa capa de guitarra, ela viu "The Killers" estampado em grandes letras brancas.

— Espere — disse ela. — Por que está escrito aquilo? Viemos pegar ingressos para um show do Killers?

— Não, viemos *ver* um show do Killers. Aqui.

— Mas... como? — gaguejou enquanto um dos roadies passava por eles com uma guitarra reluzente.

— Meu amigo aluga este espaço para ensaios. Muitas bandas realmente boas o usam antes de um grande show. E ele sempre me avisa quando tem alguém que eu gosto vindo.

— Então, nós somos basicamente as únicas pessoas *de fora* vindo vê-los? — perguntou Carina, incrédula. Além dos caras montando, só parecia ter um punhado de homens e mulheres andando pelo loft, falando no celular ou mandando mensagens.

— Sim. Muito legal, né? — Alex virou-se para um homem alto, com os cabelos desgrenhados, de vinte e poucos anos, que vinha em direção a eles. — E aí, cara?

O homem com os cabelos desgrenhados apertou a mão de Alex.

— Alex, cara, e aí? Fico feliz que conseguiu vir.

— Ted, esta é a minha amiga, Carina.

— Ei, Carina — cumprimentou Ted. — Você provavelmente vai precisar disto. — Ele lhe entregou um par de protetores auditivos de espuma.

Enquanto Carina observava Alex e Ted conversarem, não podia acreditar onde estava. Nem mesmo seu pai poderia ter conseguido algo assim para ela. Alex estava certo naquele dia no Trader Joe's. As melhores coisas em Nova York, e as melhores experiências, não custavam um centavo.

Depois de Ted sair apressado para cuidar de assuntos de última hora e bem antes de a banda estar prestes a vir, Alex a pegou pelo braço e a levou para a janela.

— Ali é a Manhattan Bridge — disse ele, apontando para a ponte azul pontilhada com luzes. — Não é legal?

Carina colocou a mão no braço dele.

— Esta é a noite mais incrível da minha vida — disse para ele.

Alex sorriu para ela, deixando-a se perder em seus olhos profundos cor de cacau. Então ele se inclinou em direção a ela e Carina fechou os olhos.

Antes que percebesse, os lábios dele estavam nos dela. Carina levou seus braços para cima, passando-os ao redor do pescoço dele. Havia sons de acordes dissonantes de guitarra e algumas batucadas enquanto os roadies preparavam o equipamento da banda, mas ela mal notou. Tinha esperado por esse momento por tanto tempo que, agora que ele finalmente chegara, não iria deixar nada interromper.

Finalmente os lábios deles se separaram.

— Então, queria fazer isso há muito, muito tempo — disse Alex.

— Eu também — respondeu ela, mantendo os braços ao redor do pescoço dele. — Mas achei que era melhor esperar você.

Alex sorriu e inclinou-se para ela novamente. Enquanto os lábios dele encontravam os dela e seus braços envolviam o pescoço dele, Carina soube que, pela primeira vez na vida, estava exatamente onde pertencia.

## capítulo 23

— Estou *exausta*, meninas — disse Hudson. — Lembrem-me de *nunca* mais me concentrar com a nova treinadora da minha mãe. Cinco dias seguidos de aulas de dança de duas horas e me sinto como se estivesse com gripe suína. — Hudson franziu o rosto e soltou um "atchim" enquanto as pessoas por todo o restaurante viravam suas cabeças por causa de seu espirro ensurdecedor.

— Por que não ficou em casa hoje? — perguntou Carina, tirando discretamente sua quentinha de debaixo da mesa.

— E arriscar ser arrastada para outra sessão de tortura? Não, obrigada — disse Hudson, assoando o nariz no seu Kleenex. — C, deixe-me pedir algo para você, está bem? Você não pode trazer comida para cá.

— Não, tudo bem — declarou ela, lançando um olhar para as costas do garçom quando mordeu sorrateiramente seu sanduíche feito em casa que segurava embaixo da mesa.

— Aliás, você parece bem doente.

— Tome um Airbone — disse Lizzie, enfiando a mão em sua bolsa e tirando um tubo de remédios. — Estava atrás de um cara bem doente no avião de volta da Carolina do Norte e acho que isto me salvou.

— Foi esquisito não estar em casa no dia de Ação de Graças? — perguntou Carina para Lizzie.

— Mais ou menos, mas não muito — disse Lizzie, dando outra mordida no queijo quente. — O lado da mãe da família dele realmente me fez sentir bem-vinda. E a Carolina do Norte estava tão linda. Como foi em Montauk?

Carina sorriu e deu outra mordida escondida.

— Então meninas, vocês se lembram do meu amigo Alex? O DJ? — Em um raro acesso de autocontrole, decidira esperar até segunda-feira para contar as novidades pessoalmente a Lizzie e Hudson.

— Siiiim — induziu Hudson, mergulhando a colher na sua sopa de galinha. — Quando é mesmo o aniversário dele?

— Não tenho ideia — disse Carina. — Mas adivinhem? Nós ficamos.

Hudson largou a colher na tigela.

— Vocês *ficaram*?

— Sim — respondeu Carina, chegando rápido mais perto da mesa. — Nós fomos a um concerto no Lincoln Center e vimos os alunos da Julliard tocando Beethoven e depois fomos à parada do balão e eu pensei que ele ia me beijar, mas não beijou — disse, sem ar. — E na noite seguinte ao Dia de Ação de Graças, voltei para a cidade e fomos a um ensaio do Killers. Tivemos nosso próprio show particular. Foi incrível.

— Caramba — gritou Hudson. — The Killers? Está brincando?

— E ele é tão doce e engraçado e fofo e maravilhoso — continuou Carina. — Vocês vão amá-lo.

— O que aconteceu com Carter? — perguntou Lizzie abruptamente, cavando sua salada de repolho. — Pensei que era *nele* que estava interessada.

— Bem, era — disse Carina, um pouco irritada. — Mas você sabe o que aconteceu. Agora tudo meio que mudou.

— Então você está apaixonada pelo DJ? — perguntou Lizzie, com um tom amargo na voz.

Justo nesse momento, Todd aproximou-se da mesa delas e, pela primeira vez, Carina estava feliz com a sua interrupção.

— Posso sentar com vocês? Ou estou interrompendo? — perguntou ele com seu adorável jeito britânico.

— Claro, sente-se — disse Carina, movimentando-se rapidamente para dar espaço a ele na mesa.

— Estamos falando sobre garotos — explicou Lizzie. Ela estendeu a mão e deu um aperto de namorada na mão dele. — Carina está a fim de alguém.

— Ah, certo... Carter — disse Todd distraidamente enquanto pegava um cardápio da mesa. — Como está indo isso?

Carina olhou para Todd, congelada. Ela não tinha certeza se o ouvira corretamente. Lizzie havia contado a Todd sobre o seu interesse por Carter?

Ela olhou para Lizzie, cujo rosto pálido começava a corar.

— Você contou a ele? — perguntou Carina.

— Eu não tive a intenção — disse Lizze, lançando um olhar irritado para Todd, que dizia que ele tinha estragado tudo. — Escapou.

— Ah, desculpe — disse Todd rapidamente. — Eu não sei de nada. Nada.

Carina quase não conseguiu engolir. Era uma de suas regras mais antigas: fofoca sobre meninos, ou qualquer coisa relacionada, ficava estritamente entre as três. E agora Lizzie tinha quebrado a regra.

Carina colocou sua comida de volta na bolsa marrom.

— Tenho que ir — sussurrou, sentindo suas bochechas começarem a esquentar.

— Carina — chamou Lizzie.

Ela quase empurrou Todd do seu caminho, mas ele, galanteadoramente, levantou-se.

— Carina... não vá — disse ele.

— C — suplicou Lizzie. — Vamos. *Desculpe*, eu...

Carina não a deixou terminar. Ela apanhou sua mochila e foi direto para a porta. Podia sentir todo mundo a observando enquanto voltava para a rua, mas não ligou.

Marchou pela rua em direção à escola, mal notando os pequenos flocos de neve que caíam. Quando ela havia sussurrado uma palavra a Todd sobre o que Lizzie sentia por ele? Todos esses meses que Lizzie o queria... Carina tinha contado alguma vez a alguém? Ela trairia sua amiga assim? Claro que não. E agora Lizzie achava que tudo bem contar para Todd sobre os sentimentos de suas amigas por outros garotos? Estava quase enjoada. E mesmo se tivesse "escapado", ainda assim parecia uma traição.

— C! Espere! — gritou uma voz.

Carina virou-se e viu Hudson correndo pela rua com seu casaco desabotoado e suas duas tranças balançando na brisa.

— C, volte! — gritou Hudson, tirando um fio de cabelo preto dos seus olhos verdes. — Todd está mortificado. E Lizzie está se sentindo péssima.

— Então por que ela contou a ele? — perguntou Carina.
— É a nossa maior regra.

— Eu não sei. — Hudson deu de ombros. — Ele é namorado dela agora. As pessoas dizem outras coisas umas às outras, quando estão namorando. Quando se está apaixonado, às vezes essas regras vão pela janela.

— Ah, por favor, eles não estão *apaixonados* — cuspiu Carina. — Estão apenas saindo como todo mundo.

Hudson engoliu. Um floco de neve atingiu o topo do seu nariz arrebitado minúsculo e derreteu.

— Não mais. Acho que disseram "eu te amo" um para o outro este final de semana.

Carina sentiu alguma coisa pesada deslocar-se dentro dela.

— Eles disseram um para o outro?
— Foi o que ela me contou.

*E não contou para mim*, pensou Carina. Isso parecia uma traição ainda maior do que o que tinha acontecido com Todd.

Carina deu um passo para trás.

— Acho que tenho que ir para o laboratório de informática imprimir uma coisa. Vejo você na aula de espanhol?

O rosto de Hudson caiu.

— Vamos, Carina — disse Hudson. — Não faça isto.

Ela girou e apressou-se em direção à entrada da escola, sentindo os olhos de Hudson a observarem ir. Ela sabia que estava sendo muito dramática, mas estava com muita raiva e muito confusa agora para saber como agir ou o que dizer. Lizzie traíra sua confiança, pura e simplesmente. E agora traíra a amizade delas escondendo algo.

Era tão louco. Das três, Carina sempre fora aquela que tinha namorados. Era ela que sempre dava conselhos a Lizzie e Hudson sobre como falar com garotos. Tinha dado o primeiro beijo primeiro, tinha ido a um encontro primeiro, recebido mais cartas de amor — tudo bem, *e-mails* — de garotos do que qualquer uma que conhecesse. Era óbvio que iria se apaixonar primeiro. Agora Lizzie, que nunca nem saíra com ninguém, a tinha derrotado na busca pelo Santo Graal do romance. E nem contara a Carina sobre isso. Era porque percebia os sentimentos de Carina em relação à Todd? Entre elas, ninguém jamais contou algo só para uma, e não à outra. Eram praticamente a mesma pessoa. Então por que Lizzie contaria a Hudson, e não a ela?

Carina abriu a porta da escola e ficou cara a cara com Ava e as Icks saindo. O cabelo de Ava, normalmente ruivo, agora estava quase loiro e sua pele brilhava com o que só poderia ser um bronzeado caribenho. Como sempre, não estava nem um pouco surpresa em ver Carina, mesmo tendo quase se chocado com ela.

— Ah, oi, pensei em mandar uma mensagem enquanto estava em Mustique, mas, por alguma razão, meu telefone não funcionava na praia — disse ela, atirando na boca amêndoas que estavam em um pequeno saco plástico. — Como estamos em relação às flores? Já falou com o Mercer? Estamos começando a ficar sem tempo.

— Quem? — perguntou Carina. Ela sabia que o nome Mercer soava familiar, mas não conseguia lembrar-se por quê.

— Mercer *Vaise*. O florista que eu disse que queria. Você falou com ele?

Carina pensou rápido.

— Na verdade, eu já ia te contar. Achei alguém ainda mais legal para fazer as flores.

— Achou? — perguntou Ava, atirando um olhar cético em direção à Ilona, que sorriu de volta para ela. — Quem?

— Marisol Suar... — Ela hesitou. Ava iria descobrir que Mariscl tinha 14 anos. Mas não precisava saber que era a irmã do DJ. — *Willis*. Ela faz uns arranjos que são tão perfeitos que quase não parecem reais. E seria possível que ela fosse ao evento?

Ava rabiscou algo no seu bloco.

— Ela quer ir?

— Acho que gosta de ver suas peças em exposição.

— E os Sugarbabies? — pressionou Ava. — Ligou para eles para falar sobre os cupcakes?

— Sim — mentiu ela. — Mas ainda estamos acertando os detalhes.

Satisfeita, Ava colocou o bloco de lado.

— Para sua informação, as pessoas do Deixe Nova York Bonita estão enlouquecidas com tudo o que fez até agora. Você recebeu seu convite, certo?

Carina balançou a cabeça. Ainda estava fechado em seu envelope lineado de dourado na sua escrivaninha. Como iria juntar a grana para realmente ir para esse baile, não tinha a menor ideia.

— Ei, tenho que ir para a aula de espanhol — disse ela, esperando fazer uma saída elegante.

— Espere. — Ava agarrou o seu braço. — Um grupo nosso está indo ao Intermix depois da aula para pegar nossos vestidos. Para que tenhamos certeza de que não usaremos a mesma coisa, mas que estaremos na mesma linha, você sabe, grupo.

— Hum... eu realmente não...

— Encontramos você no lobby. 15h30. — disse Ava firmemente e, então, ela e as Icks saíram. Carina deixou a porta fechar balançando atrás dela.

Havia sempre o armário do zelador, pensou. Mas não achou que poderia sair desta mentindo. E as mentiras que já contara estavam começando a se acumular numa bagunça confusa e traiçoeira. O baile era em menos de três semanas e, pela primeira vez, imaginou se iria realmente se safar de alguma das coisas que escondera de Ava. E pensar no seu cheque de mil dólares a fez sentir-se culpada. Principalmente porque agora nem queria mais ir à viagem de esqui de Carter.

Ela empurrou a porta e a atravessou em direção ao andar do primeiro ano e, como se fosse uma resposta para sua pergunta, Carter e Laetitia vinham andando em direção a ela pelo corredor. Os dois tinham acabado de vir do lado de fora também. A fina camada de neve no cabelo enrolado de Carter confrontava-se com o bronzeado que ele adquirira em Fisher Island. Laetitia deu um gole num café gigante para a viagem, da Starbucks, e, pela forma que falava ao ouvido de Carter, parecia tão blasé e acima de tudo como sempre.

O primeiro instinto de Carina foi correr. Ela ainda não tinha respondido a nenhum dos e-mails de Laetitia sobre o Ritz-Carlton ou a reserva do restaurante. Mas era tarde demais. Os dois a viram. E então Carina percebeu que precisava dizer a ele que seus planos tinham mudado.

— Ei — disse Carter, aproximando-se, desenrolando seu cachecol. — Como foi o seu feriado?

— Ótimo — respondeu ela, transferindo seu peso timidamente de um pé a outro. — Como foi na Flórida?

— Incrível como sempre. Peguei outro marlin. Era muito grande, assim — disse ele, esticando os braços. — Levei o dia inteiro para içá-lo. Eu parecia com aquele cara... — Ele deu de ombros. — Você sabe... do livro...

— *O velho e o mar?* — sugeriu ela. Todos tinham que ler no nono ano. Aparentemente, o título havia marcado pouco Carter.

— Exatamente — disse ele, apontando para ela.

— Hum, você recebeu algum dos meus e-mails? — perguntou Laetitia numa voz murcha enquanto seus olhos azuis entediantes olhavam Carina de cima a baixo. — Porque foi a única que não respondeu.

— Na verdade, eu vim dizer a vocês... Acho que não poderei mais viajar. Meu pai quer passar o feriado na Jamaica e está me forçando a ir com ele. — Era uma mentira, mas desta vez não se sentiu culpada.

— Seu pai está forçando você? — perguntou Latitia, incrédula.

Carina podia sentir Carter olhando para ela.

— Não tenho muita certeza — disse ela. — Mas não posso ir.

Laetitia sorriu ironicamente como se soubesse que isso ia acontecer.

— Viu? — disse para Carter. — Eu te disse que ela era muito nova para isso. — Ela virou-se para Carina. — Fico muito triste de não poder ir conosco. — Ela pegou Carter pelo braço e, nesse momento, Carina finalmente entendeu porque Laetitia nunca parecia deixá-lo sozinho. Estava completamente apaixonada por ele. — Vamos — disse para ele.

Os dois afastaram-se, deixando-a no corredor. Carter nem sequer deu uma última olhada nela. As coisas com ele estavam definitivamente acabadas. Mas, agora, parecia ser uma pessoa a menos com quem tinha que atuar.

# capítulo 24

— Esta é a questão, meninas — anunciou Ava enquanto andavam pela avenida Madison sob uma neve leve. — Minha colorista acabou de clarear um pouco mais o meu cabelo e agora não sei se ficarei bem de roxo. Quero dizer, quando ele era castanho-avermelhado, funcionava. Agora talvez fique vulgar.

Atrasando-se havia alguns metros atrás dela, Carina considerou entrar silenciosamente na loja L'Occitane e esconder-se até o grupo estar a três quarteirões à frente. Mas sabia que não podia.

— Ai meu Deus, meninas, eles têm uma blusa Stella McCartney maravilhosa lá que quero experimentar — disse Ilona, ignorando o discurso de Ava. — Tem lantejoulas e é *de matar*.

— Você vai usar *conjunto*? — perguntou Kate, simulando horror, girando uma mecha de cabelo preto ao redor do dedo.

— Ui, lantejoulas são *tão* ultrapassadas — falou, pausadamente, Cici.

*Que grupo de amigas compreensivo e unido,* Carina pensou. Ela checou o relógio. Cinco minutos era tudo que daria a elas. Apenas o tempo suficiente para um educado "Sim, está ótimo!" para o vestido de Ava e, então, uma saída rápida.

Enquanto entravam, a música pulsante, iluminação de halogênio brilhante e os vestidos e blusas cintilando pendurados em seus cabides quase a deixaram tonta. Sentiu-se como uma diabética entrando numa loja de doces. Ela olhou ao redor para as roupas deslumbrantes, sentindo aquela antiga fome voltar. Havia tantas coisas bonitas e, imediatamente, precisava ter todas elas. Não era de se admirar ter gastado tanto dinheiro aqui.

Então viu a vendedora atrás da caixa registradora. Ela tinha um coque de cabelo cor de cobre e um peito bem esquelético familiares. E lembrou-se que era a mesma Intermix onde seus cartões foram recusados, naquela noite fatídica. Agora realmente precisava sair de lá.

— Tudo bem, o que vocês acham? — perguntou Ava, andando em direção a elas com um vestido roxo elétrico com uma fenda lateral, que segurava contra o peito. — Bonito ou vulgar?

Cici estreitou os olhos e inclinou a cabeça.

— Vulgar — decidiu.

Ava a ignorou e olhou para Carina.

— Carina? O que acha?

Carina olhou para o vestido. O roxo definitivamente ficava bonito com a cor de cabelo de Ava e a fenda longa combinava com o olhar acidentalmente sexy dela. Mas, então, Carina viu os três zeros na etiqueta.

— É... bonito — disse, hesitante. — Mas você não acha que a Forever 21 pode fazer a mesma coisa?

Ava apenas olhou para ela.

— O que você disse?

— Eu disse para experimentar — corrigiu Carina rapidamente. — É lindo.

Ava deu de ombros como se não a tivesse ouvido.

— Tudo bem. Já volto.

Ela saiu em direção às cabines, deixando Carina sozinha com Ilona, Cici e Kate, que estavam todas olhando para ela como se tivesse duas cabeças.

Para livrar-se delas, Carina foi andando lentamente em direção a uma vitrine de stilettos de píton. Pegou um. O adesivo na sola dizia $985. Ela quase riu em voz alta. Quem gasta novecentos dólares em sapatos?

— Ei! Carina, certo?

Era a vendedora atrás do caixa, acenando para ela.

— Estávamos imaginando quando voltaria! Na verdade, acho que ainda tenho aquela blusa Catherine Malandrino. Você vestia dois, né? — Ela saiu de detrás do caixa e foi em direção aos cabides.

— Tudo bem — disse Carina, olhando ansiosamente para as Icks observando-a há alguns metros de distância. — Não se incomode.

— Ah, não tem problema — falou a garota, balançando a mão para ela. — E deixe-me pegar algumas coisas para você experimentar. Algum evento especial chegando?

— Hum, ah, não — mentiu, evitando o olhar de Ilona.

— Tudo bem, meninas! Aqui está! — gritou Ava. Ela abriu a cortina da cabine e emergiu no vestido roxo. Cici estava certa, era a Central da Vulgaridade. A fenda mostrava quase toda a perna dela.

— O que acham? — perguntou Ava, virando-se para se admirar no espelho. — Não é insano?

— Está lindo — disse Carina com uma alegre monotonia. — Leve.

A vendedora desviou o olhar de Ava e olhou para Carina.

— Vocês estão juntas? — perguntou ela.

Carina tentou balançar a cabeça, mas Ava a interrompeu:

— Sim, estamos fazendo compras para o baile *Silver Snowflake* — disse ela. — Eu sou a presidente. *Ela* é a coordenadora da festa — acrescentou, gesticulando para Carina.

— Ótimo — falou a vendedora à Carina. — Então eu tenho a coisa *perfeita* para você. Não se mexa!

Ava virou-se para Carina com um olhar desaprovador.

— Ela te *conhece*? — perguntou enquanto a vendedora vasculhava os cabides.

— Não — sussurrou Carina.

— Tudo bem, aqui vamos nós — disse a vendedora, retornando com um braço cheio de roupas. — Peguei um monte de coisas que acabamos de receber. Espero que não se importe.

Enquanto Carina observava, incapaz de pará-la, a vendedora sacudiu a cortina da cabine ao lado da de Ava e colocou todos os vestidos na pequena cadeira do lado de dentro.

— Me avise se precisar de algum tamanho! — falou, com entusiasmo.

Carina torturou seu cérebro tentando pensar em uma desculpa para não experimentar nenhuma peça. Mas não veio nada.

— Ah, obrigada — disse finalmente, enquanto fugia para o provador.

Ela fechou a cortina e ficou em pé na cabine. Sentiu-se da mesma forma que naquele dia no Plaza quando Roberta a tinha deixado presa com a conta — o mesmo sentimento de pânico junto com vergonha.

— Como está indo aí? — perguntou a vendedora do outro lado da cortina. — Podemos ver alguma coisa?

Carina olhou para a pilha de vestidos. Tinha que experimentar alguma coisa. O que estava no topo era um vestido delicado de seda de um ombro só, que ia de um branco leitoso ao roxo, lavanda e um borgonha bem rico. Carina manuseou a etiqueta. Custava $1.400,00.

— Podemos ver alguma coisa? — perguntou novamente a vendedora.

— Espere! — gritou Carina.

Ela tirou sua blusa de gola rulê e sua kilt e entrou no vestido. Fechou o zíper, mal notando que coube perfeitamente.

— Parece legal! — gritou de volta. Deslizou a cortina apenas um centímetro para o lado.

A vendedora puxou a cortina toda com força e sobressaltou-se.

— Está *maravilhoso* — murmurou, puxando Carina para fora da cabine.

Ava e as Icks viraram-se. Elas a olharam de cima a baixo. Apesar de suas expressões petrificadas, ela podia notar que estavam impressionadas.

Carina olhou para o espelho de corpo inteiro. O vestido estava esplêndido. Ela parecia uma atriz de TV loira e linda a caminho de uma pré-estreia. Mas isso só a fez entrar ainda mais em pânico.

— Você deveria levar esse — conseguiu dizer Ava.

— Sério? Não acho que tenha a ver comigo — disse Carina.

— Está *brincando*? — exclamou a vendedora. — Caiu como uma luva em você. E deixa o seu traseiro fenomenal. Também veio num modelo que amarra no pescoço, se quiser levar os dois.

— Tudo bem — disse ela, movendo-se de volta em direção à cabine. — Não acho que sirva para o baile...

— Então o use para outra coisa — disse Ava. — Você vai usá-lo sempre.

— Não, eu não gostei muito.

— E está com um preço *tããããão* bom — insistiu a vendedora. — Vou levá-lo até o caixa enquanto você experimenta os outros. Porque você realmente tem que ter este...

— Não! — gritou Carina, tão alto que surpreendeu até ela mesma.

A vendedora pulou. Ava e as Icks encolheram-se.

— Eu não preciso disso — declarou. — Já tenho um monte de vestidos. E você realmente acha que 1.400 é um preço *bom*?

Ninguém disse uma palavra. Ava enrugou o nariz. O olhar mortal característico de Ilona alcançou outro nível de frieza. Cici e Kate cobriram suas bocas como se estivessem prestes a soltar uma gargalhada.

— Isso é um *Chloé* — disse a vendedora com a desaprovação revestindo sua voz.

— Bem, seja lá o que for, está fora do meu orçamento — respondeu Carina. — Não posso gastar esse tipo de dinheiro. Nem mesmo para a festa do ano.

Ela virou-se descalça, andou de volta para a cabine e fechou a cortina. Suas mãos trêmulas foram até o zíper e o puxaram para baixo. Quando pisou para fora do vestido, foi como se alguém tivesse finalmente tirado um peso de seus ombros e ela pudesse respirar de novo. Sempre soube que não ligava para o que aquelas garotas pensavam dela, mas nunca teve coragem de realmente enfrentá-las. Agora finalmente tivera. Não conseguia acreditar. Ela dissera a verdade.

Quando saiu com a pilha de vestidos no braço, as Icks ainda estavam num amontoado sinistro, Ava não estava à vista e a vendedora a olhava do caixa com os lábios franzidos.

— Aqui — disse Carina para a vendedora, deixando os vestidos no balcão. — E da próxima vez que eu lhe disser que não estou procurando nada, realmente *não* estou procurando nada.

Uma risada a fez virar-se. Cici cochichou algo no ouvido de Kate, que riu de novo, cobrindo a boca, e então deu um presunçoso olhar que dizia "e daí?" para Carina. *Deixa para lá*, Carina pensou, mentalmente revirando os olhos. Deixem que tirem sarro dela.

Mas foi Ilona quem a assustou. Ela apalpou um cabide com uma túnica de seda Stella McCartney, mas não estava olhando para as roupas. Estava olhando para Carina. Um meio-sorriso ondulou por seus lábios carnudos, enquanto seus olhos exalavam a impressão de centenas de rodas girando dentro da sua cabeça. Ela estava pensando em alguma coisa — alguma coisa que, assim que Carina saísse da loja, seria, sem dúvida, dita a Ava.

Ava saiu da cabine novamente, dessa vez com um vestidinho solto rosa-claro. Apesar de Carina estar bem na sua frente, Ava não parecia vê-la.

— Está bonito — disse Carina, sentindo-se um pouco mal repentinamente, como se tivesse arruinado a festa de alguém. — Deveria levar este.

Ava empertigou-se, colocou as mãos nos quadris e finalmente lançou um olhar meio murcho e meio furioso para Carina.

— Só não esqueça dos cupcakes — zombou, antes de entrar de volta na cabine.

# capítulo 25

Parece que fazer glacê não era tão simples assim. Carina enfiou a espátula no pote de chocolate Duncan Hines e passou outra camada no topo do cupcake amarelo, tentando deixar uniforme no centro e em espiral nas bordas. Mas não era fácil. Talvez porque ainda estivesse furiosa com Ava. Depois de três aplicações, o glacê estava falhando em alguns lugares, sobrando em outros e formando ondas irregulares por toda a borda. As garotas atrás do balcão da Magnolia Bakery provavelmente ficariam horrorizadas, pensou, mas, talvez, apenas talvez, pudesse se safar desta.

Claro, ela teria que contar outra mentira branca para Ava. E depois do incidente de hoje na Intermix, teria que ser uma das boas. A padaria não poderia ser a Sugarbabies — deveria ser um lugar no SoHo novo que ainda não abriu, ou melhor, uma cadeia sofisticada de LA que servia para estrelas de cinema. Como se chamaria? Bocados? Glacês? E depois precisaria assar algumas centenas de cupcakes, ela mesma. Felizmente, Duncan Hines estava em promoção esta semana na Food

Emporium. Assim que dominasse a arte de fazer glacê, iria estocar uma mistura de bolo (e talvez algum corante para os bolos vermelhos) e, então, sua organização estaria finalmente acabada. E ao final de tudo, teria o dinheiro dela.

O dinheiro dela, pensou. Removeu um fio de cabelo loiro perdido com o cabo da sua espátula e sentiu o mesmo mal-estar que surgia toda vez que pensava no dinheiro. Por que ainda estava fazendo isso? Ainda mais agora que tinha conhecido Alex?

A noite mágica deles no show do Killers há três dias repetia-se constantemente em sua mente. Ela enviara uma mensagem no dia seguinte, para agradecer a Alex, mas ele não respondeu. Agora era segunda-feira à noite e ainda não tinha notícias dele. *Mas não ia ficar obcecada com isso*, pensou, enquanto preenchia um lugar vazio no seu cupcake. Tinha o jantar à noite com a mãe para pensar. Talvez ela trouxesse o melhor cupcake. Sua mãe havia enviado uma mensagem de manhã dizendo que fizera reservas para elas à noite no Nobu e ela não podia esperar para comer o tempura de camarão apimentado deles.

A porta da cozinha abriu-se de repente. Em vez de ser Nikita para checar se Carina não estava colocando fogo no apartamento, veio seu pai. Tinha quase esquecido que era o dia que ele chegaria de Londres.

— Carina, posso falar com você? — perguntou ele. Estava vestido com suas roupas de trabalho e a transpiração ainda pontilhava sua testa sem rugas.

— Claro — disse ela, colocando seu cupcake malfeito no balcão. — O que foi? — Normalmente o pai nunca perguntava se podia falar com ela. Apenas ia em frente e começava a falar. Isso era interessante.

Ele tirou uma garrafa de água Sub-Zero da geladeira e franziu a testa para os cupcakes.

— Primeiro... o que você está fazendo?

— Ah, estou organizando uma festa. O baile *Silver Snowflake* — disse ela, tentando sentar-se no balcão de mármore. — Estas são as sobremesas. — Isso também era novo, pensou. Normalmente o Jurg era tão distraído que nem notava o que acontecia ao seu redor.

O pai dela olhou, perdido, para os cupcakes mal decorados.

— Você mesma vai fazê-los?

— Bem, nós queríamos os da Sugarbabies, aquele lugar no Lower East Side com bolos vermelhos maravilhosos, mas são um pouco caros — explicou ela. — Então vou de Duncan Hines em vez disso. É quase tão bom quanto.

— Imagino — disse ele, com desdém. — Quando é essa festa?

— No último dia de aula antes do Natal. Dia 20. Não se preocupe. As provas terão terminado até lá.

O Jurg não entendeu o seu tom meio sarcástico. Em vez disso, esfregou o queixo e ficou quieto.

— Falei com a Barb Willis hoje — disse ele.

Carina esticou-se no balcão, agarrando as bordas do mármore. Quase conseguira esquecer aquela briga embaraçosa com o pai, no escritório da *Princess*.

— Ah, sério?

— Nós decidimos cancelar a história sobre você — disse ele, desenroscando a tampa de sua garrafa de água. — Foi uma decisão mútua. Imaginei que ficaria feliz em ouvir isso.

— Ah — murmurou ela, estranhamente desapontada.

— Não foi culpa sua — disse ele. — Quanto mais penso sobre isso, mais percebo que você estava certa. Provavelmente, não era uma boa ideia. — Tomou um gole de água. — Eles vão encontrar outra pessoa. Alguém mais apropriado.

Carina nunca o vira tão arrependido antes. Também nunca o vira dizer que ela poderia estar certa sobre alguma coisa.

— Barb também me contou sobre a sua crítica à revista.

Carina apertou a borda do balcão com mais força. Ela quase tinha se esquecido disso também.

— Ela amou o que você disse — continuou ele. — Na verdade, ela vai repensar a seção de moda baseada nas suas sugestões. E, possivelmente, criar um novo desenho para a logo. Também não sou louco por aquela logo. Sempre achei que era muito rosa. Mas o que eu sei sobre revistas para meninas adolescentes? — Ele deu de ombros e tomou outro gole. — Ela quer que você volte lá e se reúna com toda a equipe editorial. E seja sua nova consultora de tendências, se quiser.

— Você está falando sério?

— Sabe, eu estava pensando — disse ele, sorrindo levemente. — Eu deveria ter te levado para começar a trabalhar com *isso*. Os títulos adolescentes. Todo esse tempo tinha uma expert em casa e nunca reparei. — Ele balançou a cabeça. — Você consideraria voltar a trabalhar para mim? Ser minha consultora nas minhas propriedades juvenis?

— Pai...

Ele assentiu e levantou a mão.

— Tudo bem. Tudo bem. Não vou te forçar. Estou cansado de fazer isso, Deus sabe. Mas estou muito impressionado com você, Carina. Muito mesmo.

Carina piscou. O pai nunca tinha ficado impressionado com ela. Nunca.

— Posso pensar sobre isso? — pensou ela, colocando a tampa de volta no glacê. — Em fazer coisas para a *Princess*?

— Claro. E tem outra coisa que quero conversar com você. Sobre o que você disse outro dia, a respeito de sua mãe.

Ela deslizou para fora do balcão. Com a ponta do dedo, começou a raspar cupcake cozido das bordas da assadeira.

— Não precisamos falar sobre isso — disse ela.

— Não, acho que precisamos. Acho que é hora de esclarecer algumas coisas com você. Algumas coisas que você não sabe. Algumas coisas de que eu queria poupá-la até que ficasse mais velha...

— Então me poupe — deixou escapar, colocando a assadeira de cupcake na pia. — Nós não precisamos mesmo falar sobre isso.

Ela fez a água correr ruidosamente sobre a assadeira.

— Tudo bem — disse o pai, levantando-se. — Como quiser. Mas se não quer saber o que realmente aconteceu, então não faça acusações. — Ele olhou mais uma vez para a coleção de cupcakes nada atraentes alinhadas no balcão. — Se precisa cozinhar, deveria, pelo menos, deixar Nikita te ajudar.

— Tudo bem.

— Você vai a esse baile ou só está organizando?

Ela agachou-se no chão com papel toalha e limpou algumas gotas de glacê.

— Não sei — disse despreocupadamente. — Não sei se quero mesmo ir.

O Jurg jogou sua garrafa de água vazia na lixeira de aço inoxidável.

— Você deveria ligar para a Roberta. Se quiser, posso ligar para ela agora mesmo. Tenho certeza de que ela ficará feliz em ajudá-la...

— Pai, tenho tudo sob controle — disse ela. — Mas, obrigada.

Seu pai assentiu e olhou para o chão.

— Tudo bem. Vejo você mais tarde, então — disse, e atravessou a porta vaivém.

Ela assistiu à porta da cozinha oscilar para a frente e para trás e o ouviu subir os degraus. Foi quando percebeu que seu pai tinha finalmente tentado ter uma conversa de verdade com ela. E ela não o deixara.

Quando voltou para o quarto, havia uma mensagem de voz esperando no seu telefone. Do celular da mãe.

— Oi querida, sou eu! Estou correndo, arrumando coisas de última hora para a minha viagem... E querida, eu sinto muito, muito mesmo, mas estou indo para a Índia hoje. É mais fácil assim. Mas prometo que nos encontraremos na minha volta. Eu te mando mensagem do ashram, tudo bem? Te amo!

Carina deixou o telefone cair na cama. Agora imaginava o que seu pai queria contar para ela.

## capítulo 26

— *Bonjour*, Mademoiselle Jurgensen — disse Madame Dupuis, enquanto uma sobrancelha desenhada a lápis elevava-se em sua testa. — Que legal da sua parte se juntar a nós.

Carina apressou-se pela porta da sala de aula, tirando seu chapéu e atirando-se na mesa vazia mais próxima.

— Desculpe-me, dormi demais — sussurrou.

Dormir demais era um problema sério agora que tinha que pegar o metrô para a escola. Desabotoando seu casaco, disse um oi silencioso para Lizzie, Todd e Hudson do outro lado da sala. Lizzie retornou o aceno e apontou para o assento perto dela, mas estava muito longe para andar até lá. Pelo menos Lizzie não parecia furiosa com ela por ter saído correndo do restaurante durante o almoço, no dia anterior. Assim que a aula acabasse iria tentar suavizar as coisas. Mas, agora, tinha pelo menos três problemas de geometria para solucionar antes da aula de matemática.

Assim que abriu o livro, um sentimento incerto de pavor tomou conta dela e, de repente, lembrou-se de seu pesadelo.

Estava com 10 anos novamente e agachada em frente à porta do quarto dos pais, ouvindo-os brigarem. A mãe dela estava chorando e implorando ao seu pai para ser decente. O pai estava gritando que ela havia ficado maluca. E então, alguém — ou algo — começou a arranhar a porta.

De alguma forma, Carina sabia que era sua mãe. Ela agarrou a maçaneta e tentou virá-la, mas a maçaneta não se moveu. Tentou abrir várias vezes, mas a porta estava travada e suas mãos suadas escorregavam, deslizando sobre o metal...

Acordou com lágrimas correndo pelo rosto e o cabelo grudado na testa. Apenas um pesadelo, pensou, mas sua garganta queimava e sabia que estava ficando doente. O relógio mostrava 7h55 e o rádio estava tagarelando. De algum jeito, tinha dormido sem ouvir o alarme. Saltou da cama, jogou água fria no rosto e vestiu o uniforme rapidamente. Cinco minutos depois, saía pela porta e corria em direção ao metrô no frio. Mas o terror do pesadelo ficou com ela até entrar no trem.

Agora, enquanto a Madame Dupuis terminava de fazer a chamada e Carina começava a fazer o dever de casa da noite passada, tentava espantar o sentimento matinal podre de uma vez por todas. Foi quando, por detrás dela, ouviu uma risadinha familiar. Os pelos nos seus braços levantaram-se. Ela conhecia aquela risadinha. Reconheceria em qualquer lugar.

Lentamente, virou-se. Cici e Kate estavam sentadas bem atrás. Sem tirar os olhos dela, Kate cochichou no ouvido de Cici, que riu de novo. Ao lado delas, Ilona olhava para Carina com o mesmo meio-sorriso zombeteiro de ontem. E, de seu outro lado, perto do quadro-negro, estava Ava, escrevendo calmamente no caderno com capa de couro com a caneta

Tiffany. Por um segundo, seus olhos castanhos desviaram do caderno e lançaram um olhar fulminante para Carina, que se endireitou no lugar. Sem sequer notar, sentara-se no meio do território delas. E agora teria que responder pelo que fizera na Intermix. Claramente, Ava e as Icks não a tinham perdoado por seu pequeno ataque.

Quando o sinal finalmente tocou, levantou-se e sorriu radiantemente para Ava.

— Então, ficou com o vestido roxo? — perguntou Carina.

Ava mal olhou para ela enquanto fechava seu caderno.

— Sim — disse, sem emoção. — Obrigada pela opinião.

— Ficou ótimo em você — falou Carina, esperando não soar tão óbvia. — A cor ficou perfeita.

Ava deu um sorriso pequeno para ela.

— Acho que foi melhor do que ir ao Forever 21, não acha?

Carina parou.

— Sim — concordou ela, sem saber o que dizer.

— Então... o que aconteceu com os cupcakes? — perguntou Ava, jogando a bolsa no ombro. — Falou com a Sugarbabies?

Carina não esperava que Ava começasse a falar da festa.

— Si-im — mentiu. — Mas decidi fazer com outra pessoa. Eles acham que não conseguem fazer para esse número de pessoas. Acho que estão com tudo reservado nessa época do ano.

— Bem, isso é engraçado — disse Ava, acenando para as Icks irem em frente. — A primeira coisa que fiz hoje de manhã foi ligar para a Sugarbabies e eles não sabiam nada a respeito. Disseram que nem nunca tiveram notícias suas.

Carina seguiu Ava em direção à porta, começando a entrar em pânico. Ela torceu o chapéu de lã que estava em suas mãos. *Seja confiante*, pensou.

— Bem, eu *liguei* para eles — disse ela. — Mas talvez não se lembrem porque nunca terminei de fazer o pedido.

Lizzie e Hudson olharam para ela como se perguntassem se precisava delas, mas Carina indicou com a cabeça para continuarem indo.

— Hummm — disse Ava de um jeito exagerado. — Tem certeza? O gerente falou que *nenhum* dos funcionários recebeu nenhum telefonema sobre isso. Ele disse que se lembraria de uma ligação sobre o baile *Silver Snowflake*. A não ser que esteja mentindo, claro.

Carina pisou no corredor. Os olhos em forma de discos de Ava estavam fixados nos dela e seu olhar queimava, atravessando sua pele.

— Bem, eu realmente não sei o que dizer. Definitivamente falei com eles. Mas decidi fazer...

— Com outra pessoa — cortou Ava. — E com quem seria? — Inclinou a cabeça e esperou.

*Ela sabe que estou mentindo*, Carina pensou. *Sabe com certeza.*

— Tenho que olhar minhas anotações.

— Você não se lembra? — perguntou Ava, quase sorrindo. — Isso é estranho. Onde ouviu falar deles?

Carina mordeu o lábio inferior. Sentiu-se como se estivesse no banco das testemunhas.

— Apenas através do boca a boca.

— Certo. Como aquele restaurante no West Village. Aquele que nem abriu — disse, sarcasticamente, saboreando a frase. — Aliás, eu realmente preciso do contato desse lugar. Só para garantir que estaremos todos rastreando a comida. Ou você se esqueceu como se chama também? Ah, espere! — Ava piscou os olhos. — Não tem nome, tem? Que conveniente.

O tom de Ava a atravessou.

— Hum, eu terei que te falar depois — disse Carina com o coração batendo rapidamente. — Realmente não lembro agora.

— E sabe esse DJ de quem você vive me falando? — questionou Ava, começando a brincar com o colar de diamante. — Alex Suarez? Liguei para o Chateau Marmont e eles nunca ouviram falar dele.

O estômago de Carina revirou. Ela havia se esquecido de tudo o que tinha contado de mentira.

— Hum, isso é estranho. Quero dizer, ele me disse que era lá que estava.

A expressão de Ava ficou insensível.

— Certo — disse, com pouca articulação. — Você está inventando todas essas coisas?

— Claro que não — respondeu Carina. — Isso é loucura.

— Então o que exatamente você fez para essa festa? — perguntou Ava. — Alguma coisa?

— Claro — gaguejou. — Fiz toneladas de coisas.

— Sim, tipo o quê? Eu não tenho nomes. Não tenho números de telefones. Tudo o que vi foram algumas quesadillas e só Deus sabe de onde vieram — disse ela. — Quer saber o que eu acho? Acho que você não fez *nada*. Acho que você estava mentindo todo esse tempo.

Carina sentiu um lampejo de raiva nas entranhas. Ava poderia acusá-la de mentir, mas não podia acusá-la de não ter feito nada pelo seu evento idiota.

— Tudo bem, eu desviei um pouco do planejado — admitiu. — Por que... novidade: *ninguém* gosta de trabalhar de graça. Nem mesmo para o baile *Silver Snowflake*.

Ava estreitou os olhos.

— Você disse que eram todos seus amigos.

— Eles não eram meus amigos. Eram pessoas que meu *pai* tinha *contratado*. E eles não trabalham de graça.

— Nem mesmo quando ele pede? — perguntou Ava, cruzando os braços.

— Ele não pediu.

— Por que não?

— Porque não contei a ele sobre isso.

Ava sacudiu a cabeça.

— Bem, isso foi idiota — zombou ela. — Por que você não contou?

— Porque quis fazer por conta própria — respondeu Carina.

Ava bufou.

— Isso é a coisa mais idiota que já ouvi. Você é a filha de Karl Jurgensen.

— *E daí*? Isso significa que estou rolando em dinheiro e que tenho o número do Matty Banks na memória do meu celular? Que é só estalar os dedos que consigo que Filippo Mucci sirva comida para a minha festa de graça? Que posso pedir para alguém doar quinhentas orquídeas só porque é para uma boa causa? — Carina estava quase gritando. — Eu não tenho bilhões de dólares. Eu não tenho nada, tá? *Nada*.

Ava deu um passo para longe dela, no corredor.

— Quer ver o meu telefone? — continuou Carina. — Aqui. — Ela tirou o telefone e o abriu. — Meu pai cortou meus gastos e agora eu tenho zero: nenhum dinheiro, nenhuma vantagem, nada. Nenhuma ajuda. Nem mesmo para o seu baile idiota.

A boca brilhante de Ava abriu um pouco em choque.

— E eu planejei tudo — continuou ela. — Tenho comida, decoração, tenho um DJ. Ainda será uma festa ótima. Só não pude conseguir as pessoas que você queria. Pensei que pudesse, mas não pude.

— Olha, eu não preciso saber os detalhes sangrentos da sua vida pessoal — disse Ava, levantando a mão. — Tenho uma festa para dar em duas semanas. Então, onde você conseguiu essa comida?

Carina passou por uma fileira de armários.

— Trader Joe's — murmurou.

Ava recuou.

— O quê? E o DJ?

— Ele é o cara que frequenta o Stuyvesant.

As narinas de Ava alargaram-se.

— E a florista?

— É a irmã dele. Mas ela é uma artista incrível...

— E os cupcakes? — perguntou Ava, com a voz começando a ficar oscilante.

Carina hesitou.

— Esses provavelmente terei que fazer eu mesma — confessou. — Mas esse evento será incrível. Sério, se você confiasse em mim...

— Confiar em você? Eu não contratei Carina Jurgensen para descer o nível da festa, tá? Você é uma farsa. E uma mentirosa.

— Eu não menti para você. Você tirou conclusões precipitadas sobre mim — argumentou Carina.

— Ah, não, você *quis* que eu pensasse essas coisas — disse Ava apontando o dedo para ela. — Aquele dia na cafeteria, você se gabou de como era boa nisso e como tinha contatos. Então não tente me culpar. Você sempre usou o seu pai. Para conseguir garotos, convites para as coisas... Então, por favor. Você não pode ter as duas coisas. Não pode deixar as pessoas pensarem uma coisa e depois ficar chateada quando fazem isso.

Alguém atrás delas bateu a porta de um armário. O corredor estava vazio agora. Elas precisavam ir para a aula, mas Carina não conseguia se mexer.

Ava agarrou a alça da sua bolsa Kooba.

— Você está demitida. E eu quero aqueles duzentos dólares de volta o mais rápido possível.

— O quê? — soltou Carina. — Mas... mas eu não tenho.

Ava olhou para ela.

— Isso não é problema meu.

Antes que Carina pudesse dizer qualquer coisa, Ava passou por ela, virou a esquina e sumiu de vista, enquanto os saltos de suas botas batiam pelo corredor.

— Ava! — gritou Carina.

Foi quando a figura alta e magra do Sr. Barlow apareceu na porta do seu escritório.

— Você não tem aula, Carina? — perguntou em seu barítono típico da Marinha. — Ou está só de visita, hoje?

— Desculpe — disse, puxando sua bolsa para o ombro e saindo correndo em direção à aula de história geral.

Assim que chegou à aula, encontrou Lizzie e Hudson sentadas perto da porta. Pegou o lugar vazio ao lado delas assim que o sinal tocou.

— O que foi aquilo? — sussurrou Hudson. — Queríamos ir até vocês, mas parecia um pouco intenso.

Carina tirou seu caderno e seu fichário, tentando descobrir a melhor forma de contar. Ela ainda estava tremendo. E ainda não tinha falado com Lizzie desde a pequena briga que tiveram na lanchonete no dia anterior.

— Eu tive que contar a verdade a ela. Que não consegui as pessoas que ela queria.

— E ela enlouqueceu — adivinhou Lizzie.

— Bem, sim — disse Carina. — Ela me demitiu.

Na frente da sala, o Sr. Weatherly começou a escrever no quadro sobre a antiga Suméria e a sala ficou mais silenciosa.

Hudson colocou a mão no pulso de Carina.

— Isso significa que ainda tenho que cantar?

Carina olhou para Hudson.

— Sim. E preciso devolver aqueles duzentos dólares — disse ela. — Vocês sabem, os que dei a Carter para comprar o ingresso para as montanhas.

— Como você vai fazer *isso*? — perguntou Lizzie.

— Eu não sei. — Sentiu uma dor de cabeça pulsando atrás de sua testa e lembrou-se de que tinha saído de casa sem tomar café da manhã. — Mas é muito injusto. Eu trabalhei duro. Fiz coisas. E essa festa ia ser incrível. E ela disse que eu *menti* para ela. Podem acreditar nisso? Que eu menti?

— Você meio que mentiu — disse Lizzie, virando-se para o quadro.

— Não, não menti.

— Você não foi honesta com ela — apontou Lizze. — É a mesma coisa.

— Não fale *comigo* sobre honestidade — sussurrou Carina.

— Se você está falando do lance do Todd, eu pedi desculpas — disse Lizzie. — Não foi como se eu tivesse feito de propósito.

— E daí? — perguntou Carina. — Fez mesmo assim.

— Meninas, *relaxem* — disse Hudson, abanando a mão no meio das duas.

— Com o que está tão chateada? — perguntou Lizzie. — Sinto como se você tivesse algo contra ele desde o começo.

— E eu sinto como se você não tivesse me apoiado esse tempo todo — disparou Carina, de volta. — É como se eu estivesse sendo sempre julgada por alguma coisa. Você sequer se lembra de como fiquei em relação ao seu negócio de ser modelo com a Andrea? Eu nunca te julguei. Nunca.

— Meninas, *parem* — sussurrou Hudson.

O Sr. Weatherly olhou para elas do quadro-negro.

— Moças? Uma de vocês gostaria de vir aqui e explicar a diferença entre o período de Ubaid e de Uruk?

Todas olharam para as suas mesas, mudas.

Carina enfiou a caneta no caderno, furiosa. Ela não tivera uma briga com Lizzie e Hudson desde o sétimo ano, e havia sido porque precisava escolher quem acompanharia no Chá Mães & Filhas de Chadwick. Agora, a reprovação na voz de Lizzie ameaçava deixá-la desorientada. Devia ter alguém lá fora que não a julgaria por isso.

Assim que a aula terminou, pegou seu telefone e digitou uma mensagem.

*Preciso falar com vc. Tá livre depois da aula?*

Alex respondeu logo.

*Kim's Video. Depois das 4. T+.*

Ela fechou o telefone. Alex a ajudaria a descobrir o que fazer. Verdade, ela teria que dizer a ele que o seu trabalho de DJ não seria mais necessário, mas ele entenderia. Ela sabia que entenderia.

Carina procurou as amigas pelo corredor. Elas tinham ido na frente, deixando-a sozinha. Ela não conseguia lembrar-se de algum momento que tivessem feito isso, ou de um momento em que tivesse se sentido tão só.

Começou a andar pelo corredor, sozinha. Tudo o que precisava fazer era aguentar até às quatro horas

# capítulo 27

Uma neve grossa estava caindo quando Carina saiu da estação de metrô Astor Place para o East Village. As outras poucas vezes que estivera lá era fim de verão e início de outono, quando o cheiro fétido de lixo misturava-se ao cheiro de incenso dos vendedores de rua e as calçadas estavam atoladas de compradores e turistas. Agora estava calmo e quase romântico, com as pessoas passando apressadas pelos estúdios de tatuagem e cafeterias sob a neve que soprava suavemente.

Seu estômago doía de fome e suas pernas estavam pesadas quando se arrastou pela St. Marks Place. Tinha sido um dos dias mais longos de sua vida. Depois da discussão sussurrada durante a aula de história, ela e Lizzie não se falaram pelo resto do dia. Hudson dera o melhor de si ficando no meio, tentando falar com as duas, mas era tudo muito esquisito. Finalmente, no almoço, Hudson e Lizzie foram comer pizza e Carina, apavorada com a possibilidade de esbarrar em Ava, voltara para o armário do zelador, onde comeu seu sanduíche de atum ao lado de uma coleção de espanadores.

Mas agora Alex iria animá-la. Ela sabia que Kim's Video deveria ser o lugar mais legal para encontrar filmes de arte undergrounds e discos piratas, mas nunca pisara lá. Quando virou na Primeira Avenida, borboletas voaram por seu estômago. Mal podia esperar para ver Alex.

Empurrou a porta e entrou numa loja superaquecida, abarrotada com prateleiras de vídeos e DVDs.

— Desculpe — disse alguém. — Mas não acho que tenhamos alguma coisa com o Matthew McConaughey aqui.

Ela virou-se para ver Alex inclinando-se contra o balcão grafitado. Ele tinha fones de ouvido e uma história em quadrinhos aberta na mão.

— Ei — disse ela, caminhando em direção ao balcão. — Loja legal. Não acha que poderia passar algum tempo organizando-a? — falou ela, olhando para os milhares de filmes.

— Nada, nós temos um sistema secreto. Você me diz o que quer e eu procuro durante horas — disse ele, sorrindo e olhando para ela com seus olhos castanhos afáveis. — Na verdade, eu já peguei algo para você. Um dos meus favoritos. — Ele saiu de detrás do balcão com seus Stan Smiths, tirou uma caixa da prateleira e deu a ela. — Eu a condeno a amá-lo.

— O que é? — perguntou, olhando para a escrita em chinês na caixa.

— *Amor à flor da pele* — disse ele. — De Wong-Kar Wai. Ele é um gênio.

— É em inglês?

— Cantonês. Com legenda em inglês — disse ele, pressionando-o sobre ela. É lindo. Me faz lembrar de você.

A memória dos lábios dele nos dela inundaram-na de novo enquanto ela o olhava.

— Obrigada — disse. — É muito bom ver você.

— É bom te ver também — respondeu Alex. Ele andou de volta para o balcão e inclinou-se em direção a ela, apoiado em seus cotovelos. — Ah, ei, descobri um remix incrível do Mastercraft outro dia. Com certeza tocarei no baile. Aqui. Escute. — Ele alcançou a vitrola e o CD player na estante acima dele.

Carina assistiu, encolhendo-se levemente enquanto ele colocava um disco na vitrola e soltava a agulha. Batidas techno ocuparam a sala.

— Não é legal? — gritou sobre o som. — Acho que vou começar com isso.

— Alex? — Ela ainda não sabia como contar a ele, mas sabia que tinha que fazer isso o mais rápido possível. — Preciso te contar uma coisa.

Ele abaixou um pouco o volume.

— Sim, o quê? — perguntou ele, com a cabeça balançando. — Não é legal?

Ela engoliu através do nó na garganta, enquanto aproximava-se do balcão.

— O trabalho de DJ não vai mais acontecer.

Alex virou-se para ela.

— O quê? — perguntou ele. — Cancelaram o baile?

— Não. Eu tive uma espécie de briga com aquela garota hoje. A que está no comando. Aquela que queria que eu conseguisse todas aquelas pessoas caras para ela.

Alex virou o botão para abaixar o volume ainda mais.

— Briga por quê? — perguntou ele, sério.

— Bem, eu nunca contei de verdade a ela que ia fazer as coisas de um jeito diferente. Então, quando eu disse o que tinha feito, ela ficou um pouco brava.

Alex balançou a cabeça.

— Então ela achava que Matty Banks ainda ia ser o DJ?

— Não, ela sabia que era você, mas... — Ela imaginou se haveria um lugar embaixo do balcão para se esconder. — Eu disse a ela que você tinha uns 20 anos e que tocou na festa de aniversário de Mary-Kate Olsen.

Alex piscou.

— *O quê?*

— Eu sabia que ela não ia querer alguém da sua idade e que frequentava o Stuyvesant, então tive que mentir um pouco. Não achei que teria tanto problema.

— O que mais você contou a ela? — perguntou ele, perfeitamente imóvel.

— Que a comida era do Trader Joe's. E que sua irmã ia fazer a decoração. E que eu ia assar trezentos cupcakes Duncan Hines. — Seu rosto queimava enquanto olhava para os seus pés. — Mas ela surtou totalmente comigo. Disse que não teria me contratado se soubesse que eu ia "descer o nível". Que eu menti para ela. E então, me demitiu.

Alex inclinou-se contra a parede. Seus olhos estavam melancólicos.

— Então eu estava incluído na ideia dela de "descer o nível"?

— Não, não foi assim — explicou Carina, desesperadamente. — Ela é só uma garota metida mesmo.

— Que você ainda queria impressionar — falou Alex. — Por que você não podia simplesmente dizer a verdade a ela?

Carina chutou o balcão com o seu dedão. *Porque não podia dizer a ela que não era a pessoa que ela pensava que eu fosse,* ela queria dizer.

— Eu te disse qual era a minha situação. Como essa garota simplesmente tirava conclusões sobre mim por causa do meu pai. E esperava que eu fosse até o fim. Eu *tive* que mentir.

— Certo — disse ele. — Não me venha com essa, Carina.

— Você não sabe como a minha escola funciona, tudo bem? Ou como as pessoas de lá são. O que elas *pensam*. O que elas pensam de *mim*. Você acha que posso dizer a elas que mal posso pegar um táxi agora?

Alex sacudiu a cabeça.

— Soa como se você estivesse com medo de que essa garota não gostasse de você ou algo parecido.

— Não, é um pouco mais que isso. — Ela girou o DVD várias vezes na mão. — Ela estava me pagando.

— Você seria *paga* por isso? — exclamou ele. — E o resto de nós tinha que fazer as coisas de graça?

— Alex. — Claro que ela não deveria ter contado que seria paga. Agora parecia uma covarde e uma hipócrita.

— Tudo bem, parei de sentir pena de você — disse ele. — Presumo que minha irmã não possa ir ao baile também, certo? Você pretendia arrumar um ingresso para ela? Ou só queria ter certeza de que ela lhe daria a arte dela para você usar?

Carina percebeu que tinha se esquecido completamente de Marisol.

— Alex, eu vou recompensá-los, prometo...

— Você tinha alguma ideia de como ela estava animada para ir nesse baile idiota? — perguntou ele. — Ela já criou uns três figurinos para a festa. E agora eu tenho que contar a Marisol que ela nunca nem teve um ingresso?

— Alex, por favor — implorou. — Não fique tão bravo comigo, tudo bem?

— Por que eu não deveria ficar? Eu realmente gosto de você.

— Você gosta? Eu não tive notícias suas desde o show do Killers. Isso foi há praticamente cinco dias. O que houve?

Agora foi a vez de ele evitar os olhos dela enquanto mexia no seu iPod.

— Toda vez que pensava naquela noite, lembrava quem era o seu pai — disse suavemente. — E como eu nunca seria o tipo de cara que ele ia querer que estivesse com você. — Ele desviou o olhar, enrolando e desenrolando seu punho. — Mas então percebi que eu era o problema. Que todas essas coisas não deviam importar para mim. Porque não importam para *você*. — Quando ele olhou de volta para ela, a mágoa e o desapontamento radiavam dos seus olhos. — Só que obviamente importam.

— Alex. — Ela se moveu em direção a ele, mas ele se afastou atrás do balcão. — Por favor. Você é a pessoa mais legal e mais interessante que já conheci. Não vou conseguir suportar se estiver bravo comigo.

Ele apenas olhou para a porta. Através do vidro sujo, a neve soprava nas camadas grossas brancas na rua.

— Acho que você deveria ir embora — disse ele, calmamente.

Ele olhou para a sua revista em quadrinhos e começou a folheá-la. Era óbvio que não queria mais olhar para ela. Tinha que haver algo que Carina pudesse dizer ou fazer, mas, do jeito que ele estudava a revista, ela sabia que perdera a chance.

Colocou o DVD no balcão.

— Pode ficar com isso — sussurrou e, então, atravessou a porta.

# capítulo 28

A neve caía em seu rosto enquanto caminhava em direção à uptown. Molhava seus cílios, as pontas das suas orelhas e derretiam instantaneamente nas suas bochechas. Era a primeira tempestade de neve do ano e uma camada branca grossa já cobria as calçadas, o topo das caixas de correio e as torres da Grace Church. Normalmente, amava a primeira neve na cidade, quando o tráfego ficava mais lento, as sirenes mais silenciosas e a cidade inteira parecia emudecer. Mas, essa noite, não notou. Enquanto marchava pela Broadway deserta, a voz magoada e zangada de Alex soava em sua cabeça como um alarme de carro.

Em um dia, tinha perdido tudo. O emprego. Alex. Sua reputação. O dinheiro. E talvez até mesmo Lizzie.

*Lizzie.* Ela parou na esquina, onde a neve estava enchendo silenciosamente uma lata de lixo de metal. Apenas Lizzie podia trazê-la de volta a si agora. Apenas Lizzie poderia garantir que a sua vida não estava completamente acabada. Tinha que falar com ela. Agora.

Discou o número de Lizzie. O telefone estava congelando contra a sua orelha. *Atenda*, pensou. *Por favor, atenda.*

Tocou duas, três, quatro vezes e, então, caiu na caixa postal. Ela desligou. Quando Lizzie não podia atender, geralmente direcionava as ligações diretamente para a caixa postal, para que nem tocasse. O fato de tê-lo deixado tocar quatro vezes significava que não queria falar com ela. Que não estava atendendo de propósito. Carina nunca se sentira tão sozinha. Nunca.

Quando saltou da linha 6 do metrô na rua 59, estava com o corpo úmido e gelado. Passou empurrando alguns compradores de época de Natal na plataforma e subiu os degraus correndo. Mal podia esperar para entrar num banho quente, escalar a cama e esquecer esse dia.

Mas assim que atravessou a porta da frente, viu o cabideiro armado no corredor, garçons correndo para dentro e para fora da cozinha com bebidas nas bandejas e os seguranças extras com Otto na mesa dele, monitorando as minúsculas telas de televisão com expressões inflexíveis. *Ótimo*, pensou. Era o coquetel de final de ano do seu pai.

As festas de final de ano do seu pai não eram bem seu ambiente favorito. Era sempre uma mistura dos mesmos grupos: os Ricos (geralmente homens em ternos azul-escuros), as Modelos (mulheres magras como vara-paus, com cabeças oscilantes com traços finos alienígenas e rabos de cavalos longos e lisos) e os Jornalistas (homens e mulheres com aparências mais comuns em roupas extravagantes e cortes de cabelo ruins, olhando com inveja para os Ricos e as Modelos). Ela já participara de eventos assim antes, normalmente com um copo de gemada e com Lizzie ou Hudson ao redor, mas, nessa noite, era a última coisa que tinha vontade de fazer.

Estava quase na escada quando ouviu uma mulher rir alto e agudamente. Olhou e seu pai estava no meio de uma multidão de pessoas. Ele parou de conversar quando a viu.

— Carina? Tudo bem? — Ele andou em direção a ela, parou e percebeu sua aparência desgrenhada. — Você está encharcada.

— Fui pega pela neve.

— Venha comigo — disse ele, severamente. — Precisamos secar você. — Ele colocou as mãos nos ombros dela e a conduziu para a cozinha.

— Pai, isso não é uma emergência ou coisa parecida. Eu estou bem.

— Você parece ter saído de um romance do Dickens — sussurrou ele. — Venha.

A mulher que ria agudamente, com olhos pequenos e cabelo curtinho loiro, o chamou de lado.

— Karl, sobre a peça da *Vanity Fair*, acho que a melhor coisa a se fazer é falar diretamente com Graydon...

— Já volto, Elise — disse ele, de modo ríspido, e continuou andando. Carina fez uma anotação mental. Ela nunca o vira dispensar um de seus convidados assim antes. Principalmente por causa dela.

Quando entraram na cozinha, garçons vestidos de branco moviam-se graciosamente pelo aposento, recarregando suas bandejas.

— Marco? — gritou seu pai. — Pode nos trazer algumas toalhas e uma canja de galinha? — Ele a ajudou a tirar o casaco e as luvas, pegou um monte de toalhas de papel e secou o cabelo dela. — Aqui, sente-se — disse ele, conduzindo-a para a mesa da cozinha. — E aí, Marco? Cadê a canja? Estamos esperando!

Marco chegou correndo com uma tigela fervendo de canja de galinha e uma pilha de toalhas. Como ele conseguira isso tão depressa, ela não tinha ideia.

— Alguma coisa aconteceu com você hoje? — perguntou ele, levando uma toalha ao cabelo dela enquanto ela assuava o nariz com um guardanapo.

— Não, estou bem — disse, pegando a colher. Ela espirrou alto.

— Alguma coisa aconteceu na escola? — perguntou ele. — Você brigou com alguém?

— Não. — Ela espirrou novamente. — Bem... sim. Talvez.

— O que aconteceu? — Ele terminou de secar o cabelo e cobriu a mão dela com a sua.

De repente, sentiu lágrimas virem aos seus olhos. Era a primeira coisa boa que alguém fizera por ela o dia inteiro. E o fato de estar vindo dele, a última pessoa na Terra que esperava que fosse boa com ela, era demais.

— Carina? — perguntou ele, de modo mais gentil. — O que aconteceu hoje?

Sua garganta queimou e ela sentiu um formigamento na ponta do nariz. Mas recusava-se a chorar na frente dele, apenas por costume.

— Eu fui demitida — disse ela.

— Demitida? — repetiu ele. — Do quê?

— Você se lembra de que eu disse que estava planejando uma festa? O baile *Silver Snowflake*?

Seu pai assentiu.

— Bem, eu briguei com a garota que estava organizando. Ava Elting. E ela me demitiu.

— Por quê? Sob que argumentos?

— Propaganda enganosa dos serviços, acho.

O pai dela a soltou e inclinou sua cadeira para que pudesse olhar para ela.

— Tudo bem, conte-me tudo. Comece do início.

Carina enxugou o nariz com as costas da mão.

— Bem, tudo começou com esse garoto — disse, encolhendo-se um pouco. Ela nunca falara de sua vida amorosa com o pai. Mas não tinha como fugir agora. — Esse garoto, Carter McLean. Ele me chamou para fazer uma viagem de snowboard com ele e alguns amigos, nos Alpes.

— Nos Alpes? — repetiu o pai dela.

— Sim, o tio dele tem casa lá. E eu disse que eu ia.

— Você disse, é? — falou ele ironicamente.

— Bom, seria de graça, com exceção da passagem aérea, da entrada para as montanhas e da comida — continuou ela.

— Que eu imaginei que custariam uns mil dólares. — Ela colocou as mãos no colo e respirou fundo. — O que, obviamente, eu não tenho.

— Sim — disse ele, mais sério.

— Eu decidi arrumar um emprego, mas não conseguia encontrar nenhum. Então essa garota, Ava, disse que precisava de uma coordenadora para a festa, alguém para cuidar dos detalhes para esse baile de Natal ultrassofisticado, super importante e isso tudo. E eu disse que faria. E ela realmente queria que eu fizesse.

— Por que ela queria que você fizesse se você não tem nenhuma experiência em coordenar festas?

— Porque... — Ela suspirou. — Porque sou sua filha. E ela imaginou que eu conseguiria o Matty Banks, Filippo Mucci e as flores mais chiques. E eu a deixei pensar isso. Mas ela queria que eu os conseguisse de graça. Como se fosse um *favor*. Mas ninguém quis me fazer um favor. Todo mundo quer receber.

Seu pai deu um sorriso pesaroso.

— Sim, querem.

— Então, eu tive meio que... improvisar. — Ela engoliu em seco. — Descobri esse garoto que é um DJ incrível, mas ele tem a minha idade e está começando agora. E a irmã desse garoto ia fazer a decoração das mesas. E, então, eu consegui uns aperitivos maravilhosos do Trader Joe's, que ela amou. E eu mesma ia assar os cupcakes. Ia fazer a coisa toda gastando praticamente nada.

— Mas você não contou para essa menina.

— Não. Eu não podia. Ela não teria topado. Não mesmo. Ela queria que essa festa estivesse na Seção de Moda.

Seu pai franziu levemente o cenho.

— Então ela descobriu?

Carina assentiu.

— Sim. E me demitiu.

— Mas como ela podia te demitir? Não era um trabalho de verdade.

Ela abaixou a cabeça e pegou seu guardanapo.

— Ela ia me pagar mil dólares.

— Mil dólares? — disse ele, sem acreditar.

— Então eu poderia ir nessa viagem idiota. Pai, eu fiz o trabalho — argumentou ela. — Planejei a festa. Fiz tudo que ela me pediu. Só não quis contar a ela que tive que "descer o nível" Usando as palavras dela.

— Primeiro de tudo, você não desceu o nível. Mas você não podia ter sido honesta com ela?

Carina picou o guardanapo.

— Porque se eu contasse a ela que não ia conseguir essas pessoas, ela ia esperar que eu pedisse a você para fazer por mim. E eu não ia fazer isso. Não com, você sabe, o que vem acontecendo — disse ela delicadamente. — Então era mais fácil simplesmente fingir que eu podia fazer isso. As pessoas me veem de certa forma e esperam que eu aja de acordo. Você sabe disso. É por isso que você queria que eu fizesse aquela entrevista, lembra?

O Jurg esfregou o queixo e desviou o olhar.

— Não vou contar para essa garota que ando por aí com um celular de dez anos atrás. Bem, acabei dizendo, na verdade — apontou ela. — Mas cansei disso. De verdade. Eu mudei. Sou uma pessoa diferente agora. Mas não podia ser essa pessoa diferente na *frente* das pessoas ainda.

Ela fungou uma última vez e cutucou alguns fios de macarrão e cenouras com a colher.

— Às vezes, a forma como as pessoas o veem é a forma como você vê a si mesmo — disse ela.

Seu pai ficou calado ao lado dela. Carina pensou que podia sentir o desapontamento dele ficando mais forte a cada segundo.

— Estou orgulhoso de você — disse, finalmente. — Você *mudou*. Mudou. — Ele apertou o ombro dela. — Agora vamos consertar um pouco essa confusão. — Ele enfiou a mão no bolso da jaqueta e tirou seu BlackBerry Pearl. — Quem você disse que ela queria? Matty e quem mais?

Ela colocou a mão dela no braço dele.

— Pai, não. É tarde demais, de qualquer forma.

Ele colocou o BlackBerry no ouvido.

— Tenho certeza de que Matty ficaria feliz em fazer. Qual é a data mesmo?

Carina puxou a mão dele para baixo.

— Pai, *pare*.

Lentamente, ele abaixou a mão e desligou o telefone.

— Já era — disse ela. — Eu estraguei as coisas. E agora *eu* tenho que viver com isso.

— Carina, só estou tentando ajudar você — disse o pai.

— Não, você não pode. Isso é problema *meu*. Não seu. E nem mesmo você pode aparecer e sempre salvar as pessoas.

Ela empurrou a cadeira e levantou-se. Estava tão cansada. Realmente precisava deitar-se. E sua cabeça estava começando a ficar tonta.

— Bem, o que aconteceu com aquele garoto? — perguntou ele.

— Que garoto?

— Aquele tal de Carter.

— Ah. *Nada* — disse ela. — Acabou. E no futuro... podemos simplesmente fingir que nunca te falei dele? Ou de nenhum garoto?

O pai dela balançou a cabeça.

— Por mim, tudo bem. Agora vá descansar um pouco. — Ele se levantou e, por um momento, Carina pensou que fossem se abraçar, mas, em vez disso, andaram em direção à porta.

Quando chegou ao seu quarto, desabou na cama e pressionou o rosto no travesseiro. Sua cabeça estava latejando e sua testa estava quente. Podia sentir-se ficando doente. Muito doente. Mas enquanto adormecia algo dentro dela sabia que, de agora em diante, tudo ficaria bem.

# capítulo 29

*B-rrring!*

Ao som do sinal, Carina largou sua caneta e afastou seu livro azul. A prova final de história geral tinha sido mais fácil do esperava, mas ainda era um alívio as provas terem acabado. Agora só tinha que encarar mais um dia de aula até o feriado do Natal começar. E não via a hora. Desde o dia da tempestade de neve, sentia-se como estivesse presa num pesadelo. Duas semanas em reclusão total num feriado de inverno era exatamente do que precisava.

A dor de cabeça latejante e a febre da noite da festa de final de ano do seu pai desabrocharam-se numa gripe na manhã seguinte e, por cinco dias, ficou de cama, triste e assistindo à *Oprah*. Em uma rara exibição de preocupação paterna, o pai dela veio, sentou-se ao lado de sua cama e até tirou a sua temperatura umas duas vezes. Hudson a visitou quase todos os dias trazendo os *s'mores* com sabor da Luna Bars favoritos de Carina e até alguns cupcakes de baunilha com cobertura de chocolate da Magnolia Bakery. Felizmente, parecia ter perdoado Carina por tê-la colocado numa situação difícil com Ava.

Mas Lizzie permaneceu distante. Apenas mandou mensagens e e-mails de "melhoras". A briga delas naquele último dia na aula tinha deixado sua marca e Carina sabia que precisava fazer as pazes com ela pessoalmente o mais rápido possível.

E, claro, não teve nenhuma notícia de Alex. Ela finalmente se rendera e ligara para ele — duas vezes —, mas suas mensagens de voz ficaram sem resposta. Estava claro que ele a odiava.

E não era o único. Quando voltou à escola para o começo das provas finais, as Icks foram as primeiras pessoas que viu num aglomerado perto do quadro de avisos no corredor do ensino médio. As vibrações de ódio que irradiaram na direção dela poderiam ter derrubado um animal de grande porte. Durante as manhãs, no salão antes das provas, Ava a ignorou completamente, mantendo-se de costas enquanto estudava.

Carina imaginou como a festa estava indo, mas não ousou perguntar. Ela ainda não tinha ideia de como pagar Ava e achou que o melhor a fazer era ficar distante. Mas alguma coisa a dizia que a festa estava com problemas. Ava havia sido incrivelmente ignorante sobre como fazer qualquer coisa prática. Não conseguia imaginar como ela conseguiria resolver tudo num prazo tão curto. Mas então, novamente, Carina perguntou a si mesma por que se importava se Ava falhasse? Ela era uma esnobe e uma idiota. Talvez um evento totalmente fracassado fosse o que ela merecia.

Levantou-se, esticou-se e largou seu livro azul na mesa do Sr. Weatherley antes de seguir o fluxo de pessoas para o corredor. Carter McLean passou por ela, sem encontrar seus olhos, pela terceira vez naquela semana. Ela não tinha certeza, mas só podia presumir que Ava tivesse dividido os "detalhes sórdidos" sobre sua vida pessoal com todo mundo na escola. Ela nem ligava. Se as pessoas quisessem tratá-la como um pária, era problema delas.

No fim do corredor, viu Lizzie e Hudson andando com Todd. Sentiu uma pontada de solidão. Como as coisas tinham ficado tão esquisitas entre todos eles? Durante toda a semana, sentiu como se fossem duas contra uma. Ela precisava finalmente criar coragem para falar com Lizzie, puxá-la de lado e, de alguma forma, reparar as coisas. Estava prestes a falar com eles quando Hudson esticou a cabeça, acenou para ela e saiu do degrau para vir andar ao seu lado.

— Ei, posso falar com você? — perguntou Hudson, sem fôlego. Até mesmo durante essa última semana de provas, Hudson dera um jeito de estar maquiada e produzida, mas hoje tinha olheiras debaixo dos olhos e estava vestida com uma calça jeans rasgada e um suéter preto simples. Ela empurrou Carina contra a parede, para fora do caminho das pessoas. — Eu fiz meu ensaio ontem à noite para o baile, e eles estão com *problemas*.

— O que você quer dizer?

— Ava teve que despejar tudo no pessoal da caridade na última hora e eles não têm ideia do que estão fazendo — contou Hudson, revirando seus olhos verdes da cor do mar e balançando a cabeça. — Não tem comida, decoração e o DJ é provavelmente a pessoa mais patética na Terra. Eu vi a playlist dele pelo palco. A primeira música é "Sweet Caroline".

— Eca — disse ela, sentindo-se um pouquinho alegre com a última parte.

— Então. Você tem que fazer alguma coisa. Tem que consertar isso.

— Eu? — gaguejou. — Fui *demitida*, lembra? E se eu receber mais um olhar mortal das protegidas da Ava vou desmaiar com as vibrações de ódio.

Hudson puxou Carina mais para perto.

— Quando as pessoas virem que desastre será, vão embora. E não quero que minha estreia seja num salão vazio, tá? Já estou estressada demais do jeito que está.

Por causa do seu olhar enlouquecido e da cor nas suas bochechas, Carina acreditou nela.

— Eu consertaria, mas Ava quer que eu devolva o dinheiro a ela e eu não posso. E mais, ela não gostou de nenhuma das coisas que eu ia fazer mesmo. Por que iria gostar agora?

— Apenas traga aquele DJ de volta — pressionou Hudson.
— Ela ficará animada de tê-lo depois do cara que conseguiram. Acredite em mim.

— Ele não está falando comigo — admitiu.

Hudson cruzou os braços e lançou um olhar longo e pensativo para Carina.

— Então isso te dá o motivo perfeito para se retratar com ele. Apenas tente, C. Precisamos de você.

Carina pensou sobre isso. Talvez Hudson estivesse certa. Carina tinha quase certamente acabado com qualquer chance de um romance entre eles, mas não suportava pensar que alguém tão legal quanto Alex Suarez desgostava tanto dela. Pelo menos, se fosse vê-lo hoje, se pedisse desculpas e implorasse que ele fizesse o baile, teria feito algo para mostrar a ele que não era um ser humano terrível. Com sorte.

— C? Ainda está comigo? — perguntou Hudson, torcendo uma mecha de cabelo preto entre os dedos.

— Tudo bem. — Suspirou. — Eu tentarei. Mas se for horrível, se ele me odiar e eu me humilhar completamente, a culpa é toda sua.

— Não, ficaremos quites por você ter me forçado a fazer esse show — disse Hudson. — Ah, vamos. Você é a *Carina*. Ele vai dar cambalhotas quando você entrar pela porta.

— Obrigada, H — disse ela, dando um abraço na amiga. Carina duvidava muito de que Hudson estivesse certa, mas era bom ouvir isso, de qualquer forma.

Elas chegaram à escada e viram Ava, vestida com seu modelito de prova final com calça de couro e casaco de casimira, conversando com Ken Clayman e Eli Blackman. Hudson a cutucou, empurrando-a para a frente.

— Fale com ela agora — sussurrou. — Vá. Acabe com isso.

— O que eu deveria dizer mesmo? — perguntou Carina.

— Que você pode consertar as coisas — disse Hudson. — Vá, C. Você consegue fazer isso.

Carina não tinha mais certeza do que conseguia fazer, mas a sua antiga parte, aquela que não conseguia resistir a um desafio, incendiou-se novamente. Com um arremesso de seu cabelo na altura do ombro, caminhou em direção a Ava e seu grupo.

— Ei, Ava, posso falar com você um segundo?

Ava virou-se e a estudou com extremo desgosto, como se ela fosse uma barata em tamanho real.

— Sim?

— Só queria perguntar como está indo o baile.

Ava afastou-se das meninas.

— Ótimo — falou, com voz aguda, mostrando seus brilhantes dentes brancos. — Estamos prontos para amanhã à noite. Vai ser incrível. — Limpou a garganta. — Simplesmente incrível.

Carina não estava certa, mas o jeito que ela repetiu isso soou mais como se estivesse tentando convencer a si mesma.

— Legal — disse Carina. — Bem, só queria dizer como eu sinto muito pelas coisas terem acontecido do jeito que aconteceram.

Ava a olhou, passando os dedos por seu A de diamante.

— Eu também — disse, emburrada.

— E tenho certeza de que já está com tudo acertado, mas se eu puder conseguir aquele DJ para tocar para vocês amanhã à noite, ficaria feliz em fazê-lo — continuou ela. — Ele é realmente muito talentoso. E eu detestaria que vocês perdessem a chance de vê-lo tocando.

Ava ficou em silêncio por algum tempo enquanto virava o A para trás e para a frente na mão.

— Você acha que pode consegui-lo? — perguntou ela finalmente.

— Acho que sim. Sei que ele estava realmente com vontade de tocar no evento.

Ava tirou um cacho rebelde do rosto.

— Bem, nós já temos alguém ótimo — disse ela, de forma arrogante —, mas seria interessante saber se ele ainda está disponível. Para que tenhamos algumas opções. Só por isso.

*Sim, ela está realmente desesperada*, Carina pensou.

— Sem problemas — disse Carina. — E como estão em relação à decoração? E a comida?

Ava olhou para baixo e engoliu.

— Estamos bem — sussurrou. — Onde conseguiu aquela comida mesmo?

— Que tal o seguinte?, e se eu pegasse o trabalho de onde parei e terminasse? A comida, a música, a decoração. Quero mesmo que esse evento seja tão legal quanto deveria ser. E, obviamente, você não terá que me pagar um centavo.

Ava colocou as mãos nos quadris.

— E aqueles duzentos dólares que você ainda me deve?

Carina mordeu o lábio.

— Ainda estou providenciando isso. E prometo que vou te dar. Mas agora, deixe-me voltar ao trabalho. — Ela puxou o cabelo para trás com as mãos. — Tudo bem?

Com as mãos ainda nos quadris, Ava bateu o pé.

— Tudo bem. Você está recontratada. Mas pense nisso mais como um estágio não remunerado. — Ela amarrou o casaco e foi em direção às escadas. — E não esqueça daqueles aperitivos. Eles eram incríveis.

— Não vou.

Ava entrou na escadaria e Carina podia jurar que a ouviu murmurar uma canção enquanto seus saltos batiam nas escadas.

Hudson reapareceu ao lado dela.

— Eu vi tudo — disse ela. — Parece que foi bem.

— Você estava certa — disse Carina. — Parece que o baile ia ser um desastre.

— O que quer que for fazer, consiga aquele DJ — disse Hudson enquanto subiam a escadaria. — Se o meu primeiro show for num salão vazio, minha mãe vai me matar.

# capítulo 30

Às 19h30, ela saiu da estação do metrô e viu-se no mesmo trecho desolado do East Broadway que tinha visitado um mês antes. Parecia ainda mais surrado essa noite, sem nenhuma decoração de Natal à vista e um vento gelado soprando do East River. Ela não conseguia lembrar-se de como encontrar a entrada do Club Neshka, mas quando viu a triste placa de neon piscando que dizia Jolly Chan's, lembrou-se da porta secreta. *Por favor, Deus, faça com que ele pelo menos sorria quando me vir*, pensou enquanto atravessava a rua. *Ou, pelo menos, que não fique bravo.*

Puxou a pesada porta de ferro e entrou na boate. Diferente da última vez que tinha estado lá, estava quase vazio. Sem um mar de hipsters bloqueando a entrada, só teve que esperar alguns segundos para se ajustar à escuridão e às luzes de Natal azuis e brancas que cintilavam, antes de ver Alex, atrás de seu giradisco e balançando a cabeça junto à batida enquanto segurava um headphone em um ouvido. *Não é por mim, é pela festa*, ela pensou enquanto respirava fundo e ia em direção a ele. Ainda assim, o nó na sua garganta era tão grande que estava com medo de não ser capaz de falar.

— Ei — falou quando parou na frente dele. — Aceita pedidos?

Seus olhos castanhos grandes iluminaram-se apenas por um momento e depois se tornaram frios.

— Ei — disse ele, abaixando o fone de ouvido. — O que está fazendo aqui?

— Dizendo oi pessoalmente. Já que não parece funcionar pelo telefone.

Alex fez movimentos impacientes com seus fones.

— Tenho estado realmente ocupado. O que você quer?

— Sua ajuda — disse ela, decidindo ir direto ao ponto. — O baile vai ser um desastre completo. Ava deixou o pessoal da caridade planejar sozinho e o DJ que conseguiram acha que Neil Diamond está na moda. Eles precisam de você. Desesperadamente. Ainda pode tocar?

Alex piscou.

— É amanhã à noite, Carina. E o último dia de aula antes do feriado. Eu tenho planos.

— Ele vai começar tocando "Sweet Caroline" — argumentou ela. — Isso é sério.

— E por que eu deveria me importar? — perguntou ele enquanto tirava um disco da Donna Summer da caixa de leite.

— Olha, eu sei que está bravo comigo — disse ela, ficando atrás dos giradiscos. — E não culpo você. Eu estava errada. Pisei na bola. E fui uma covarde acima de tudo. Mas agora todo mundo na escola sabe que não sou quem pensavam. E não dou a mínima.

Alex olhou para ela.

— Não?

— Você estava certo. Foi ridículo da minha parte não ser clara com Ava. Quero dizer, a garota usa calça de couro. Por que eu deveria ligar para o que ela pensa?

Alex a olhou, incrédulo.

— Olha, me desculpa. Eu não tive a intenção de estragar tudo Não tive mesmo. Com você ou com a Marisol. Você é uma das pessoas mais legais que já conheci, Alex. Sério. Mas mesmo que não queira mais ser meu amigo, por favor, por favor, nos ajude. E se sua irmã ainda puder nos emprestar sua arte, seria maravilhoso.

Alex soltou a agulha no Donna Summer.

— Jesus. Você não faz rodeios. — Ele abaixou a capa do disco e olhou diretamente para ela. — Tudo bem. Eu vou tocar.

— *Vai?*

— Sim. — Ele jogou o peso do corpo no outro pé. — Quer dizer, que escolha eu tenho? Neil Diamond?

— Obrigada — disse ela, agarrando o braço dele. — *Muito* obrigada. Sério. Você é o melhor.

Alex olhou para a mão dela no braço dele. Carina o soltou. Ela precisava ser cuidadosa com ele, agora.

— Bem, estou exausta por causa das provas — disse ela, sentindo seu estômago roncar. — Mas te mando um e-mail com os detalhes e vejo você amanhã à noite. E obrigada. De novo.

Houve uma pausa enquanto ele a olhava na luz fraca e parecia que ia dizer algo a mais. Mas então, encaixou os fones de ouvido de volta na cabeça.

— Vejo você amanhã à noite — disse Alex.

Ela andou em direção à porta, sentindo uma estranha mistura de orgulho e tristeza. Ela conseguira. Tudo ia conforme o previsto novamente. No entanto, havia algo ainda mais estranho entre ela e Alex agora. Como se ainda tivessem coisas a dizer. Ela espantou o sentimento enquanto abria a porta. Eles tiveram a chance de começar algo. Mas ela havia estragado e, agora, tinha que se acostumar com isso.

## capítulo 31

Quando chegou em casa, estava com tanta fome que mal cumprimentou Otto antes de ir direto para a cozinha. Atravessou a porta vaivém, pronta para devorar os conteúdos da geladeira, quando viu algo que a paralisou.

Ali, elegantemente colocada no descanso de bolo, estava uma coleção dos mais lindos cupcakes que já vira. Red Velvet com uma cara fantástica, chocolate com cobertura de baunilha, bolo de cenoura e mais sabores que ela poderia começar a adivinhar. Ela não fazia ideia de onde eles tinham vindo até ver a caixa cor-de-rosa ao lado da máquina de café *espresso*. SUGARBABIES, dizia o letreiro feminino desenhado no topo. Então, abriu a geladeira. Apertadas em cada prateleira estavam mais caixas cor-de-rosa. Deviam ter uns trezentos cupcakes naquela cozinha.

A porta abriu-se balançando e entrou Ed Bracken, usando um terno carvão trespassado e um sorriso surpreendentemente genuíno.

— Oi, Carina. — Ele acenou com a cabeça em direção à geladeira aberta. — Então, o que acha?

— Quem... quem pediu? — perguntou ela.

— Seu pai — disse ele. — Bem, na verdade, a minha assistente. Mas seu pai deve tê-la lembrado umas oito vezes.

Ela olhou de volta para as caixas rosas, momentaneamente sem fala.

— Ele mencionou que você estava tentando fazer alguns sozinha e que ele não ia deixar isso acontecer de jeito nenhum. — Ed sorriu para ela e desta vez não foi sarcástico. — Eu só os trouxe. Seu pai a ama muito. Eu sei que você provavelmente não percebe isso.

— Pelo menos demonstra com cupcakes — disse ela, um pouco atordoada. Carina deixou sua mochila cair no chão. — Eu só não o entendo às vezes. Ele te confunde tanto quanto confunde a mim?

— Às vezes. — Ed riu. — Mas eu sei mais sobre ele do que você. Coisas que provavelmente mudariam sua percepção a respeito dele.

— Tipo o quê? — perguntou ela. — Como ele conduz uma reunião do conselho?

Ele passou a mão sobre seu cabelo ralo.

— Não. Outras coisas. Como o que aconteceu com a sua mãe — disse Ed cuidadosamente. — Esse tipo de coisa. Coisas que o deixam um pouco mais acessível, por assim dizer.

Carina sentiu sua pele começar a ficar arrepiada. Ela não queria falar sobre sua mãe. Mas estava curiosa. E a irritou o fato de Ed estar esnobando informação na frente dela.

— Que tipo de coisa? — perguntou ela.

— Bem, o fato de que ela partiu o coração dele, por exemplo — disse. — E que ele nunca se recuperou disso.

— Ela partiu o coração dele? — Carina quase riu. — O quê? Você está brincando comigo?

Ed simplesmente a olhou com seus olhos azuis úmidos.

— Isso não é verdade — disse ela. — Ele *a deixou*.

— Porque ela estava apaixonada por outra pessoa — disse ele, calmamente. — Ela casou com o seu pai por dinheiro. Ele descobriu. Foi por isso que terminou. — Ele olhou diretamente para ela, como se a desafiando a responder. — Essa é a história.

— Isso é mentira — disse, de forma acalorada. — Foi meu pai quem *a traiu*. Isso é fato. Eu estava na casa. Eu os ouvi falando sobre isso. Ela chorava por causa disso todas as noites. Você não estava aqui. Claro que ele inventaria alguma história para você onde ele se saísse melhor.

Ed sacudiu a cabeça sombriamente.

— Não, ele nunca traiu a Mimi. Nenhuma vez. Ele a amava muito. Ele nem queria terminar o casamento. Mas quando percebeu que ela não conseguia desistir desse cara, soube que tinha que botar um ponto final. Ele era muito orgulhoso para continuar desse jeito. Foi por isso que *ele* quis criar você. Ele não queria que você crescesse com os tipos de valores que sua mãe tinha. Colocando o dinheiro acima de tudo. Ele não queria que você terminasse fazendo as mesmas escolhas que ela fez.

Carina tentou absorver as palavras de Ed, mas sua cabeça estava rodando. Era muito para acreditar. Muito para aceitar.

Mas talvez, pensou, houvesse alguma verdade nisso. Por que era sempre tão difícil falar com sua mãe? E quando falava, por que era tão difícil ter uma conversa de verdade com ela? Mimi podia atender ao telefone, mas nunca realmente conversava por alguma razão. E quando conversavam, não era *de verdade*. Carina nem quis contar a ela sobre ter ficado sem dinheiro. Ela sabia que se contasse isso a sua mãe, não teria nenhum retorno, a não ser um monte de palavras bem-intencionadas. Era como se tivesse abandonado Carina depois do divórcio, aos poucos, primeiro física e, depois, mentalmente. Talvez, se sua mãe não se sentisse culpada em relação a alguma coisa, teria lutado mais para ficar com ela.

Carina pegou sua mochila e virou-se em direção à porta.

— Acho que tenho que subir agora.

— Carina? Você está bem? Talvez não devesse ter te contado — disse ele.

— Não, não. Só estou... cansada. Tchau, Ed — sussurrou, sentindo-se perdida, e saiu da cozinha.

Ela subiu as escadas em direção ao seu quarto e deitou-se na cama, em posição fetal. O espaço dentro da sua cabeça parecia um carrossel. Fechou os olhos, tentando afastar a tonteira, tentando ouvir o som da própria respiração. Mas não conseguia. Toda vez que tentava limpar a mente, voltava para aquela noite, a noite que tinha se agachado em frente à porta fechada, ouvindo seus pais brigarem.

*Talvez se você tivesse sentimentos de verdade, se pudesse ser uma pessoa por alguns minutos, eu não teria...*

Ela apertou os olhos. Esse tempo todo, talvez estivesse errada. Talvez sua mãe tenha vagado pelo apartamento com olhos vermelhos e chorado no banheiro não por causa da crueldade do seu pai, mas porque amava outro homem. Talvez tivesse sacrificado o amor em prol da segurança e tivesse se arrependido. Talvez o fim do casamento de seus pais tivesse sido culpa da sua mãe. E durante todo esse tempo, ela nunca soube.

Ficou deitada na cama por um longo tempo, pensando. Até ouvir batidas na porta.

— Carina? — A voz do pai soou através da porta. — Posso entrar?

Ela se levantou.

— Sim! — gritou, tentando soar normal.

A porta abriu-se e o seu pai ficou na entrada. Por um momento, relembrou aquela noite sete semanas atrás, a noite que postara aquele artigo na internet, que ele entrara explodindo pela porta, sem fôlego e furioso, com os olhos brilhantes e escuros como carvões. Agora, seus olhos estavam dóceis, seu rosto brando e, quando ele foi para o lado da cama, ajoelhou-se no chão.

— Ed me contou que teve uma conversa com você — disse com firmeza. — Achei que devesse vir e tentar falar sobre isso contigo.

— Por que você não me contou?

— Eu tentei — disse gentilmente. — Tantas vezes. Aquele dia na cozinha, mas você não quis que eu contasse. — Ele suspirou. — E eu nunca quis afetar o que você pensava da sua mãe. Eu sei que ainda tem uma relação com ela.

— Queria ter ficado sabendo — sussurrou, olhando para baixo. — Desculpe ter pensado outra coisa.

— Tudo bem, querida. Você não sabia. Não tinha como saber. Poucas pessoas sabem.

Carina torceu a franja da sua almofada azul-clara.

— Você realmente quis que eu morasse com você aqui? — perguntou calmamente. — Ou só não queria que ela me tivesse?

— Claro que eu queria você.

— Então por que não olha para mim? — perguntou ela.

O pai piscou para ela.

— O quê?

— Você nunca olha para mim. É como se esquecesse que estou por aqui. Ou não quisesse se lembrar.

Seus olhos ficaram molhados.

— Ah, querida — disse, com a voz falhando. — É que você se parece tanto com ela. Você é a imagem cuspida da sua mãe. É difícil para mim, às vezes.

O tom gentil da voz dele foi a gota d'água. Antes que percebesse, a queimação na garganta e atrás dos olhos cedeu lugar aos soluços.

Ela se inclinou para o pai, chorando em sua manga. Era como se todos os anos sem chorar tivessem se acumulado dentro dela e se tornado uma onda de lágrimas incontrolável. Estranhamente, não estava nem tão envergonhada. Ele a abraçou e ela se inclinou contra seu terno, pressionando o nariz em seu casaco.

— Você está bem? — perguntou ele.

Ela esfregou as costas da mão pelo nariz e assentiu.

— Ficaremos bem, C — disse ele, despenteando o cabelo dela. — Eu prometo. Nós ficaremos bem.

Ainda havia sofrimento nos olhos de seu pai, mas ela sabia que ele estava dizendo a verdade. Ele ia ficar bem. E ela também.

O Jurg a largou e levantou-se.

— Aliás, tem algo mais que quero conversar com você — disse, juntando as mãos. — Acho que é hora de aumentarmos sua mesada.

Carina endireitou-se. Apesar de sua crise de choro, estava definitivamente interessada nesse tópico.

— Você me mostrou que sabe lidar com dinheiro. Então vamos descobrir uma quantia que soe razoável. Mas o cartão Amex fica comigo.

— Tudo bem — disse ela.

— E uma última coisa. Você devia querer ir conversar com o pessoal da *Princess*. Dizer tudo o que pensa. Acho realmente que pode ajudá-los.

— Pai, ela está completamente apaixonada por você.

— Quem está apaixonada por mim? — perguntou seu pai, levemente alarmado.

— Barb Willis. Ela está totalmente atraída por você. Só não parta o coração dela com muita força, tudo bem?

O Jurg corou. Carina tinha certeza que não vira isso acontecer havia anos.

— Ah, não. Ela está interessada em alguém. Mas não é por mim. É pelo Ed.

— *Ed?* — perguntou ela.

Seu pai assentiu.

— Eles começaram a sair há umas duas semanas. Tenho que dar crédito ao Ed. Ele se expôs e ligou para ela. Deu alguma coisa nele, nas últimas semanas. Ele ficou muito mais... confiante.

Carina instantaneamente lembrou-se de seus bilhetes de amor e lutou contra o desejo de revelar isso.

— Acho que tinha que acontecer mais cedo ou mais tarde.

— Você não devia ser tão dura com ele, sabia — aconselhou seu pai. — Ele realmente gosta muito de você.

— Vou manter isso em mente — disse ela. — E vou ligar para Barb. Mas só com uma condição.

Seu pai levantou uma sobrancelha.

— Sim?

— Que aceite o fato de que eu talvez nunca vá trabalhar para você — disse ela calmamente. — E que talvez nunca vá para Wharton. Ou faça um MBA.

Um pequeno sorriso surgiu em seu rosto.

— Você sabe que já tem o que é preciso para ser uma mulher de negócios implacável — disse ele.

— Pai.

— Tudo bem, fechado.

— E obrigada pelos cupcakes — disse ela. — Fui recontratada hoje, então eles definitivamente vieram a calhar. Foi muito legal da sua parte.

— De nada. E se precisar de ajuda com alguma outra coisa, é só me pedir. Ah, quase esqueci. — Ele enfiou a mão no casaco e tirou um envelope. — Abra — pediu, entregando-o a ela.

Prendendo a respiração, ela deslizou seu dedo pela dobra e o abriu. Dentro, estavam dois ingressos para o baile *Silver Snowflake*.

— Duzentos dólares cada. Já pagos.

— Pai — disse ela, aturdida. — Você realmente não precisava...

— Eu sei. — Seu pai balançou a cabeça. — Você mereceu. Trabalhou mais pesado por isso do que qualquer um que esteja indo.

Ela engoliu em seco novamente.

— Obrigada — disse simplesmente. — Mas não sei quem levar.

Seu pai balançou o dedo para ela.

— Apenas me prometa que não será aquele garoto, Carter.

Ela revirou os olhos.

— Isso já era.

— Bom — disse ele e sorriu, antes de sair.

Carina sentou-se na cama olhando para os ingressos na sua mão por um bom tempo. Era apenas um baile e não havia nenhum Príncipe Encantado à vista, mas sentiu-se como Cinderela. E enquanto estava sentada lá segurando os ingressos, sabia exatamente quem iria levar.

Talvez realmente houvesse finais felizes na vida real, pensou. Ou, pelo menos, novos começos.

# capítulo 32

— Tudo bem, aqui está ótimo — disse Carina enquanto Max encostava no meio-fio. — Espere aqui.
— Não tenha pressa — disse Max, piscando para ela pelo espelho retrovisor.
— Obrigada, Max. Deseje-me sorte.
Ela saiu do carro e pisou na calçada, cuidadosamente evitando um pedaço de gelo no seu salto de 10 centímetros. O vento soprou por debaixo de seu casaco e pelo seu ombro nu, e o perfume de frésia que tinha borrifado no pescoço subiu de debaixo da sua echarpe. Tinha se arrumado dessa forma em poucas ocasiões e, agora, enquanto passava pelo bando usual de paparazzi em direção ao prédio, oscilando nos saltos, sentiu que era observada. Não tinha importância estar usando um vestido que já havia exibido algumas vezes antes, joias e uma bolsa que pegara emprestado de Hudson. Sabia que estava bonita e, depois das várias semanas usando camisetas e calça jeans, sentia-se maravilhosa.
No lobby aconchegante, um porteiro olhou de sua mesa.

— Ela já está descendo — anunciou ele.

— Legal — disse ela, sentando-se no sofá perto de uma árvore de Natal alta e magra. Ela bateu o pé nervosamente e coçou um corte de lâmina no joelho. De todas as pessoas que tinha desapontado e afastado nas últimas semanas, Lizzie era a única com quem ainda não fizera as pazes, então fazia sentido convidá-la para ir com ela. O trajeto até o baile as deixaria mais tempo juntas do que tinham passado em semanas. Mas o fato de ela ter respondido tão rapidamente a sua mensagem de texto sobre o baile queria dizer que Lizzie não estava mais brava com ela e isso era um alívio. Ir a esse baile sem a amiga lá seria como não ir. E, claro, Hudson já estava no Pierre agora, preparando-se para sua apresentação de estreia.

No final do corredor, a porta do elevador abriu-se e Carina ouviu os passos dela aproximando-se. Junto com alguém.

— Ei, C! — ouviu Lizzie gritar. — Estou indo!

Carina saltou do sofá e virou a esquina. Lizzie estava andando pelo corredor, maravilhosa, em um vestido tomara que caia azul-acinzentado com seus cachos vermelhos presos em um coque. E, ao lado dela, desfilando em seus Chuck Taylors e segurando uma câmera de prata, estava Andrea Sidwell, a fotógrafa que tinha "descoberto" Lizzie.

— Ei, Carina! — disse, acenando os braços. — Como vai?

Carina correu para Andrea e a abraçou. Ela não a via desde a sessão de fotos no Central Park todas aquelas semanas atrás, quando ela e Hudson tinham se revezado segurando a câmera. Vê-la agora, com seu rabo de cavalo loiro familiar e casaco preto, fez Carina sorrir.

— Achei que Andrea podia tirar algumas fotos nossas assim bonitas — disse Lizzie. — Já que é uma ocasião rara.

— Ótima ideia — disse Carina enquanto tirava o casaco para revelar seu minivestido verde esmeralda.

— Tudo bem, meninas, fiquem perto uma da outra — dirigiu Andrea. — E deem um sorriso bem grande.

Lizzie inclinou-se no ouvido de Carina.

— Não acredito que estamos indo ao baile da Ava.

— Nem eu — sussurrou Carina, e então, as duas riram.

Andrea apertou o obturador.

— Ficou perfeito, meninas! Vamos fazer mais uma!

— Só espero que ela não me ataque por não aparecer com a minha mãe — brincou Lizze.

— Não, ela só vai *me* atacar — disse Carina, e elas riram novamente.

Andrea tirou outra foto.

— *Esta* é a melhor — disse ela. — Vocês estão lindas!

Nesse momento, Carina soube que tudo com Lizzie ia ficar bem. E no carro, no caminho para o hotel, riram muito sobre o que Ava provavelmente iria vestir que nem tiveram tempo para falar sobre a briga delas.

— Estou animada para ver o que você fez com a festa — disse Lizzie.

— Eu não quero me gabar muito — falou Carina. — Mas acho que talvez leve jeito para a coisa.

— Então Ava não está brava com você?

— Bem, está um pouco — disse ela. — Fica insinuando que eu ainda devo duzentos dólares a ela.

— O que você vai fazer em relação a isso? — perguntou Lizzie.

Carina deu de ombros.

— Tentar pagá-la assim que eu puder. Meu pai disse que vai aumentar um pouco minha mesada. Então, felizmente, será logo.

Lizzie olhou pela janela.

— Você lidou muito bem com esse lance de vinte dólares por semana, sabia?

— Obrigada.

— Hudson, Todd e eu, definitivamente, poderíamos aprender um pouco com você.

Carina percebeu que agora era a hora de falar de Todd.

— Sabe, acho que Todd é maravilhoso, Lizbutt. E me desculpe se eu surtei com algumas coisas. Acho que foi esquisito saber que ele é muito importante para você. Sabe, tão importante quanto nós somos.

Lizzie segurou a mão de Carina.

— Nunca será igual ao que nós três temos. Nunca, nunca, nunca.

Carina sorriu de volta para ela.

— Tudo bem.

— E, ei, aquele garoto vai estar lá? O DJ? — perguntou Lizzie, com um sorriso.

— Só porque eu implorei para que estivesse — disse Carina. — Não espere que aconteça nada entre a gente.

— Apenas me prometa uma coisa — pediu ela. — O que quer que aconteça, esta noite, você vai se divertir. Porque essa festa é tão sua quanto de Ava.

Carina percebeu que Lizzie estava certa. Era a festa dela, também.

— Tudo bem, eu prometo.

Max finalmente estacionou em frente ao Pierre e elas viram um amontoado de meninas com cabelos loiros compridos usando vestidos pretos apertados passando pelas portas giratórias.

— Lá vamos nós — disse Lizzie. — Para a terra da realeza.

Elas seguiram as loiras pelo longo corredor acarpetado e subiram as escadas para o salão. Quando atravessaram as portas, tanto Lizzie quanto Carina suspiraram.

— Muito bonito — disse Lizzie, cutucando Carina no braço. Ela teve que concordar.

As pessoas circulavam na pista de dança do tamanho de um campo de futebol, debaixo de uma série de candelabros de cristais. A iluminação rosa-claro e púrpura salpicava as paredes. As flores lindas de Marisol cobriam as mesas de banquete ao lado, onde pratos de cupcakes coloridos e canapés do Trader Joe's eram devorados por alunos esfomeados do nono ano. Velas votivas cobriam cada centímetro quadrado da superfície da mesa. E no palco, acima da pista de dança, estava Alex, sob uma iluminação vermelha, em frente aos seus giradiscos como um mágico, totalmente imerso na música que inundava o salão.

— Que música é essa? — perguntou Lizzie.

— Sharon Jones e os Dap-Kings — disse Carina. — Eles são incríveis.

— Hã? — perguntou Lizzie.

— Eu vou colocá-los para você ouvir alguma hora — disse ela.

Elas moveram-se para dentro do salão, ficando mais perto uma da outra, na luz fraca. Parecia que as pessoas estavam se divertindo, mas ela ainda não conseguia dizer com certeza.

— Ninguém está dançando — sussurrou Carina.

Lizzie a afagou no ombro.

— Não se preocupe. Eles vão dançar. Pelo menos não estão com cara de quem quer ir embora.

— Ei, Carina! — disse uma voz alegre, e uma garota com uma fita roxa no cabelo emergiu das sombras.

— Ei, Marisol! — disse Carina, correndo para dar um abraço nela. — As flores estão maravilhosas!

— Muito obrigada — disse, com os olhos castanhos brilhando. Ela puxou o pedaço de cabelo listrado. — E obrigada de novo por conseguir um ingresso para mim.

— Ai, meu Deus, *o que* você está usando? — perguntou Lizzie a ela. — É o vestido mais legal que já vi!

— Ah, este? — Marisol segurou as barras de seu vestido *t-shirt*. Era preto e branco com listras vermelhas, com dragonas falsas nos ombros e uma bainha desfiada. — Eu que fiz.

— Você fez? — Lizzie girou ao redor dela.

— Para ser sincera, eu meio que copiei de uma loja do Lower East Side onde vi algo parecido — conto e rodopiou. — Mas adoro porque é bem feminino.

— Espere um minuto — disse Carina, ligando os pontos. — Você gostaria de ser consultora de tendências para a revista *Princess*?

— Como assim consultora? — perguntou Marisol.

— Eles estão procurando adolescentes na vida real que tenham um ótimo estilo e que saibam das tendências antes de todo mundo. Gostaria de fazer isso? Acho que você seria perfeita para o cargo.

Marisol ficou radiante.

— Claro. Eu amo a revista *Princess*.

— Ama? — perguntou Carina, levemente atordoada.

— Sim — disse Marisol. — É um de meus prazeres secretos. Leio desde que tenho 6 anos. Como você conhece as pessoas de lá?

Carina parou. Alex ainda não tinha contado a ninguém sobre ela. Agora, gostava dele ainda mais.

— Te digo mais tarde — disse ela. — Mas te mando um e-mail com as informações deles.

— Tudo bem, legal — disse Marisol, muito entusiasmada. — Ei, vá dizer "oi" para o meu irmão. Ele está esperando você aparecer. — Ela cobriu a boca com a mão. — Ooops. Não deveria ter dito isso.

Ouvir isso fez com que um arrepio descesse pela sua coluna, mas quando olhou para o palco, viu a silhueta inconfundível de Ava no vestido roxo elétrico, caminhando em direção a ela com as mãos na cintura.

— Carina? Posso falar com você?

Carina se separou das amigas.

— Ei, Ava — disse ela. — Bom ver você.

— Por que demorou tanto para chegar? — perguntou, cruzando os braços na frente do seu decote. — Estava te mandando uma mensagem.

O coração de Carina afundou.

— Por quê? Qual é o problema?

— Não tem problema nenhum — disse Ava inocentemente. — Só queria te contar que cinco pessoas me procuraram para dizer que este é o melhor baile *Silver Snowflake* que já estiveram — revelou ela. — Inclusive pessoas de Exeter — acrescentou. — Tenho que admitir, você fez um trabalho incrível.

— Isso é ótimo — disse Carina. Ela não conseguia acreditar como estava emocionada em ouvir aquilo.

— E eu não tenho certeza de como isso aconteceu, mas tem um fotógrafo aqui do *Times* — disse Ava, apontando para um jovem homem com credenciais tirando fotos de alguns garotos na pista de dança. — Você fez isso?

Carina sorriu para si mesma. Seu pai realmente era maravilhoso, às vezes.

— Olha, Ava, sobre os duzentos dólares que ainda lhe devo, só quero que saiba que poderei te dar logo, tipo, assim que passar o feriado...

— Ah, não se preocupe com isso — disse Ava.

— O quê?

— Tudo bem se você ficar com eles. Você mereceu. Mereceu mesmo. — Ava colocou a mão no ombro de Carina e olhou para a sua roupa. — E bonito vestido, aliás.

— Obrigada — disse Carina, impressionada.

— Você acha que meu cabelo está bom? — perguntou Ava, virando-se para que Carina pudesse admirar seu coque elaborado. — Não consigo ver.

Carina suspirou. Talvez Ava não fosse uma pessoa completamente horrível, mas com certeza nunca mudaria.

— Está lindo.

Ava virou-se e puxou um cacho solto.

— Obrigada — disse ela. — Fui ao Fekkai.

Ela saiu desfilando e Carina aproximou-se do palco. Sentiu algo a empurrando em direção a Alex. Ela só queria estar com ele.

Subiu os degraus para o palco e andou em direção aos seus giradiscos. Ele vestia uma echarpe preta legal ao redor do pescoço e uma camiseta vermelha fina, calça jeans skinny e seus Stan Smiths surrados. Ela amava o fato de ele ser tão diferente dos outros garotos daqui com ternos escuros e gravatas. Mais uma vez, estava completamente concentrado nos discos que giravam e uma das mãos segurava os fones em um ouvido.

Ele olhou para ela.

— Já estava na hora de você aparecer. Não estava coordenando esta coisa?

— Só estava tentando chegar elegantemente mais tarde.
— Ela podia ver agora que tinha uma imagem familiar em sua camiseta. Era a mesma imagem do casal do DVD que ele tinha mostrado a ela. — Parece que você está com o "Amor à flor da pele" — brincou ela, apontando para a camisa dele.

Alex olhou para a sua camisa e riu.

— Pensei que talvez me desse coragem para fazer o que estava planejando há dias — disse.

— E o que é?

Ele a pegou pela mão e levou-a para o lado do palco.

— Isto — sussurrou, inclinando-se.

Ela fechou os olhos e segurou a respiração. A música estava girando em torno deles e, na mente dela, imaginou uma paisagem tropical exuberante, cheia de palmeiras balançando e ondas quebrando suavemente. Com seus olhos ainda fechados, aproximou-se e ele colocou os braços dele ao redor de sua cintura. Quando os lábios se tocaram, sentiu seus joelhos enfraquecerem. Ela nunca imaginaria, nem em um milhão de anos, que um amigo poderia beijar tão bem. Agora sentia-se feliz em descobrir que estava errada.

Ficaram lá pelo o que pareciam horas, até Carina sentir alguém bater em seu ombro.

Carina abriu os olhos. Era Hudson.

— Desculpa interromper, mas acho que eu deveria começar agora.

— Ai meu Deus, você está linda! — gritou Carina.

Era verdade. Pela primeira vez, Hudson parecia uma verdadeira estrela. Seu cabelo tinha sido alisado e depois enrolado em ondas suaves e românticas e seus olhos estavam lindamente pintados com lápis de olho roxo. Ela estava usando um vestido preto que exibia seus braços tonificados e cintura estreita e longos brincos dourados feitos de aros que se interceptavam.

— Ai meu Deus, estou tão feliz por ter obrigado você a fazer isto — disse Carina, pulando. — Ah, aliás, este é o Alex — disse ela, segurando a mão de Alex.

— Ei, prazer em te conhecer — falou Hudson. — Ouvi muito a seu respeito.

— Oi — disse Alex, apertando a mão dela. — Hum, desculpe mudar o assunto — disse ele —, mas aquela é a Holla Jones, sentada lá atrás?

Ele apontou para os bastidores, onde, seguramente, Carina pôde decifrar a pequena silhueta e os braços musculosos de Holla Jones.

— Holla é a mãe de Hudson — disse Carina a ele.

Alex deu uma discreta segunda olhada e depois se tocou.

— Uau — disse ele. — Esse seu colégio, hein?

— Como você está se sentindo? — Carina perguntou à amiga. — Está empolgada?

Hudson engoliu em seco e assentiu.

— Acho que se pode dizer isso — disse ela, vagamente.

— Vai lá e arrasa! — incentivou Carina. Ela segurou a mão de Hudson. — Sem medo.

— C, não estou prestes a dar um ataque ou algo assim — brincou Hudson.

Carina riu alto. Hudson podia ser sarcástica quando queria.

— Tudo bem, boa sorte.

Ela esperou Alex terminar seu set e, então, desceu do palco com ele. Lizzie e Todd andaram em direção a eles no escuro enquanto a equipe técnica de Hudson arrumava tudo para a apresentação dela.

— Ela já vai se apresentar? — perguntou Lizzie a Carina.
— A qualquer minuto — disse Carina. — Ah, e este é Alex. O DJ do qual lhe falei.
— Ah sim, prazer em conhecê-lo — falou Lizzie, apertando a mão dele.
— O mesmo — disse Alex.

Quando Alex não estava olhando, Lizzie piscou para Carina.

Alex sussurrou no ouvido de Carina
— Por que ela me parece tão familiar?
— Ela é modelo — disse Carina, com o peito inchando de orgulho.

De repente, Ava apareceu no palco e foi em direção ao microfone que um dos caras da equipe técnica de Hudson colocara ali.

— Obrigada a todos por terem vindo! — gritou ao microfone. — E agora, gostaria de apresentar a vocês a próxima grande sensação da música pop, em sua apresentação de estreia, a filha de Holla Jones e minha querida amiga, Hudson Jones!

As luzes diminuíram e a multidão bateu palmas. Lizzie e Carina trocaram olhares sobre o aplauso. *Deixe que Ava se inclua na apresentação de alguém*, Carina pensou.

Finalmente, Hudson apareceu no palco. Ela parecia assustada, mas determinada a se livrar disso e, enquanto cruzava o palco em direção ao apoio do microfone, uma luz pontual estreita a seguiu por todo o caminho. No meio do aplauso, ouviram-se alguns assobios e gritos de "gostosa!". Quando finalmente chegou ao apoio, Hudson pegou o microfone.

— Olá, pessoal — disse calmamente. — É ótimo vê-los aí.

O salão ficou em um silêncio ensurdecedor.

— Esta é uma música do meu primeiro disco — anunciou ela. — Chama-se "Heartbeat".

Hudson curvou a cabeça. A música começou a tocar, algo rápido e animado que soava mais como o estilo de música de Holla.

Hudson manteve a cabeça abaixada, ouvindo a música, até sua deixa para começar a cantar. Levantou a cabeça e virou o rosto para a plateia, levando o microfone aos lábios... e então, nada aconteceu.

No escuro, Lizzie agarrou o braço de Carina.

Hudson engoliu e pareceu se recompor, levando o microfone aos lábios mais uma vez. Dessa vez, abriu a boca, pronta para começar... e nenhum som saiu.

A mão de Lizzie apertou o braço de Carina.

No palco, Hudson ficou paralisada sob a luz do holofote e começou a tremer. A música continuou a tocar impiedosamente. E, então, como que em câmera lenta, Hudson deixou o microfone cair. Um bum! alto ecoou pelo salão. E então, saiu correndo do palco.

— Ai meu Deus — sussurrou Carina.

— Ela tem fobia de palco — disse Lizzie.

— É tudo minha culpa — falou disse Carina. — Tudo isso.

— Pare, está tudo bem — disse Lizzie, segurando o braço dela para consolá-la. — Só precisamos encontrá-la.

Carina seguiu Lizzie enquanto passavam acotovelando pela equipe técnica e roadies. *Desculpe-me, Hudson*, pensou. *Eu não tinha ideia. Sinto muito.*

E, enquanto partia em direção ao palco, Carina se perguntou se a carreira de Hudson teria terminado antes mesmo de começar.

# agradecimentos

Um grande obrigada a Becka Oliver, Elizabeth Bewley, Kate Sullivan, Cindy Eagan, Amanda Hong, David Ramm, Fionn Davenport, Jay Tidmarsh, Jil Cargerman e Ido Ostrowsky.

Um obrigada enorme a JJ Philbin, irmã, melhor amiga e escritora favorita.

E um obrigada do tamanho da Costco para Adam Brown e Edie, que entraram em cena quando eu estava escrevendo este livro e mudaram a minha vida. Amo vocês.

Este livro foi composto na tipologia Minion
Pro Regular, em corpo 11,5/15,5, e impresso em
papel off-set 70g/m² no Sistema Cameron da
Divisão Gráfica da Distribuidora Record.